KB215288

홍루몽

④

홍루몽 ④

초판1쇄 발행 | 2007년 1월 25일
초판4쇄 발행 | 2009년 6월 25일

지은이 | 조설근, 고악
옮긴이 | 안의운, 김광렬
그린이 | 대돈방
펴낸이 | 이요성
책임편집 | 홍대욱, 장성철

펴낸곳 | 청계출판사
출판등록 | 1999년 4월 1일 제1-19호
주소 | 135-080 경기도 고양시 일산서구 가좌동 1087번지 510-1401
전화 | 031-922-5880 팩스 031-922-5881
이메일 | sophicus@empal.com
블로그 | http://blog.naver.com/redology2006

ⓒ 2007 안의운, 김광렬

ISBN 89-88473-90-6 03820
     89-88473-86-8(전12권)

홍루몽

조설근·고악 지음 | 안의운·김광렬 옮김 | 대돈방 그림

청계

차례

제31회 부채를 찢으며 천금 같은 웃음을 짓고
기린을 연줄로 백수 쌍성이 감춰지다 • 7

제32회 가슴에 서린 진정으로 보옥을 미혹시키고
치욕의 누명에 금천아는 스스로 목숨을 끊다 • 33

제33회 형제간에 호시탐탐 고자질을 일삼고
죄 많은 불초 귀공자 매를 맞다 • 53

제34회 끝없는 정에 임대옥은 감심하고
잘못을 잘못 알고 오빠를 나무라다 • 73

제35회 백옥천은 직접 연잎국을 맛보고
황금앵은 손수 망사주머니를 지어 주다 • 97

제36회 강운헌에서 원앙을 수놓으며 잠꼬대를 엿듣고
이향원에서 정해진 운명을 정으로 깨닫다 • 125

제37회 추상재에서 우연히 해당시사를 열고
형무원에서 밤에 국화 시제를 정하다 • 149

제38회 임소상은 국화 시회에서 장원으로 뽑히고
설형무는 게를 빌려 세인을 풍자하다 • 185

제39회 촌노파의 이야기는 그칠 줄을 모르고
정 많은 귀공자는 끈질기게 캐묻다 • 211

제40회 대부인은 대관원에서 두 차례 연회를 베풀고
원앙은 연회에서 세 차례 주령을 내리다 • 235

| 일러두기 |

1. 이 책은 베이징 외문출판사(外文出版社)에서 발행한 『홍루몽』(전5권, 1978~1982)의 전면 개정판이다.

2. 전반 80회는 1973년에 베이징 인민문학출판사에서 발행한 『척료생서본(戚蓼生序本) 석두기(石頭記)』를, 후반 40회는 1959년에 역시 베이징 인민문학출판사에서 발행한 120회 본의 뒷부분 40회를 저본으로 삼았다. 그밖에 『홍루몽팔십회교본(紅樓夢八十回校本)』(兪平伯 校訂, 中華書局香港分局, 1974)과 『홍루몽』(中國藝術研究所 校注, 人民文學出版社, 1982)을 참고하였다.

3. 본문의 삽화는 『대돈방신회전본홍루몽(戴敦邦新繪全本紅樓夢)』(上海古籍出版社, 2000)의 것을 사용하였고, 주석은 『홍루몽감상사전(紅樓夢鑑賞辭典)』(漢語大詞典出版社, 2005)을 참고하였다.

4. 본문에 등장하는 시사(詩詞)의 원문은 번역문 우측에 행별로 병기하여 번역문과 함께 원문을 감상하기 편하도록 하였다. 다만, 번역문과 원문의 행이 일치하지 않을 경우는 각주로 처리하였다.

제31회

부채를 찢으며 천금 같은 웃음을 짓고
기린을 연줄로 백수 쌍성이 감춰지다

자기가 토해 놓은 피를 보고 자지러질 듯이 놀란 습인은 가슴이 얼어드는 것 같았다. 그는 전부터 사람들이 들려주던 말이 얼핏 머리에 떠올랐다.

'젊어서 각혈을 하게 되면 오래 살기가 어렵거니와 또 설사 목숨이 부지된다 하더라도 폐인이 되기가 쉬운 거야.'

이런 생각이 들자 훗날의 부귀영화를 바라고 살자던 희망이 일시에 불 꺼진 재가 되고 마는 것 같았다. 습인의 눈에서는 어느덧 구슬 같은 눈물이 주르르 흘러내렸다.

습인의 눈물을 본 보옥도 역시 마음이 슬펐다.

"가슴이 좀 어때?"

"이젠 아무렇지도 않아요."

습인은 억지로 웃어 보였다.

보옥은 당장 사람을 불러다 황주(黃酒)를 데워 오게 하고 산양혈려동환(山羊血黎洞丸)을 가져오게 해서 습인에게 먹일 생각이었지만 습인은 보옥의 손목을 붙잡고 한사코 말렸다.

"그만두세요, 도련님! 아직은 도련님만 아시는 정도니까 괜찮지만 지금이 어느 때예요? 모두 단잠이 들어 있는데 쓸데없이 사람들을 깨웠다가 제가 먼저 원망을 사게 되지 않겠어요? 또 공연히 남들까지 알게 되면 도련님한테도 좋지 않고 저한테도 나빠요. 그러시기보다 내일 하인 아이를 시켜서 왕의원한테 가 물어보고 약이나 조금 갖다 먹으면 되잖 겠어요? 그렇게 하면 아무 소문도 안 날 테니 좋지 않아요?"

습인의 말이 옳겠다고 여긴 보옥은 사람을 부르려던 생각을 그만두고 손수 상 위에 놓인 차를 따라 습인에게 주며 양치질을 하게 했다.

습인은 지금 보옥이 퍽 마음을 졸이고 있다는 생각이 들어 그의 보살 핌을 거절하고 싶었으나 거절을 해도 말을 들을 것 같지 않았고 또 다른 사람을 깨워 일으키기보다는 차라리 보옥이 하는 대로 가만 놓아두는 편이 나을 듯싶었다. 그리하여 습인은 누운 채 보옥의 간호를 받았다.

새벽녘이 되자 보옥은 얼굴을 씻을 새도 없이 옷을 걸치고는 하인 아이를 시켜 의원 왕제인(王濟仁)을 불러왔다. 보옥이 직접 약방문을 물었더니 의원은 발병 원인을 물어서 타박상인 것을 알고는 환약 이름을 알려주며 먹는 방법과 바르는 방법을 가르쳐 주었다. 보옥은 그 길로 원내에 돌아와 치료를 시작했다.

이 날은 마침 단오 명절이었다. 집집마다 전해 오는 풍속대로 대문에는 창포와 약쑥을 꽂고 뒷문에는 범을 그린 부적을 붙였다.

점심때쯤 하여 왕부인은 음식을 장만해 놓고 설씨 댁 모녀를 청했다.

모두들 모여 앉기는 했으나 보채가 담담한 기색으로 자기와는 말도 하지 않으려는 것을 보고 보옥은 어제 일 때문에 그러려니 생각되어 기분이 좋지 않았다.

한편 왕부인은 왕부인대로 보옥이 풀이 죽어 있는 것을 보고 어제 금천아를 내보냈기 때문에 그러는 것이 아닌가 해서 더구나 모른 체 내버려두었다. 뿐만 아니라 대옥은 대옥이대로 보옥이 시무룩해 있자 보채 때문에 그러는 것이 아닌가 싶어 기분이 우울해졌고, 희봉은 또 희봉대로 어제 왕부인을 통해 보옥과 금천아의 일을 알고 있는 터라 지금 왕부인이 그 일 때문에 기분이 상해 있는 것이거니 생각되어 그전처럼 감히 웃고 떠들지를 못했다. 영춘이 또래들도 재미가 있을 리 없었다.

그리하여 모처럼 가졌던 명절 놀이였지만 사람들은 딱딱하게들 앉아 있다가 이내 헤어졌다.

임대옥은 워낙 천성이 외로운 것을 좋아하고 한데 모여 있기를 싫어하는 성미였지만 따져 보면 그것도 이유가 없는 것이 아니었다.

'사람이 만나는 때가 있다면 필연코 헤어질 때가 있기 마련이며, 또 만날 때는 반갑지만 헤어질 때는 쓸쓸하기 마련이다. 그런데 쓸쓸하다는 것은 곧 슬픔을 따르게 하는 것이니 아예 처음부터 만나지 않는 것이 좋을 것이다. 예를 들어 꽃이 필 때는 그것이 사랑스럽지만 시들어서 지게 되면 슬픔만 더하게 되니 차라리 처음부터 피지 않는 편이 나을 것이다.'

그러므로 대옥은 남들이 기뻐하고 있을 때면 도리어 슬퍼하기가 일쑤였다.

그러나 보옥은 그와 정반대였다. 그는 언제나 모여 있기를 원했고 헤어져 고독 속에 있는 것을 두려워했다. 이를테면 꽃이 언제나 피어 있기를 원했고 조금이라도 시들게 되면 싫어했다. 하지만 연회 석상은 언제든 끝나기 마련이요, 꽃은 때가 되면 지기 마련이니 아무리 슬퍼한들 무슨 소용이랴.

오늘도 모임이 싱겁게 끝난 데 대해 대옥은 아무렇지도 않게 생각하고 있었지만 보옥은 이내 심사가 우울해져 자기 방으로 돌아와 한숨만 내쉬었다.

하필이면 이런 때 청문이가 와서 보옥의 옷을 갈아입혀 주다가 잘못하여 보옥의 부채를 떨어뜨리고 밟아서 살을 부러뜨렸다.

"이런, 멍청이 같으니라고! 이 다음 시집을 가서도 이렇게 물덤벙불덤벙 할 테야?"

청문은 이내 샐쭉하니 웃었다.

"도련님은 요새 왜 자꾸 골만 내시는 거예요? 걸핏하면 욕설을 퍼붓고요. 전날은 습인에게 발길질을 하시더니 오늘은 또 저한테서 허물을 잡으려 드시는군요. 좋아요, 발로 차시든지 손으로 때리시든지 도련님 소원대로 하세요. 하지만 부챗살 하나 부러뜨린 것이 뭐가 그리 대단해서 그러시는 거예요? 전엔 유리 항아리가 아니라 마노그릇을 그토록 여러 개나 깨었어도 어디 성 한번 내셨던가요? 기껏했자 부채 한 자루인데 이러실 줄은 정말 몰랐어요. 만일 저희들이 눈에 거슬려서 그러신다면 지금이라도 내쫓고 좋은 사람들을 들이도록 하세요. 차라리 서로 안 보는 편이 퍽 시원할 테니까요."

청문의 앙칼진 반항에 보옥은 전신이 부르르 떨리도록 울화가 치밀었다.

"네 쪽에서 조급해 할 건 없어! 언제든 보지 않을 때가 있을 테니까!"

어느 결에 습인이 그 소리를 듣고 달려왔다.

"방금까지도 아무 일 없더니 어떻게 된 거예요? 정말이지 내가 조금만 옆눈을 팔아도 사단이 난단 말이에요."

청문은 그 소리에 '흥' 하고 코웃음을 쳤다.

"언니가 이왕 그렇게 수완이 높으시다면 진작 오실 일이지. 그랬더라면 도련님께서 성을 내실 까닭도 없지 않겠어요? 까만 옛날부터 도련님은 언니가 시중을 들어 왔지 우리야 언제 시중을 들어 봤나요? 또 언니가 시중을 극성스레 들었기 때문에 어제도 도련님이 상으로 발길을 안 기신 게 아녜요? 정말이지 우리같이 시중도 들 줄 모르는 것들은 언제 무슨 벌을 받을지 모를 일인 걸요."

이런 말을 들은 습인은 분하기도 하고 또 부끄럽기도 하여 몇 마디 면박을 주고 싶었지만 보옥이 성이 나서 얼굴이 새파래져 있는 것을 보고는 이내 꾹 참고 청문이를 밀어냈다.

"청문아, 그러지 말고 이젠 밖에 나가 쉬어라. 처음부터 우리가 잘못했어."

그러나 청문은 또 습인의 말꼬리를 잡고 놓지 않았다. 습인이 자기와 보옥을 '우리'라고 하자 못내 질투의 불길이 일어났던 것이다.

청문은 이번에도 코웃음을 쳤다.

"우리라고요? 우리라면 누구와 누구를 말씀하는 건가요? 원, 내가 다 창피스러워 죽겠네. 당신네들이 남의 눈을 피해 가며 하는 짓들을 다른 사람은 속일 수 있을지 몰라도 내 눈만은 속여넘길 수가 없는 거예요. 아니, 어느 촌수로 쳐서 우리라는 말이 나오는 거예요? 바른말로 해서 언니는 아직 아가씨란 이름까지도 얻지 못하고 있는 사람이 아녜요? 역시 나와 별로 다를 것이 없는 처지에 우리라는 게 다 뭐예요?"

이런 욕을 당하는 습인의 얼굴은 붉다 못해 핏빛으로 변했다. 생각해 보면 자기가 말을 잘못한 것도 사실이었다. 그러나 이렇게까지 창피를 주는 법이 어디 있을까 하고 입술을 깨무는데 보옥이 나서서 편을 들어주었다.

"너희들이 정 그렇게 놀 생각이라면 내일이라도 습인을 한 급 높여주면 되잖아?"

습인은 얼른 보옥의 손을 잡아당겼다.

"철없는 애하고 무얼 따지려 드시는 거예요? 전에는 이보다 더한 일도 곧잘 참아 주시더니 오늘은 어떻게 된 일이에요?"

청문은 더욱 기가 올라 차갑게 웃었다.

"전 정말 철없는 바보예요. 언니같이 훌륭한 사람과 상대할 자격이 있기나 하나요?"

"애, 넌 도대체 나하고 싸우고 있는 거니 아니면 도련님하고 싸움을 하고 있는 거니? 내가 밉거든 나 하나만 욕할 것이지 구태여 도련님까지 한데 걸고 들 건 없잖아? 그렇지 않고 도련님 때문이라면 세상사람들이 다 듣도록 이렇게까지 떠들 거야 없지 않겠어? 난 양쪽이 다 좋도록 싸움을 말리러 온 것뿐이야. 그런 걸 넌 나를 잡아먹을 것같이 굴면서 내게도 다듬이질요, 도련님한테도 삿대질이니 네 심사를 도무지 알 수가 없구나. 난 더 말리고 싶지 않으니 어디 네가 하고 싶은 대로 해보렴."

습인이 돌아서 나가려 하자 보옥은 청문을 향해 내뱉듯 말했다.

"너도 더 화낼 것 없어! 나도 네 마음을 알 만해. 지금이라도 어머니한테 말씀을 드려. 너도 이젠 다 컸으니까 집으로 보내 주라고 하면 되잖아?"

보옥의 이런 말에 청문은 자기도 모르게 설움이 복받쳐 눈물이 그렁그렁해졌다.

"제가 왜 나가요? 제가 싫어서 아무리 갖은 방법을 다해 저를 내보내려 하셔도 그렇게는 안 될 거예요."

"난 지금까지 네가 이렇게 행동하는 걸 본 일이 없어. 여기를 떠나고 싶은 생각임에 틀림없잖아? 그러니까 어머니한테 말씀드려서 너를 내보내주면 그뿐이란 말이야."

보옥이 일어나 나가려 하자 습인이 얼른 그를 막아섰다.

"어딜 가시려는 거예요?"

"어머니한테 가지 어딜 가?"

"원 도련님도, 정말 가서 말씀드리시려는 거예요? 부끄럽지도 않으신 모양이죠? 설사 저 애가 정말로 나가고 싶은 생각이 있다손 치더라도 서로 기분을 돌린 뒤에 틈을 봐서 마님께 말씀드려도 늦지 않을 거예요. 무슨 큰일이나 난 듯이 지금 당장 달려가 그런 말씀을 하신다면 마님부터 이상하게 생각하실 게 아녜요?"

"아니야, 어머님이 이상하게 생각하실 리가 없어. 이 애가 나가고 싶어서 대들며 야단이었다는 말을 똑똑히 밝히면 될 게 아니겠어?"

청문은 와락 울음을 터뜨리면서 이번엔 애원의 눈길로 보옥을 쳐다보았다.

"제가 언제 나가지 못해 대들었어요? 도련님이 제게 성을 내고서 오히려 그 책임을 제게다 덮어씌우시면서. 좋아요, 어서 가서 마님께 그렇게 말씀드려 주세요. 그렇지만 전 머리를 벽에다 들이받아 죽더라도 이 댁 문 밖으로는 절대로 나가지 않겠어요."

"그렇다면 이건 또 이상한 일이로군. 나가지 않을 생각이라면 왜 이렇게 성가시게 말썽을 일으키고 있는 거야? 우선 나부터 이런 말썽은 견뎌내기 어려운 거니까 차라리 나가 주었으면 좋겠어."

보옥이 기어이 어머니를 찾아갈 태도를 보이자 습인은 보옥 앞에 무릎을 꿇었다.

안에서 떠드는 소리를 듣고 벽흔, 추문, 사월이가 밖에서 숨을 죽이며 동정을 살피고 있다가 습인이 무릎을 꿇고 빌기 시작하자 일제히 안으로 들어와 습인의 옆에 꿇어앉았다.

뜻밖의 행동에 당황해진 보옥은 얼른 습인을 붙들어 일으키더니 땅이 꺼지게 한숨을 내쉬며 침상으로 가 걸터앉았다. 그리고는 벽흔이들을 내보내고 나서 습인에게 하소연을 했다.

"난 정말 어떻게 했으면 좋을지 모르겠어! 이 가슴이 막 찢어지는 것 같지만 아무도 알아주는 사람이 없으니!"

울화가 풀리지 않은 보옥은 제풀에 눈물을 주르르 흘렸다. 습인은 보옥이 눈물을 흘리자 따라서 울음을 터뜨렸다. 청문 역시 그때까지 한옆에서 울고 있다가 무엇인가 막 말을 하려는데 대옥이 들어서므로 그대로 일어나 나가 버렸다.

"아아니, 오늘 같은 명절날에 울기는 왜 우시는 거예요? 설마 떡을 가지고 다투신 거야 아니겠지요?"

대옥이 웃으며 농을 하자 보옥과 습인도 피식 웃었다.

"오빠가 가르쳐 주지 않으면 난 이분한테 물어서라도 알아낼걸."

대옥은 습인의 어깨를 토닥이며 말했다.

"아가씨, 어서 알려 줘요. 틀림없이 두 분이 다투신 거죠? 그랬으면 그랬다고 말해 줘요. 내가 화해를 붙여줄 테니까."

습인은 대옥일 가볍게 떠밀며 살짝 눈을 흘겼다.

"대옥 아가씨, 무슨 말씀을 그렇게 하세요? 나 같은 일개 시녀에게 아가씨가 당한 소린가요?"

"습인은 자기를 시녀라고 생각하지만 난 지금까지 습인을 아가씨로만 보아온 걸 뭐!"

보옥이 옆에서 답답하다는 듯이 한마디 끼어들었다.

"공연히 아니 할 농담으로 남을 욕먹게 할 건 뭐람. 그렇지 않아도 남들은 이러니저러니 시비를 하는데 대옥 누이까지 그런 말을 해보지. 어떻게 되나."

"대옥 아가씨, 아가씨는 제 속 타는 심정을 잘 모르실 거예요. 차라리 이대로 숨져 버렸으면 시원할 것 같아요."

습인의 죽고 싶다는 말에 대옥은 웃으며 나무랐다.

"습인이 죽으면 다른 사람은 어찌할지 몰라도 나만은 울다 울다 같이 죽게 될걸."

보옥이 또 끼어들었다.

"습인이 죽으면 난 중이 되고 말 테야."

습인은 기겁을 하며 보옥을 나무랐다.

"좀 자중하시도록 하세요. 어쩌면 그런 말을 함부로 입에 담으실까!"

혼자서 깔깔 웃고 있던 대옥은 보옥에게 손가락 두 개를 펴보였다.

"호호, 벌써 두 번이나 중이 되셨군요. 이제부터는 도련님께서 중이 되시겠다고 할 때마다 그 횟수를 꼭꼭 기억해 두어야 할까봐."

대옥이 그 전날의 일을 두고 하는 말인 것을 알고 보옥은 웃음으로 얼버무리는 수밖에 없었다.

이윽고 대옥이 돌아가자 뒤이어 설반이 사람을 보내 보옥을 청했다. 보옥은 전날의 초청에 가지 못했으므로 이번만은 가지 않을 수가 없게 되었다.

설반은 술상을 푸짐하게 차려 놓고 술을 마시고 있었다. 보옥은 사양하기가 어려워 설반과 함께 앉아 양껏 술을 들이켰다. 보옥이 저녁때가 되어 집으로 돌아올 때는 거나하게 취해서 걸음도 제대로 걸을 수가 없었다.

보옥이 자기 처소로 돌아왔을 때 뜰에는 석재로 된 침상이 놓여있었고 누군가가 그 위에서 잠을 자고 있었다. 보옥은 습인이려니 생각하고 다가가 침상 가에 걸터앉으며 손으로 몸을 건드렸다.

"아픈 데는 좀 어때?"

"왜 또 와서 사람을 못살게 구는 거예요?"

벌떡 일어나며 앵돌아앉는 것을 보니 그는 습인이 아니라 청문이었다. 보옥은 한순간 당황했지만 곧 마음을 진정하고 웃으며 청문의 손을 잡아끌었다.

"넌 갈수록 성미가 깔끔해지기만 하는구나. 아침 일만 해도 그렇지 않아? 네가 부챗살을 부러뜨렸기 때문에 내가 한두 마디 한 것뿐인데 넌 왜 그렇게 동네방네가 다 알도록 야단을 쳤어? 그것도 나한테만 그랬으

면 또 모르겠지만 습인으로 말하면 호의에서 싸움을 말리러 온 사람인
데 습인에게까지 한데 껴들어서 시비를 걸 건 뭐냐 말이야. 어디 좀 생각
해 보라고. 그게 그래 잘 한 일인가?"

"아이고 참, 더워서 죽을 지경인데 왜 이렇게 남의 손을 잡고 이러시
는 거예요? 싫어요! 남이 보면 뭐라겠어요? 그리고 저 같은 건 이런 데
앉아 있을 자격도 없고요."

"그렇게 자격이 없는 걸 알고 있었다면 여기서 자기는 왜 자는 거야?"

그제야 청문은 더 할말이 없던지 캐득캐득 웃었다.

"도련님이 없으실 땐 괜찮지만 도련님이 오신 이상 자격이 없어지는
거지요 뭐. 이젠 좀 물러나 주세요. 가서 목욕을 해야겠어요. 습인 언니
랑 사월 언니는 벌써 다 마쳤으니 제가 가서 언니들을 불러다 드릴게
요."

"나도 방금 술을 적잖게 마신 터이니까 몸을 한 번 더 씻어야겠어. 너
아직 씻지 않았거든 어서 가서 물을 담아 오라고. 나하고 같이 씻자꾸
나."

청문은 두 손을 내저으며 깔깔 웃었다.

"원, 당치도 않은 말씀은 하지도 마세요. 제가 어떻게 도련님의 상대
가 되어 드리겠어요? 지금도 기억하고 있지만 언젠가 벽흔이가 도련님
목욕 시중을 들었을 때 아마 적어도 두세 시간은 걸렸던 것 같아요. 그리
고 안에서 무얼 어떻게 했는지 목욕이 끝난 뒤에 들어가 보니 바닥에 고
인 물이 침상 다리를 잠글 지경이고 침상 위에 펴놓은 삿자리까지 폭 젖
어 있더군요. 우리는 며칠을 두고 웃었는지 몰라요. 전 그럴 정도로 시중
을 들어 드릴 틈이 없으니까 저하고 같이 씻을 생각은 마세요. 오늘은 좀
선선한 편이니 아까 목욕을 하셨으면 목욕은 그만두도록 하세요. 그 대
신 제가 대야에다 물을 떠다 드릴 테니 얼굴이나 씻고 머리나 감도록 하

세요. 조금 전에 원앙 언니가 과일을 가져왔기로 수정 항아리에 담아서 물에 담가 놓았어요. 아이들을 시켜 그것이나 갖다 잡수세요."

"그렇다면 너도 목욕을 하지 말아. 손을 씻고 나하고 같이 과일이나 먹도록 하자."

청문은 빙그레 웃어 보였다.

"저 같은 덜렁이가 그럴 자격이나 있나요. 부채 하나도 다룰 줄을 몰라서 부러뜨리는 주제에 어떻게 과일 접시를 들고 다닐 수가 있겠어요? 그러다가 접시까지 깨뜨렸다가는 더욱 큰일나게요?"

"네가 깨고 싶으면 깨는 거지 뭘 그래. 그런 물건은 다 사람들한테 쓰여지기 위해 만들어진 게 아니겠어? 다만 넌 저러는 게 취미, 난 이러는 게 취미인 것처럼 사람에 따라 취미가 다를 뿐이야. 가령 이 부채를 놓고 말하더라도 본시 이것은 부치기 위해 만들어진 것이지만 내가 이걸 찢으며 놀고 싶다면 찢을 수도 있는 거야. 물론 홧김에 그것을 찢는 건 또 처음부터 의미가 다른 거고. 쟁반이나 접시도 마찬가지야. 본래는 음식을 담기 위한 그릇이지만 네가 그 소리를 듣고 싶어 그런다면 일부러 깨뜨려 버려도 무방하단 말이야. 그러나 화풀이할 곳이 없어서 그러지는 말란 말이야. 이런 게 바로 물건을 아끼는 도리인 거야."

보옥의 말에 청문은 방글방글 웃으며 손을 내밀었다.

"그럼 도련님, 그 부채를 이리 주세요. 난 부채를 찢는 게 취미인 걸요."

보옥이 웃으며 부채를 건네주자 청문은 받아 들기가 무섭게 부채를 확 찢었다. 뒤이어 또 확확 찢는 소리가 났다.

보옥은 옆에서 빙글거리기만 했다.

"듣기 좋군. 좀더 찢어보라고."

이때 사월이가 들어서며 눈을 휘둥그렇게 뜨고 청문을 나무랐다.

청문이 마음을 풀며 부채를 찢다

"그런 죄받을 일은 좀 그만두어."

보옥은 벌떡 일어나더니 사월의 부채를 빼앗아 청문에게 주었다. 청문은 그것을 받자마자 또 확확 소리나게 찢고는 보옥과 함께 웃어댔다.

사월은 이내 새침해졌다.

"왜 남의 물건을 가지고 이런 장난들이야?"

그러나 보옥은 여전히 빙글거렸다.

"부채함을 통째로 갖다 놓고 마음대로 골라 가지면 되잖아? 뭐가 그리 귀한 물건이라고 야단이람?"

"그러실 거면 왜 저 애더러 그걸 함째로 갖다 놓고 싫도록 찢게 하시지 않는 거예요?"

"이제라도 네가 좀 가져오렴."

"그렇지만 전 그런 죄가 되는 일은 하고 싶지 않은 걸요. 저 애도 손이 부러져 있는 건 아니니까 저 애더러 가져오라고 하세요."

그 소리에 청문은 침상에 몸을 비스듬히 기대며 일부러 깔깔 웃어댔다.

"오늘은 고단해서 더 찢지 못하겠어. 내일 또 찢기로 하지."

"허허, 옛사람들은 '천금으로 웃음을 산다'고 했거늘 그까짓 부채 몇 자루가 몇 푼 갈라고."

보옥이 웃으며 습인을 부르자 습인은 이내 옷을 갈아입고 나왔다. 견습 시녀 가혜가 와서 널려진 부채조각을 주워다 버리고 일동은 그늘 밑에서 땀을 들이며 한담을 했다.

다음날 점심때였다. 왕부인을 비롯한 설보채, 임대옥 등 여러 자매들이 대부인의 방에서 한담을 하고 있는데 상운 아가씨가 왔다는 전갈이 왔다.

이윽고 사상운이 여러 시녀들에게 에워싸여 안으로 들어왔다.

보채와 대옥이들은 계단 아래에까지 내려가 마중을 했다. 여러 달만에 만나는 젊은 자매들간의 상봉이라 아주 친밀하고 화기애애했을 것은 더 말할 필요도 없겠다.

　상운이 방안에 들어와 어른들에게 차례로 인사를 드리고 나자 대부인이 상운의 손을 잡았다.

　"더운데 겉옷은 벗으렴."

　"네."

　상운이 얼른 일어나 옷을 벗는데 왕부인이 웃으며 입을 열었다.

　"원, 어쩌느라고 옷은 그렇게도 많이 껴입었담?"

　"누가 이런 걸 입고 싶어하겠어요? 다 둘째아주머니가 억지로 입혀주어서 할 수 없이 입은 거지요."

　상운이 웃자 보채도 덩달아 웃으며 말했다.

　"이모님은 모르실 거예요. 상운인 자기 옷보다 남의 옷 입기를 더 좋아한대요. 상운이가 여기 와 있을 때니까 아마 지난해 3월인가 4월이었을 거예요. 한번은 이 애가 보옥 오빠의 겉옷을 입고 장화를 신고 두건까지 질끈 동였는데 얼핏 보기에 보옥 오빠를 꼭 닮지 않았겠어요? 다만 귀걸이가 두 개 더 있었을 뿐이지요. 그런 차림으로 할머님의 의자 뒤에 서 있으니 할머님은 감쪽같이 속으셔서 '보옥아, 이리온! 머리 위에 걸린 등불술을 조심해야지, 잘못 건드렸다가 눈에 티가 들어갈라' 이러시는 게 아니겠어요? 그래도 상운 아가씨는 그저 잠자코 있었지만 우리는 참을 수가 없어 그만 웃음을 터뜨리고 말았지요. 그제야 할머님께서도 따라 웃으시며 '넌 남자 복장을 해도 썩 잘 어울리는구나' 하시지 않겠어요?"

　모두들 웃고 있는데 대옥이 또 상운을 놀려댔다.

　"어디 그뿐인가요? 재작년 정월이던가, 상운이가 여기로 온 지 이틀도 안 되는 날이었지요. 마침 눈이 펑펑 쏟아지고 있었는데 할머님과 숙모님께서는 조상의 영전엘 다녀오시는 길이었지요. 그때 보니까 할머님의 새로 지은 성성이빛 망토가 감쪽같이 보이지 않는단 말이에요. 물론 상운이의 장난이었지요. 그것도 그냥 입기나 했으면 모르겠는데 옷이 제 몸보다 길고 크니까 수건으로 허리를 질끈 동여매었지 뭐예요. 그리고는 시녀들과 어울려 눈사람을 만들기에 정신이 없었거든요. 그러다가 그만 구렁텅이에 넘어지는 바람에 옷을 다 흙탕물로 매질하고 말지 않았겠어요?"

일동은 흙탕물에 나동그라지는 상운의 꼴이 눈에 보이는 것 같아 입을 싸쥐고 웃었다.

보채는 웃으며 상운의 유모인 주노파를 돌아보았다.

"상운 아가씨는 지금도 집에서 그렇게 장난이 심한가요?"

주노파가 빙그레 웃고만 있으려니 영춘이 한마디 거들었다.

"장난을 치는 것쯤이면 괜찮겠어요. 그보다 난 상운 언니가 말이 많은 게 딱 질색이라니까. 심지어 잠을 자면서도 재재거리고 킬킬 웃는단 말이에요. 어디서 그렇게 많은 말이 나오는지 몰라요."

"이젠 좀 나아졌겠지. 얼마 전에 어느 댁에서 선을 보러오는 걸 봐서는 머지않아 시집을 가게 될 규수인데 그냥 그러고야 되나?"

왕부인이 웃으며 편을 들자 대부인이 주노파에게 물었다.

"오늘 여기서 자고 갈 셈이야? 아니면 그냥 놀다 돌아갈 셈인가?"

"노마님께선 옷까지 가지고 온 걸 못 보셨나요? 이삼 일 놀다 갈 예정으로 왔어요."

"그런데 보옥 오빠는 안 보이네요?"

상운이 다른 사람들의 말을 끊고 이렇게 묻자 보채가 웃으면서 이내 핀잔을 주었다.

"저걸 보라니까. 다른 사람 안부는 묻지도 않고 보옥 오빠 생각만 하고 있네. 워낙 둘이 같이 놀기를 즐겼던 거니까 지금도 놀고 싶은 게지. 이것만 봐도 장난하는 버릇이 아직 고쳐지지 않은 게 뻔해."

"이젠 너희들도 다 컸으니 이름은 부르지 않도록 해라."

대부인이 가볍게 주의를 주고 있는데 마침 보옥이 들어서며 상운을 보고는 반겼다.

"야, 상운이가 왔구나. 지난번에 오라고 사람까지 보냈는데 왜 안 왔어?"

왕부인이 보옥에게 눈짓을 했다.

"할머님께서 금방 주의를 주시던 참인데 이 애가 또 이름을 부른다니까!"

"아가씨의 좋은 오빠가 좋은 물건을 구해 놓고 아가씨를 기다리고 있다나!"

대옥의 말에 상운이 물었다.

"무언데요?"

상운은 보옥을 돌아보았다.

"그걸 곧이듣는 거야? 상운 누이는 얼마 동안 안 보았더니 키가 훨씬 더 컸는걸."

보옥이 자기를 칭찬하자 상운은 딴전을 피웠다.

"습인이는 잘 있나요?"

"덕분에."

"나 습인이한테 주려고 좋은 걸 가져왔어요."

상운은 손수건으로 동그랗게 싸서 묶은 것을 내놓았다.

"좋은 물건이란 게 뭔데? 그럴 것 없이 요전에 보내왔던 그런 강문석 (絳紋石) 가락지나 두어 개 갖다 줄 일이지."

"그럼 이건 뭔가요?"

상운이 방긋이 웃으며 그것을 펴 보이는데 바로 얼마 전에 보내왔던 것과 똑같은 강문석 가락지 네 개였다.

임대옥이 그것을 보고 손뼉을 치면서 웃었다.

"이 아가씨가 하는 일을 좀 보세요. 전날처럼 사람을 시켜 보내올 일이지 자기가 직접 가지고 올 건 뭐람? 오늘 이렇게 손수 들고 오기에 난 또 무슨 색다른 물건인가 했더니 역시 그거였군 그래. 정말 바보라니까."

상운은 마주 웃으며 대옥에게 면박을 주었다.

"누가 진짜 바보인지 모르겠네. 그럼 내가 그 까닭을 밝힐 테니까 정말 누가 바보인가를 여러분들이 판단해 보도록 하세요. 가령 여러 언니들한테 보내는 물건이라면 남을 시킬 수도 있겠지요. 왜냐하면 내가 더 설명을 않더라도 언니들 이름을 다 알고 있는 터이니까요. 그러나 아랫사람들한테 보낼 때는 내가 우선 심부름하는 사람한테 이건 어느 시녀한테 줄 것, 저건 어느 시녀한테 줄 것 하고 일일이 가르쳐 주어야 하지 않겠어요? 그런데 심부름꾼이 영리한 사람이면 또 좀 괜찮겠지만 그렇지 못한 사람일 때는 문제란 말이에요. 가령 시녀들의 이름을 잘 기억하지 못하여 제멋대로 말을 하게 되면 언니들까지도 혼란스럽게 되지 않겠어요? 그나마 평소부터 이 댁 사정을 잘 아는 여자를 보낸다면 또 모르지만 하필 그 날 나이 어린 사내애를 보내야 할 형편이라면 차마 시녀들이라고 이름을 부를 수도 없지 않아요? 그러니까 역시 그럴 때는 내가 직접 가지고 오는 게 제일 좋은 방법이란 말이에요."

상운은 가락지 네 개를 꺼내 놓으며 이름을 댔다.

"습인에게 하나, 원앙에게 하나, 금천아에게 하나, 평아에게 하나 이렇게 네 사람의 몫인데 그래 꼬마녀석이 이런 이름을 낱낱이 다 외워 낼 수 있을 것 같아요?"

"듣고 보니 정말 여간내기가 아니야."

일동은 모두 웃었다.

"말 잘 하는 건 여전하구먼."

조금도 남에게 양보를 않고 보옥이 한마디 거들고 나서자 임대옥은 이내 싸늘한 웃음을 띠었다.

"흥, 설사 그쪽에서 말을 잘하지 못한다고 해도 그 양반이 가지고 있는 금기린이 대신 말을 해 줄 거예요."

이렇게 말하고 대옥은 발딱 일어나 나갔다. 다행히 다른 사람들은 그 소리를 듣지 못했지만 보채만은 대옥의 말을 알아듣고 손등으로 입을 가리며 웃었다.

보옥은 그렇지 않아도 속으로 '아차, 또 실언을 했구나' 하고 후회를 하던 참이었지만 보채가 웃는 것을 보고는 덩달아 웃었다. 그런데 보채는 보옥이 웃는 것을 보더니 훌쩍 자리에서 일어나 대옥에게로 가버리는 것이었다.

이때 대부인이 상운을 불렀다.

"애, 상운아! 차를 마시고는 조금 쉬었다가 여러 언니들한테 인사하고 오너라. 그리고 대관원 안이 시원할 테니 언니들하고 같이 가서 놀렴."

"네."

상운은 가락지 세 개를 따로 싸서 품안에 넣고 잠시 더 대부인 곁에 앉아 있었다. 그리고 곧 유모를 비롯한 여러 시녀들과 함께 먼저 희봉의 집으로 가서 잠깐 이야기를 하며 놀다가 이내 대관원으로 건너갔다. 대관원에서는 먼저 이환을 만났다가 곧바로 이홍원으로 습인을 찾아가며 시종들에게 일렀다.

"너희들은 따라오지 않아도 좋아. 취루만 남아 있으면 되니까 마음대로 가서 놀다 오너라."

유모와 시녀들은 뿔뿔이 자기네 일가집으로 놀러 가고 상운과 취루만
남았다.

"아가씨, 이 연꽃은 왜 아직도 피지 않고 있는 거예요?"

취루가 물었다.

"아직 필 때가 안 됐으니까 그런 게지."

상운이 대답했다.

"이것도 우리 집 연못에 피어 있는 것과 같은 누자화(樓子花)지요?"

"같은 누자화라도 우리 것만 못한 것 같아."

"그런데 저기 있는 저 석류나무를 보세요. 가지가 네댓 잇달려서 마치
이층 위에 또 이층이 세워진 것 같지 않아요? 그러니까 저렇게 크게 자
랄 수밖에 더 있겠어요?"

"꽃이나 나무라 해도 그 이치는 사람과 꼭 같은 거야. 속에 찬 기맥이
충족하면 무럭무럭 자라기 마련이거든."

취루는 고개를 갸웃거렸다.

"그건 좀 믿기 어려운 걸요. 만일 사람과 같은 거라면 왜 머리 위에 또
머리가 자라난 사람은 안 보이는 거예요?"

취루의 말에 상운은 실소를 했다.

"그러기에 난 너더러 입을 다물고 있으랬는데 왜 자꾸만 입을 놀리는
거니? 그렇게 엉뚱한 소리를 물으면 어떻게 대답을 하란 말이냐? 천지
간에 있는 만물은 모두 음양의 두 가지 기운을 타고 나온 거야. 올바른
거라든지 올바르지 못한 거라든지 기이한 거라든지 괴상한 거라든지 겉
으로 보기엔 수만 가지의 형태를 취하고 있지만 그것은 다 음양이 고르
거나 고르지 못한 데서 생긴 결과야. 그래서 그것이 일단 이 세상에 생겨
나게 될 때 사람의 눈에 잘 띄지 않는 것이 진기한 것이 되지만 그 이치

는 어느 것이나 꼭 같은 거야."

"아가씨의 말씀대로 하면 천지개벽이 된 이래로 오늘까지 모두가 다 음양이란 말씀이네요."

"이런 숙맥 같으니라구. 어째서 점점 더 한심한 소리만 하는 거니? 뭐든지 다 음양이라면 결과적으로는 음양이 없어지는 게 되잖아? 음양은 둘인 것 같으면서도 실은 하나인 거야. 양이 다하면 음이 되고, 음이 다하면 양이 되는 거지. 음이 다한 다음 또 다른 양이 생겨나거나 양이 다한 다음 또 다른 음이 생겨나는 건 아니란 말이야."

"뭐가 뭔지 전 도무지 알 수가 없군요. 음양이란 대체 무엇인가요? 그림자도 형체도 없는 건가요? 음양이란 어떻게 생겨먹은 건지 그걸 좀 말씀해 주세요."

"음양에 무슨 형체가 있다고 그래? 그건 하나의 기운에 불과한 거야. 그릇이나 물질이라는 것은 이 기운을 받아서 비로소 형체를 갖추게 되는 거야. 예를 들어 하늘이 양이라면 땅은 음인 거고, 물이 음이라면 불은 양이며, 해가 양이라면 달은 음인 거지."

"아, 맞아요. 저도 이제 알 만해요. 그래서 사람들이 햇님을 보고는 태양(太陽)이라 하고 점 치는 사람들이 달님을 말할 땐 태음성(太陰星)이라 하는 거였군요."

"나무아미타불! 너도 알 때가 다 있구나!"

상운이 한숨을 내쉬며 웃자 취루는 또 뚱딴지같은 소리를 했다.

"그런 큰 것들에 음양이 있다는 건 알겠어요. 그런데 모기라든가 벼룩이라든가 꽃이라든가 풀이라든가 그리고 기와나 벽돌 같은 그런 것들한테도 음양이 있나요?"

"있고 말고. 저 나무 잎사귀 하나만 놓고 말해도 음양이 있는 거야. 위로 햇살을 받고 있는 쪽은 양이고 아래로 그늘이 져 있는 쪽은 음이란 말이야."

취루는 알겠다는 듯이 고개를 끄덕였다.

"원래는 그런 거였군요. 이젠 알 만해요. 그런데 지금 우리가 들고 있는 이 부채는 어느 것이 양이고 어느 것이 음일까요?"

"이쪽이 정면이니까 양이고 이쪽 안이 음이지 뭐야."

취루는 고개를 끄덕이고 나서 또 여러 가지 물건을 더 예로 들어보려고 했지만 미처 생각이 떠오르지 않았다. 문득 상운이 궁중에서 만든 끈에다 기린을 꿰어 몸에 차고 있는 것이 눈에 띄었으므로 취루는 그것을 집어들며 물었다.

"아가씨, 그럼 이것에도 음양이 있겠네요?"

"아무렴 있고 말고. 새나 짐승은 수컷이 양이고 암컷이 음인 거야."

"그럼 이건 수컷이에요, 암컷이에요?"

"그건 나도 몰라."

"그건 아무래도 좋겠지만 세상 만물에 음양이 없는 게 없다면서 어째서 우리 사람한테만은 음양이 없는 걸까요?"

상운은 취루의 얼굴에 가볍게 침을 뱉는 시늉을 하며 눈을 흘겨 보았다.

"이 계집애가 안 묻는 소리가 없네. 빨리빨리 걷기나 해."

취루는 웃으며 끈질기게 달라붙었다.

"뭘 그러세요? 이번 건 가르쳐 주면 안 되나요? 그렇지만 저도 그런 것쯤은 알 만해요. 공연히 저를 얕보지 마세요."

"네가 알면 뭘 안단 말이냐?"

"제가 왜 몰라요? 아가씨가 양이라면 전 음이지 뭐예요."

상운이 손수건으로 입을 가리며 웃자 취루는 상운에게 손가락질을 했다.

"그것보세요. 제 말이 맞으니까 웃으실밖에요."

"그래 그래, 네 말이 맞았어!"

"사람에겐 주인이 양이고 하인이 음인 것으로 정해진 거예요. 제가 아무리 멍청이라도 이만한 도리도 모를까 봐요?"

"그래, 네가 아주 잘 알고 있구나!"

그러며 장미 울타리를 지나가는데 상운이 취루를 돌아보았다.

"애, 저것 봐라! 누가 목걸이를 떨어뜨렸구나! 금붙인가 보지? 번쩍번쩍하는 게."

취루가 얼른 다가가 그것을 집어들더니 상운을 보고 웃었다.

"아, 이젠 음양을 분별해 낼 수 있게 됐어요!"

그러며 다가와 먼저 상운의 기린을 들고 보았다. 상운이 취루가 집어온 기린을 보려고 손을 내밀었으나 취루는 그것을 손에 꼭 쥔 채 놓지 않았다.

"호호, 이건 큰 보배예요. 아가씨한테는 보여 드릴 수가 없는 거예요. 그런데 이건 어디서 온 것일까? 참 이상도 하네. 전 지금까지 이 댁에서 이런 걸 가지고 있는 분을 보지 못했는데요."

"어서 이리 내라고. 어디 좀 보자니까."

취루는 그제야 손바닥을 펴 보였다.

"자, 그럼 보세요."

상운이 들여다보니 그것은 눈이 부실만큼 번쩍거리는 금기린인데 자기가 가지고 있는 것보다 훨씬 더 크고 아름다웠다.

상운은 기린을 손바닥 위에 올려놓고는 넋을 잃은 듯 들여다보고 있었다.

그때 문득 저쪽으로부터 보옥이 웃으며 다가왔다.

"아니, 이렇게 뜨거운 볕에서 둘이 무얼 하고 있는 거야? 습인이한테는 오지도 않고."

상운은 얼른 기린을 품속에 감추었다.

"그렇지 않아도 지금 그리로 가던 길이에요. 같이 가요."

세 사람은 함께 이홍원으로 들어섰다. 처마 밑 돌층계의 난간에 기대어 바람을 쐬고 있던 습인은 상운이들이 오는 것을 보더니 한달음에 달려와 상운의 손을 잡았다. 그리고는 지난번에 다녀간 이후의 일들을 이야기하며 상운을 방 안으로 안내했다.

보옥이 말했다.

"진작 올 일이지. 난 좋은 물건을 하나 얻어 놓고 계속 기다리고 있었단 말이야."

보옥은 뭔가를 찾는 듯 제 몸을 뒤졌다. 그러다 '아뿔싸!' 소리를 지르며 습인에게 얼굴을 돌렸다.

"그걸 습인이 어디다 치워 두었어?"

"그거라니요?"

"요전에 얻은 기린 있잖아?"

"도련님이 매일 몸에 차고 계시지 않았어요? 제가 어떻게 알아요?"

보옥은 주먹으로 손바닥을 탁 쳤다.

"잃어버렸는걸! 어디다 떨군 걸 알아야 찾아보지?"

보옥이 벌떡 일어서며 찾으러 나가려는 것을 보고 상운은 보옥이 잃은 물건이 무엇인지를 알았다.

"오빠한테는 언제부터 기린이 있었던가요?"

"전번에 힘들여 겨우 얻은 거야. 그런 걸 어떻게 된 일인지 흘려 버렸군 그래. 나도 머리가 좀 돈 것 같아."

상운은 웃으며 보옥을 쳐다보았다.

"그래도 그것이 장난감에 불과한 거니까 다행이군요. 하지만 그만한 물건을 잃고서 그렇게 조급해 하실 건 없잖아요?"

상운은 손에 싸쥐었던 물건을 펴 보였다.

"자, 보세요. 이것이 아니던가요?"

"아니, 이게 어떻게……."

상운의 손에 놓인 것이 찾고 있던 기린인 것을 알아본 보옥은 어디서 주웠느냐고 물을 사이도 없이 그것을 집어들며 좋아서 어쩔 줄을 몰라 했다. 보옥이 말했다…….

보옥이 무슨 말을 했는지는 다음 회를 보시라.

제32회

가슴에 서린 진정으로 보옥을 미혹시키고
치욕의 누명에 금천아는 스스로 목숨을 끊다

잃었던 기린을 되찾은 보옥은 기뻐서 어쩔 줄을 몰랐다. 그는 기린을 받아 들며 상운에게 물었다.

"야, 마침 상운이가 주웠기에 말이지 다른 사람이 주웠다면 어쩔 뻔했을까? 그런데 상운인 이걸 어디서 주웠어?"

"다행히 그것이 노리개였으니까 별 문제가 없었지만 장차 인감(나라에서 발행한 벼슬의 신분증) 같은 것을 잃는다면 그저 이렇게 끝나고 말겠어요?"

보옥은 웃으며 상운의 말을 받았다.

"그까짓 인감 같은 건 백 번을 잃는대도 상관없지만 이것만은 절대로 잃어버려서는 안 되는 거야."

이때 습인이 차를 내다가 상운에게 권하며 한마디 끼어들었다.

"아가씨, 참 요전에 경사가 있었다지요?"

상운은 얼굴이 빨개지며 고개를 숙이고 그저 차만 마실 뿐 아무 대꾸도 없었다.

"아이, 새삼스레 웬 부끄럼을 다 타시는 거예요? 아가씨는 십 년 전의 일이 기억 안 나세요? 우리가 저 서쪽 뜨락에 있는 난각(暖閣)에 있을 때 어느 날 저녁 아가씨가 저에게 들려주시던 말씀 말이에요. 그 때는 별로 부끄러워하지 않으시더니 어떻게 지금 와서는 도리어 부끄럼을 타시는 거예요?"

"무슨 말이야? 그때는 우리가 아주 가까운 사이였으니까 그랬지만 지금은 형편이 달라졌어. 우리 어머님이 세상을 뜨시고 내가 집에 돌아가 있는 동안 어떻게 된 까닭인지 습인은 보옥 오빠를 모시게 되고 또 그러며부터 습인의 태도는 달라졌지 뭐야. 내가 와도 별로 그전처럼 따뜻하게 대해 주질 않거든."

"아니, 아가씨 쪽에서 도리어 저런 소리를 하시네! 그때는 언니, 언니 하면서 아가씨 쪽에서 저를 따라 주셨으니까 저도 기꺼이 아가씨의 머리도 땋아 드리고 세수 시중도 해 드리고 이것저것 심부름도 잘해 드렸지만 지금은 어디 그렇게 됐나요? 이젠 어른이 되셔서 격식을 차리며 아가씨 행세를 하시니 제가 어떻게 그전처럼 만만히 대할 수가 있겠어요?"

"나무아미타불! 무슨 죄받을 소리람! 내가 만일 습인이 앞에서 조금이라도 아가씨 티를 냈다면 당장 벼락을 맞아 죽을 거야. 좀 보라고. 이렇게 더운 날 이 댁에 와서도 누구보다 먼저 습인을 보러 오지 않았어? 믿지 못하겠으면 이 애한테 물어 보라고. 내가 집에 있을 때에 어느 하루라도 습인이 이야길 꺼내지 않은 적이 있는가고."

상운의 말에 습인과 보옥은 웃음을 띠었다. 습인은 얼른 변명을 했다.

"농담으로 한마디 한 건데 그렇게까지 고깝게 생각하실 건 뭐예요? 급한 성질은 전이나 조금도 변함이 없으셔."

"자기가 남에게 가슴에 맺힐 소리를 해 놓고서는 도리어 남을 성질이 급하다느니 뭐니 하는 건 뭐야!"

상운은 손수건을 풀어 가지고 온 가락지를 습인에게 내주었다. 가락지를 받아든 습인은 진정으로 고마워했다.

"일전에 아가씨들한테 보내 오셨을 때 저도 하나 얻어 가졌는데 오늘 또 이렇게 손수 가져다주시는 걸 보니 정말 아가씨가 저를 잊지 않으셨다는 걸 잘 알겠어요. 이 한 가지만 보아도 제게 대한 아가씨의 두터운 정을 알고도 남겠어요. 이 가락지가 값이 나가면 얼마를 나갈까만 여기에 아가씨의 진정이 담겨 있는 게 아니겠어요?"

습인의 말에 상운이 물었다.

"전번엔 누가 그걸 습인한테 주었어?"

"보채 아가씨가 주었어요."

"난 혹시 대옥 아가씨가 주었나 했더니 역시 보채 언니가 주었구먼. 난 집에 있으면서도 여기 있는 여러 언니들이 다 생각나지만 그 중에서도 보채 언니처럼 마음씨가 착한 사람은 없는 것 같아. 그런 언니하고 한 어머니 뱃속에서 태어나지 못한 게 한스러울 지경이야. 내게 만일 그런 친언니가 있다면 설령 아버지와 어머니가 다 돌아가셨다고 해도 이처럼 외롭지는 않을 거야."

상운은 눈물을 지었다.

"됐어, 됐어! 그런 소리는 그만두자고."

보옥이 말머리를 돌리려 하자 상운은 보옥을 쳐다보았다.

"왜 이런 말을 하면 못쓰나요? 난 오빠의 속을 다 알 만해요. 역시 대옥 아가씨가 들으면 좋지 않다 그거지요? 그리고 제가 보채 언니를 칭찬한 것이 오빠의 비위를 거스른 거지요? 어디 내 말이 틀리면 틀리다고 하세요."

상운의 말에 습인은 옆에서 키득키득 웃었다.

"상운 아가씨는 다 큰 어른이 되어 가지고도 여전히 말씀을 가리지 않고 마구 하시네요."

"그러기에 내가 뭐랬어! 이런 사람들하고는 말을 하기가 어렵다고 말이야. 안 그래?"

보옥의 이런 말에 상운은 더욱 야무지게 내쏘았다.

"미안하지만 오빠! 그런 구역질 날 말씀은 하지도 마세요. 우리 앞에서는 제법 큰소리를 치시지만 대옥 아가씨 앞에서는 찍소리 한번 못 하시면서 뭘 그러시는 거예요?"

이때 습인이 말머리를 돌렸다.

"자, 그런 말씀은 이제 그만 하세요. 제가 아가씨한테 한 가지 부탁할 일이 있어요."

"무슨 일인데?"

"신 한 켤레 만들 것이 있는데 제가 요사이 몸이 좀 불편해서 만들지 못하고 있어요. 아가씨께서 좀 수고해 주실 수 없겠어요?"

"원, 별소릴 다 듣겠네. 이 댁에 솜씨 있는 일손이 좀 많은가? 그밖에 또 침모요, 재단사요 하는 사람들도 수두룩한 판에 왜 하필이면 내게 해 달라는 거람! 습인의 부탁이라면 아무도 거절할 사람이 없을 게 아냐?"

"이럴 때는 아가씨도 퍽 아둔하시군요. 이 방의 일감은 다른 침모나 재단사한테 맡겨서는 안 된다는 걸 정말 모르시는 거예요?"

상운은 만들려는 신이 보옥의 것임을 알아채고 웃으며 대답을 했다.

"그렇다면 내가 대신 해 주어도 좋아. 그런데 한 가지 조건이 있어. 습인의 것이라면 해 주지만 다른 사람의 것은 실례지만 못 해 주겠어."

"또 시작하시는군요. 아무려면 저 같은 주제에 아가씨보고 신을 지어 달라겠어요? 솔직히 말씀드리면 제 것이 아니에요. 그러니까 꼭 누구의 것이냐고 묻지 마시고 청을 들어주세요. 아무튼 제가 대신 감사를 톡톡히 드릴 테니까요."

"바른대로 말해서 내가 습인의 청을 어디 한두 번 들어주었던가? 하지만 오늘의 청을 내가 왜 거절하는지 습인이도 그 까닭을 잘 알고 있지 않아?"

"전 모르겠는 걸요."

상운은 짐짓 냉소를 했다.

"일전에 들으니까 내가 만들어 준 부채 주머니를 어떤 사람 것과 내놓고 비기다가 말다툼을 하던 끝에 가위로 썰어 버렸다면서? 난 벌써 다 알고 있어! 그런 걸 습인인 나를 속여 가지고 부려먹을 생각이지만 내가 어디 이 댁의 종이던가?"

"그 일이라면 그때 난 그것이 상운 누이가 만든 것인 줄을 모르고 그랬던 거야."

보옥이 변명을 하자 습인도 뒤따라 웃으며 토를 달았다.

"도련님은 그때까지도 아가씨가 만든 것인 줄을 모르고 있었어요. 제가 처음부터 속였으니까요. '요즘 어느 집에 바느질 잘 하는 여자가 있는데 꽃수를 귀신같이 놓는대요. 시험삼아 부채 주머니 하나만 시켜 볼까요?' 하고 제가 청을 들었더니만 도련님은 곧이들으시고 그래 보라는 게 아니겠어요? 나중에 아가씨가 만든 부채 주머니를 그 여자가 만든 것이라고 하면서 드렸더니 도련님은 그걸 사방으로 들고 다니며 자랑을 하시더군요. 그런데 그만 무슨 일로 대옥 아가씨의 노염을 사신 끝에 그걸 두 동강으로 싹 잘라 버렸다지 않아요? 도련님은 돌아와 나더러 하나 더 만들게 하라고 하셨지만 또 거짓말을 할 수가 있어야지요? 그래서 아가씨가 만든 것이라고 알려 드렸더니 얼마나 후회하고 낙심하셨는지 몰라요."

"그렇다면 더욱 이상하지 않아? 대옥 아가씨가 까닭 없이 성낼 것도 없겠거니와 이왕 그렇게 썰기를 잘 하는 분이라면 그분한테 부탁하면 더 좋을 게 아냐?"

"대옥 아가씨는 그런 걸 만들 수가 없으니 이번만은 눈감아 주세요. 그 아가씨가 조금이라도 힘들어할까 봐 대부인께서 몹시 걱정을 하시는

데다 또 의원도 각별히 정양을 해야 한다고 주의를 시켰기 때문에 아무도 그 아가씨한테 부탁할 수가 없어요. 지난해엔 그래도 일 년이나마 걸려서 향주머니 한 개를 만들었는데 올해는 반 년이 넘도록 아직 바늘 한 번 드시는 걸 못 보았어요."

이때 하인이 문 밖에 와서 아뢰었다.

"흥륭가(興隆街)에 계시는 손님이 오셨다면서 대감님께서 도련님더러 나와 인사를 드리라고 하십니다."

보옥은 가우촌이 온 것임을 알고 속으로 여간 꺼림칙하지 않았다.

습인이 급히 옷을 가지러 간 사이 보옥은 신을 신으면서 혼잣소리로 중얼거렸다.

"아버님께서 상대를 해 주었으면 됐지 왜 자꾸 올 적마다 나까지 만나겠다고 성화람!"

상운이 옆에서 가만히 부채질을 하고 있다가 웃으며 참견을 했다.

"그거야 도련님이 손님 대접을 잘 하시니까 아버님께서 일부러 부르시는 게 아니겠어요?"

상운의 말에 보옥은 화를 벌컥 냈다.

"누구를 아버님께서 부르신다는 거야? 모든 게 그 사람이 나를 만나기 위해서 꾸민 건데."

"주인이 고상하면 찾아오는 손님이 많다지 않아요? 오빠한테 틀림없이 그 사람을 감복시킬 만한 장점이 있기 때문에 이처럼 꼭 만나 보려 하는 게 아니겠어요?"

"이거 정말, 그런 소리는 그만두라고. 난 고상하다는 것과는 인연이 없는 사람이야. 속물 중에서도 첫째 가는 속물이니까. 정말이지, 난 저런 사람들하고는 만나고 싶은 생각이 털끝만큼도 없어."

"오빠는 왜 아직도 그 성격을 고치지 않는 거예요? 이젠 이만큼 컸으니까 과거공부 같은 건 싫으면 그만둔다 치더라도 그때그때 훌륭한 명인 지사들을 만나서 나라를 다스리고 세상을 건지기 위한 학문 같은 것은 공부를 해야 할 게 아녜요? 그래야만 앞으로 교제를 하고 처세를 하는 데도 길이 트이고 좋은 친구도 생기게 될 거란 말이에요. 지금처럼 일 년 내내 우리 같은 계집애들 무리 속에서만 놀아나고 있어서야 되겠어요?"

보옥은 또 화를 벌컥 냈다.

"아가씨! 미안하지만 다른 자매들 방으로 가주어요. 아가씨같이 나라를 다스리는 데 필요한 학문을 많이 가지고 있는 분이 이런 데 앉아 계시면 몸이 더러워져 되겠어요?"

마침 보옥의 옷을 들고 들어오던 습인이 그 말을 듣고 얼른 막아섰다.

"상운 아가씨! 어서 그런 이야기는 그만두세요. 언젠가 보채 아가씨도 아가씨와 같은 말을 했었는데 도련님은 남의 체면 같은 건 생각지도 않고 그냥 횡하니 나가 버렸어요. 그러니 보채 아가씨의 처지가 어떻게 되었겠어요? 하던 말을 채 끝내기도 전에 도련님이 나가시는 것을 보자 당장 얼굴이 새빨개지시더군요. 말을 계속하기도 안 됐고 또 그만두기도 딱했지 뭐예요. 그게 마침 보채 아가씨였으니 다행이지 만일 대옥 아가씨였더라면 아마 울고불고 하며 또 큰 야단이 났을 거예요. 말이 났으니 말이지 보채 아가씨는 정말 존경이 가는 분이에요. 그 날 보채 아가씨는 더 별말이 없이 돌아가셨지만 전 그래도 속으로 얼마나 골이 났을까 하고 생각했어요. 그런데 다음날 만나 보니 조금도 그런 눈치가 보이지 않았어요. 정말 교양이 있고 도량이 넓은 분이에요. 하지만 도련님은 자기 쪽에서 도리어 틀어지시는 게 아니겠어요? 만일 대옥 아가씨가 그렇게 화를 내며 토라졌다면 이 도련님은 아마 코가 땅에 닿도록 빌었을 거예요."

"아니, 대옥 누이가 언제 그런 데데한 소리를 하는 걸 본 적이 있어? 그가 만일 그런 소리를 했다면 우리는 벌써 의가 벌어지고 말았을 거야!"

습인과 상운은 보옥의 말에 서로 고개를 끄덕이며 웃었다.

"아이 참, 그걸 데데한 소리라고 하시는군요?"

한편 임대옥은 상운이 보옥의 방에 가 있는 것을 알고 있고 또 보옥이 반드시 기린에 대한 이야기를 꺼낼 것도 짐작이 갔다. 그래서 자기 나름의 생각을 하고 있던 끝에 문득 최근 보옥이 민간에서 떠돌고 있는 야사들에 흥미를 가지고 있다는 생각이 떠올랐다. 그것은 태반이 재자(才子)와 가인(佳人)들이 조그마한 노리개들, 이를테면 원앙이라든가 봉황이라든가 금은패물이라든가 손수건이라든가 거울 같은 것들을 주고받거나 짝을 맞춰 보는 데서 일생의 인연이 정해진다는 이야기들이었다. 대옥은 문득 보옥에게도 요즘 기린이 생겼다는 생각이 들며 이 기린으로 하여 보옥과 상운의 사이에 또 어떤 풍류 가사처럼 인연이 맺어지지나 않는 것일까 하는 의심이 머리를 쳐들었다. 대옥은 살금살금 이홍원으로 걸어가서 두 사람의 동정을 살펴보리라 마음먹었다.

그런데 그가 막 이홍원에 발을 들여놓으려는 순간 사상운이 나라를 다스려 백성을 건지는 데 대한 이야기를 하고 보옥이 또 '그래 대옥 누이가 언제 그런 데데한 소리를 하는 걸 본 적이 있어? 그가 만일 그런 소리를 했다면 우리는 벌써 의가 벌어지고 말았을 거야!' 하고 말하는 소리가 들려온 것이다.

그 말을 들은 대옥은 반갑기도 하고 놀랍기도 하고 슬프기도 하고 또 한숨이 나오기도 했다.

반가운 것은 사람 보는 자기의 눈이 과연 틀리지 않았다는 생각이었다. 평소부터 보옥을 지기로 믿어 왔던 것인데 그런 말을 듣고 보니 더욱 믿음이 갔던 것이다. 놀랐던 것은 보옥이 자기에 대한 믿음과 칭찬의 말을 조금도 거리낌없이 남들 앞에서 드러내놓고 하였기 때문이었다. 또 한숨이 나오게 된 것은 그대가 이왕 나를 지기로 믿고 있는 이상 나도 역시 그대를 지기로 믿어야 할 것이다. 그런데 그대와 내가 지기라면 왜 구태여 금과 옥의 연분에 관한 일설이 있는 거며 또 금과 옥의 일설이 있다면 그것은 그대와 나 사이에 있으면 그만일 것을 어찌하여 보채라는 제삼자까지 나타날 필요가 있는 걸까 하는 생각에서였다. 그리고 슬펐다는 것은 양친께서 일찍 돌아가신 처지라 비록 마음과 뼛속에 깊이 새겨둘 말은 있을망정 누구 하나 자기를 위해 힘써 줄 사람이 없는 데다 요즘은 병이 더 심해진 듯 정신이 혼미해지고 있어 의원으로부터 결핵으로 번져갈 우려가 없지 않다는 말까지 듣는 터라 그대와 내가 아무리 지기라고 한들 얼마를 이어갈 거며 그대가 아무리 나를 믿어준들 내 길지 못한 목숨을 어떻게 하랴 하고 생각한 때문이었다.

이렇게 생각하노라니 대옥은 자기도 모르게 눈물이 주르르 흘러내렸다. 그대로 들어가 남들을 대하기가 면구하여 대옥은 눈물을 닦으며 발길을 돌리고 말았다.

이때 보옥이 부랴부랴 옷을 갈아입고 나오다가 대옥을 보았다. 대옥이 저만큼 앞에서 천천히 걸어가고 있는데 눈물을 닦고 있는 듯싶었다. 보옥은 얼른 다가가며 대옥을 불렀다.

"대옥 누이, 어딜 가는 길이야? 그런데 왜 울고 있어? 누가 또 대옥 누이를 기분 상하게 한 거야?"

대옥이 고개를 돌려보니 보옥이었으므로 억지로 웃음을 지어 보였다.

"울긴 누가 울었어요?"

"저것 보지? 눈에 눈물이 그냥 매달려 있는데도 울지 않았다고?"

보옥이 손을 들어 대옥의 눈물을 닦아주려고 하자 대옥은 기겁을 하듯 뒤로 몇 발짝을 물러서며 큰 소리로 말했다.

"오빠는 또 죽고 싶은 모양이군요. 왜 이렇게 멋모르고 손짓 발짓을 함부로 해대는 거예요?"

"나도 모르게 손이 올라간 거야. 죽고 사는 걸 생각할 새가 어디 있어?"

"글쎄 오빠가 잘못되는 건 또 그렇다 치겠지만 뒤에 남은 금이니 기린 이니 하는 건 어떻게 하실 거예요?"

대옥의 이 한마디에 보옥은 화가 났다. 보옥은 대옥에게 다가들며 외 쳤다.

"그건 또 무슨 말이야! 대옥 누이는 도대체 나를 저주하는 거야? 아니 면 부아를 터뜨려 주려는 거야?"

대옥은 그제야 일전에 있었던 일을 생각하고 자기가 경솔했음을 느끼 지 않을 수 없었다. 대옥은 급히 웃으며 보옥에게 사과의 말을 했다.

"오빠는 무얼 그렇게 화를 내시는 거예요! 제가 실언을 했으니 용서하 세요. 이만한 일에 힘줄이 다 일어서고 땀까지 흘리실 거야 없지 않아 요."

대옥은 보옥에게 가까이 다가서며 보옥의 얼굴에 돋은 땀을 닦아주 었다.

그동안 보옥은 멍하니 대옥을 마주 보고 있다가 한참만에 입을 열었다.

"누이! 안심하라고!"

대옥도 보옥을 멍하니 마주 보고 있다가 한참만에 이렇게 대꾸했다.

"내가 무얼 안심 못 하는 거라도 있던가요? 무슨 말씀인지 난 통 모르 겠군요. 안심은 무어고 안심하지 않는 건 또 무언지 그거나 똑똑히 말씀 하세요."

보옥은 땅이 꺼지게 한숨을 지으며 머리를 숙였다가 다시 대옥을 쳐다보았다.

"내가 한 말을 누이는 정말 모르겠다는 거야? 그래 내가 지금까지 누이한테 두고 있는 마음이 모두 부질없는 것이었던가? 누이가 정말 내 마음을 헤아리지 못하고 있었다면 누이가 나 때문에 매일 성을 내게 된 것도 무리는 아니었어!"

"안심하라느니 뭐니 하는 말은 난 정말 모르겠어요."

대옥의 이런 대답에 보옥은 머리를 끄덕이며 다시 한번 탄식을 했다.

"대옥 누이! 나를 속이려고 할 건 없잖아? 정말 내 말뜻을 모르겠다면 이날 이때까지 내가 써 온 마음이 다 허사였을 뿐만 아니라 누이가 오늘까지 나에게 보여준 정성까지도 모두 헛것이 되고 마는 거야. 사실을 말할 것 같으면 누이는 그 안심하지 못하는 마음 때문에 몸에 병을 얻게 된 거야. 조금만 마음을 더 너그럽게 가졌더라도 지금처럼 병이 하루하루 더해 가지는 않았을 거고……."

보옥의 말은 대옥의 가슴에 큰 파문을 일으켰다. 생각하면 할수록 보옥의 말은 마디마디가 다 가슴에 서린 말들이었던 것이다. 그리하여 대옥은 가슴 가득 감개무량한 느낌과 함께 하고 싶은 말이 수없이 많았지만 막상 입을 떼려니까 무엇을 어떻게 말해야 좋을지 몰라 그저 멍하니 보옥을 바라보고만 있었다.

이때 보옥도 하고 싶은 말은 태산 같았지만 어떻게 해야 좋을지 몰라 역시 말없이 대옥을 쳐다볼 뿐이었다.

둘은 이렇게 한동안 침묵을 지키고 있다가 대옥이 먼저 기침을 하며 눈물을 흘리더니 몸을 돌려 물러가려 했다. 그러자 보옥은 당황히 대옥의 앞을 막아섰다.

"대옥 누이 잠깐만! 내 말을 한마디만 더 듣고 가!"

대옥은 눈물을 흘리며 한 손으로 보옥을 옆으로 밀쳤다.

"무얼 더 말씀하시겠다는 거예요! 오빠가 하려는 말씀을 전 벌써 다 알고 있어요!"

대옥은 뒤도 돌아보지 않고 총총히 물러가 버렸다. 보옥은 닭 쫓던 개 지붕 쳐다보듯 우두커니 그 자리에 서 있었다.

보옥은 황급히 문을 나서다 보니 부채를 잊고 가져오지 않았다. 습인은 이렇게 무더운 날 부채가 없으면 안 되리라 여겨져 부채를 찾아들고 보옥을 뒤따라 나왔는데 처음엔 대옥이 보옥과 마주 서 있는가싶더니 이윽고 물러가고 보옥이 혼자서 정신을 놓고 서 있는 것을 보았다. 습인은 보옥에게로 달려갔다.

"도련님, 왜 부채도 안 가지고 나가셨어요? 제가 알고 가져왔으니 망정이지……."

보옥은 넋없이 서서 습인이 다가와 말을 하는 것을 눈앞에 보면서도 그가 누구인지 알아보지 못했다.

"대옥 누이! 이 가슴속에 서리고 서린 심사를 지금까지는 고백해볼 용기가 없었어. 그렇지만 오늘은 더 참고 있을 수가 없어서 용기를 내어 고백했던 거야. 이제는 죽어도 한이 없겠어. 사실은 나도 누이 때문에 몸을 상하고 있었어. 그저 아무한테나 함부로 말할 수가 없는 일이라 지금까지 숨겨 왔을 뿐이야. 아마 대옥 누이의 병이 나아야 내 병도 나아질까 봐. 잠을 자도 그렇고 꿈을 꾸어도 마찬가지야. 난 한시도 대옥 누이를 잊고는 살 수가 없단 말이야."

보옥의 입에서 이런 소리가 나오자 습인은 소스라치듯 놀라며 속으로 '아이, 이를 어째! 나무아미타불!' 하고 부르짖었다. 습인은 울상이 되어 보옥을 탁 밀쳤다.

"도련님! 지금 무슨 말씀을 하고 계세요? 별안간 도깨비한테 홀리신 거나 아녜요? 어서 갈 데를 가시지 않고!"

보옥은 그제야 제정신이 돌아 습인이 부채를 가지고 온 것을 알아보았다. 금세 얼굴이 홍당무가 된 보옥은 부채를 빼앗아 들기가 바쁘게 그 길로 달아나 버리고 말았다.

습인은 달려가는 보옥의 뒷모습을 바라보면서 방금 보옥이 하던 말을 생각했다.

'그것은 분명 대옥을 두고 하는 말이렸다. 그렇다면 앞으로 둘 사이에는 어떤 일이 일어날지 모를 일이 아닌가! 실로 놀랍고 무서운 일이다.'

이렇게 생각하는 동안 습인은 자기도 모르게 눈물을 주르르 흘렸다.

'어떻게 하면 앞으로 추한 모습이 생기지 않도록 막을 수가 있을까?'

습인이 계속 이런 생각을 하고 있노라니 보채가 웃으며 습인에게로 다가왔다.

"불볕이 내리쬐는데 왜 그렇게 정신을 놓고 서 있는 거야?"

"저기 참새 두 마리가 싸우고 있는 게 재미가 나서 보고 있던 중이에요."

"보옥 도련님은 방금 나들이옷을 입고 바삐 나가던데 어딜 가는 거야? 지나가는 걸 보고 불러 세울까 하다가 그만두었어. 도련님이 요새는 어쩐지 말을 통 분수가 없게 하는 것만 같아. 그래서 가는 걸 보고도 그냥 내버려두었어."

"대감님께서 부르셨어요."

습인의 말에 보채가 다급히 캐물었다.

"아니, 이렇게 무더운 날에 도련님을 불러서는 무얼 하시자는 걸까? 무슨 일인지 갑자기 생각나셔서 불러다 꾸중을 하시려는 게 아닐까?"

"그런 건 아닌 것 같아요. 누군가 손님이 오셔서 그분이 도련님을 만나자는 것 같아요."

"찾아온 손님도 멋쩍은 양반이시군. 이렇게 무더운 날 집에서 땀이나

들이고 있을 일이지 쓸데없이 나다닐 건 뭐람."

"참, 그렇기도 하군요."

습인이 웃자 보채는 말머리를 딴 데로 돌렸다.

"그래 상운 아가씨는 여기 와서 뭘 하고 있지?"

"방금 여기서 함께 이야길 나누었어요. 그런데 이걸 좀 보세요. 지난번에 제가 신을 만들려고 풀을 먹여 두었던 건데 내일 상운 아가씨에게 만들어 달랠 생각이에요."

습인의 말에 보채는 지나가는 사람이 없나 하고 주위를 한번 살펴보더니 웃으며 나직이 말했다.

"습인이 같이 사리에 밝은 사람이 왜 그렇게 남의 심정을 모르고 있는 거야? 요즘 내가 눈치로도 알 수 있었고 또 소문으로도 들었지만 상운 아가씨는 집에서 조금도 자기 마음대로 할 수가 없는 모양이야. 그 집에선 비용이 많아질 것이 두려워 바느질일은 전부 자기네들의 손으로 하고 있다나 봐. 그렇지 않다면 어째서 이 댁에 올 때마다 사람들이 없는 자리에서는 내 앞에서 늘 고단해 못 살겠다고 한탄을 하겠어? 그리고 내가 집안 살림에 대해 몇 마디 묻기라도 하면 이내 눈자위가 붉어지며 대답도 어물어물 하는 것이 시원치가 못하단 말이야. 어려서부터 부모 없이 고생스레 자라 온 처지라 어쩔 수가 없나봐. 그런 모습을 눈으로 볼 때마다 나까지 마음이 슬퍼져."

보채의 말에 습인은 그제야 생각난 듯 손뼉을 쳤다.

"맞아요, 맞았어요. 그러기에 지난 달 제가 나비접이를 여남은 개 만들어 달라고 부탁을 했더니 퍽 여러 날이 지나서야 사람을 시켜 보내 왔는데 짬이 없어 아무렇게나 만든 것이니 스산한 대로 먼저 쓰고 다음날 그 댁에 가게 되면 천천히 잘 만들어 주겠노라고 했었군요. 지금 아가씨의 말씀을 듣고 보니 그때도 우리의 부탁이니까 거절할 수가 없어서 힘든 것도 무릅쓰고 해주었던 거로군요. 그런데 무엇 때문에 상운 아가씨까지 그렇게 밤늦도록 일을 해야 하는 걸까요? 전 그런 것도 몰랐어요. 진작부터 그런 줄 알았다면 그렇게 무리한 부탁을 드리지 않는 건데."

"지난번에도 나한테 말하는 걸 들으니 상운 아가씨는 집에서 매일 밤 자정이 넘도록 일을 한대. 그래서 조금이라도 남의 일을 거들어 줄 것 같으면 그 댁 할머님이나 큰어머님께서 여간 불만이 아니시래."

"그런데도 소 힘줄 같이 고집이 센 우리 도련님은 큰 물건이건 작은 물건이건 일체 집에 딸려 있는 침모들한테는 시키지 못하게 하지 않아요? 그렇다고 무엇이나 제가 혼자서 도맡아 해낼 수는 없고요."

"그런 걸 상관할 게 뭐야? 침모들한테 시켜서 만들어 놓은 다음에 습인이 만든 거라고 하면 되잖아?"

"도련님을 속여요? 단번에 알아내시고 말 텐데요. 힘이 들더라도 제가 맡아서 천천히 해내는 수밖에 없어요."

"너무 무리할 것까지는 없어. 내가 좀 거들어 줄 수 있으니까."

"정말 그래 주신다면 전 복을 받는 셈이에요. 그럼 저녁에 제가 일감을 갖다 드리겠어요."

습인의 말이 채 끝나기도 전에 한 노파가 허둥지둥 달려왔다.

"세상에 이런 변도 있나? 멀쩡하던 금천아가 우물에 빠져 죽었어!"

습인은 소스라치도록 놀랐다.

"금천아라니 어느 금천아 말이에요?"

"금천아가 어디 둘이나 있던가? 바로 마님 방에 있던 그 애 말이야. 며칠 전에 무슨 일 때문인지는 몰라도 이 댁에서 쫓겨났잖았어? 그래서 집에 돌아가 울고불고 하는 걸 가만 내버려두었는데 어느 샌가 집을 나가 보이지 않더래. 그런 걸 방금 누가 동남쪽 담장 밑에 있는 우물에서 물을 푸려고 보니 글쎄 물 위에 시체가 떠 있더라지 않아! 그래서 사람을 불러다 건져내 보니 그 애였더래. 그 애네 집에서는 그래도 어떻게 살려내 보려고 법석을 떨었지만 무슨 보람이 있겠어?"

"정말 속이 막힌 계집애로군."

보채의 말에 습인은 머리를 끄덕이며 한숨을 쉬었다. 그리고는 평소에 함께 지내던 동료로서의 정을 생각하며 눈물을 지었다.

보채는 이 소리를 듣고 이내 왕부인을 위로해 드리러 가고 습인은 어지러운 정신으로 자기 방으로 돌아갔다.

보채가 왕부인의 방에 이르러 보니 물을 뿌린 듯 조용한데 왕부인 혼자 방안에 앉아 눈물을 흘리고 있었다. 보채는 먼저 말을 꺼내기가 안되어 가만히 한옆에 다가가 앉았다.

"너 어디서 오는 길이니?"

왕부인이 보채를 돌아보며 물었다.

"대관원에서 오는 길이에요."

"그럼 보옥일 만나지 못했니?"

"방금 나들이옷을 입고 나가는 건 보았지만 어디로 가는지는 모르겠어요."

왕부인은 고개를 끄덕이며 흑흑 흐느꼈다.

"넌 거기서 소문을 못 들었니? 금천아가 글쎄 우물에 빠져 죽었다는구나."

보채는 그제야 조심스레 입을 열었다.

"그 애가 왜 까닭도 없이 우물에 빠져 죽었을까요?"

"실은 요전날 그 애가 내 물건 하나를 깨뜨렸기로 그만 화가 나던 김에 그 앨 매질해 내쫓아 버렸구나. 한 이틀 혼을 내 주고는 다시 불러들일 생각이었는데 그 독한 애가 글쎄 우물에 몸을 던질 줄이야 누가 알았겠니. 그러니 이게 다 내 죄가 아니고 뭐냐?"

왕부인의 말에 보채는 한숨을 내쉬었다.

"이모님은 워낙 인자하신 분이시니까 그렇게 생각하시겠지만 제 생각엔 그 애가 꼭 분한 김에 우물에 빠진 거라고는 믿어지지 않아요. 집으로 가던 길에 혹시 우물가에서 놀다가 발을 헛디뎌 빠졌을 수도 있잖아요? 이런 데서 구속스레 지내다가 오래간만에 집에 가 있게 되었으니 기를 펴고 놀아날 것도 당연하지 않겠어요? 억울할 일이 뭔가 말이에요. 또 설사 억울한 일이 있더라도 죽기까지 한다는 건 어리석고 괘씸한 일이란 말이에요. 그러니 불쌍할 것도 없어요."

왕부인은 머리를 끄덕이며 한숨을 쉬었다.

"글쎄, 그렇다고는 하겠지만 난 아무래도 마음이 불안하구나."

"이모님께서 너무 심려하실 건 없어요. 자비로우신 마음과 인정에 끌려 그러신다면 돈냥이나 좀 많이 내리셔서 장례나 잘 지내도록 해주세요. 그러면 주종간의 의리를 다하는 게 되지 않겠어요?"

"그렇지 않아도 방금 그 애 어미한테 은전 오십 냥을 보내 주었어. 그리고 너희 자매들의 옷으로 새로 지은 것이 한 두어 벌 있으면 수의로 쓰게 보낼까 했더니 희봉의 말이 마침 새로 지은 옷이 없다는구나. 있는 건 대옥의 생일 때 주려고 지은 옷 두 벌뿐인데 너도 알다시피 대옥이는 남달리 까다로운 성미가 아니냐? 게다가 원래부터 재난만 붙어 다니는 아이인데 생일 때 주기로 한 옷을 남의 수의로 준다면 여간 불길한 일이 아니란 말이야. 그래서 할 수 없이 침모한테 부탁하여 급히 옷 두 벌을 지으라고 부탁해 놓았어. 다른 아이들 같으면 돈냥이나 쥐어 주면 그만이겠지만 금천아만은 말이 시녀지 내 곁에 오랫동안 함께 있던 아이라 딸자식과 다름이 없어."

왕부인이 또 눈물을 보이자 보채는 얼른 말을 이었다.

"일부러 침모를 시켜 새로 옷을 지을 것까진 없어요. 제게 며칠 전에 새로 지은 옷이 두 벌 있으니까 그걸 갖다 주면 수고도 덜 수 있잖겠어요? 그 애가 살아있을 때에 내 헌 옷을 입은 적이 있으니까 치수도 맞을 거예요."

"그렇지만 넌들 그렇게 해서 기분이 좋겠느냐?"

왕부인의 걱정에 보채는 웃음을 지었다.

"이모님, 안심하세요. 전 그런 건 아무렇지도 않게 여기니까요."

보채가 자리에서 일어나 물러가려 하자 왕부인은 곧 시녀들을 불러 보채를 따라가도록 했다.

이윽고 보채가 옷을 들고 다시 찾아왔을 때는 보옥이 왕부인 옆에서 눈물을 흘리며 서 있었다. 왕부인은 그런 보옥에게 뭐라고 훈계를 하다가 보채가 들어오는 것을 보고는 급히 입을 다물고 말았다. 보채는 그들의 표정과 방 안의 분위기로 보아 대강 짐작이 갔다. 보채가 말없이 가져온 옷을 내려놓자 왕부인은 즉시로 금천아의 어미를 불러들여 옷을 가져가도록 했다. 다음 회를 보시라.

제33회

형제간에 호시탐탐 고자질을 일삼고
죄 많은 불초 귀공자 매를 맞다

금천아의 어머니를 불러들인 왕부인은 수의로 쓸 옷가지 말고도 비녀며 가락지 같은 것을 더 쥐어 주고 나서 몇 명의 중을 불러다 죽은 아이의 명복을 빌도록 해주었다. 금천아의 어머니는 백배 사례를 하고 물러갔다.

가우촌을 만나 보고 돌아온 보옥은 금천아가 부끄러움과 분함을 못 이겨 자살했다는 말을 듣고 가슴이 찢어지는 듯 아팠다. 게다가 그는 또 어머니한테 붙들려 꾸지람을 톡톡히 듣지 않으면 안 되었다. 그렇지만 뭐라고 대꾸할 수도 없어 난처한 처지에 있는데 마침 보채가 왔다. 보옥은 그 틈을 타 얼른 왕부인의 방에서 뛰쳐나왔다. 그러나 마음이 어지러워 어디로 가야 좋을지 몰랐다. 그 자리에 서서 뒷짐을 지고 한숨을 내쉬던 그는 천천히 대청 쪽으로 걸음을 옮겼다.

보옥이 막 병풍문을 돌아 나가려는데 갑자기 누군가가 마주 들어오다가 보옥과 딱 마주쳤다.

"이놈, 눈이 멀었느냐!"

보옥이 깜짝 놀라 쳐다보니 다른 사람이 아니라 아버지 가정이었다. 자기도 모르게 숨을 죽인 보옥은 조마조마한 마음으로 팔을 드리우고 한옆으로 비켜섰다.

"뭐가 어쨌기에 고양이 낙태한 꼴을 하고 있는 거냐? 방금 우촌 선생이 와서 너를 만나 보고 싶다기에 부르러 보냈을 때는 왜 그렇게 능장을 부렸어? 그리고 손님 앞에서 네 꼴이 그게 뭐란 말이냐? 소금에 절인 배춧잎같이 후줄근해 가지고 묻는 말에 대답 하나 제대로 못하면서. 그렇지 않아도 내가 네놈의 얼굴에 수심과 고민이 있는 걸 보고 있었는데 지금은 또 무슨 한숨질이야? 그래 네가 무엇이 부족하고 구속스러워 그러는 거냐? 어디 좀 말해 보아라!"

평소 같으면 뭐라고 곧잘 둘러댈 보옥이었지만 지금은 금천아의 죽음을 두고 슬퍼하던 나머지 금천아를 따라 죽어 버리고만 싶은 생각에 빠져 있다 보니 아버지의 꾸지람도 미처 알아듣지 못하고 그냥 멍청히 서 있었다.

가정은 오늘따라 아무런 변명도 없는 아들을 보자 처음에는 별로 나지 않던 화가 불끈 치밀어 올랐다. 그래서 한마디 더 욕을 하려는데 하인이 다가와 아뢰었다.

"충순친왕(忠順親王) 댁에서 사람이 찾아와 대감님을 뵙자고 합니다."

가정은 충순친왕이란 말에 고개를 갸웃했다.

'평소에 별로 교제가 없는 충순친왕이 무슨 일로 오늘 사람까지 보내어 만나자는 걸까?'

이런 생각을 하며 가정은 얼른 분부를 내렸다.

"그럼 어서 안으로 모시도록 해라."

가정이 나가 보니 친왕부(親王府)의 총집사였다. 가정은 대청으로 그를 맞아들여 자리를 권한 다음 차를 내오게 했다. 가정이 미처 인사도 하기 전에 총집사가 먼저 입을 열었다.

"제가 이렇게 찾아오게 된 것은 전적으로 친왕 전하의 분부에 따른 것입니다. 실은 한 가지 도움을 받아야 할 일이 있어서 그러는 것이오니 친왕 전하의 안면을 보아서라도 대감께서 들어주셔야 하겠습니다. 그러면 친왕 전하께서도 만족하실 테고 저로서도 여간 감사하지 않겠습니다."

가정은 아직 무슨 영문인지를 알 수가 없어 웃음을 띠며 몸을 일으켰다.

"친왕 전하의 명을 받고 오셨다니 무슨 유지를 내리셨던가요? 어서 말씀해 주신다면 힘 자라는 대로 왕명을 좇도록 하오리다."

총집사의 얼굴에는 금세 싸늘한 웃음이 어렸다.

"뭐 왕명을 좇으신다고 할 것까지야 없겠지요. 그저 대감께서 아래에다 한마디만 말씀해 주시면 될 거니까요. 실은 우리 친왕부에 기관(琪官)이라고 하는 소단(小旦)역의 배우가 한 사람 있었는데 그가 사오 일 전부터 자취를 감추었단 말입니다. 찾을 만한 곳은 모두 찾아보았지만 도무지 찾아낼 길이 없었지요. 그래서 다시 백방으로 수소문해 본 결과 이 성 내의 사람들 가운데서 열의 아홉은 다 이구동성으로 그 녀석이 요사이 이 댁의 그 옥을 물고 나왔다는 아드님과 아주 가깝게 지내고 있다는 겁니다. 제가 그 소문을 듣고 이 댁은 다른 댁과 달라 함부로 들어가 수색할 형편이 못 되기 때문에 친왕 전하께 말씀을 올렸지요. 그랬더니 친왕 전하께선 다른 배우들 같으면 백 명이 없어져도 그만이겠지만 이 기관이만은 임기응변을 잘 하고 연기가 남달리 뛰어나 심히 총애하는 터이라 없으면 안 됨을 알라고 하시더군요. 그래서 제가 오늘 대감께서 아드님께 분부를 내리시어 기관을 내놓아 주십사 하고 청을 하러 온 겁니다. 그래만 주신다면 우선 친왕 전하의 안면을 보아주신 것이 되거니와 다음으로는 이 소관의 불필요한 근심과 걸음을 덜어 주시는 것이 될 줄 압니다."

말을 마친 총집사는 허리를 굽혀 절을 했다.

총집사의 말을 듣고 난 가정은 속으로 매우 놀라웠고 또 그만큼 화가 나기도 했다. 가정은 당장 보옥을 불러들였다. 보옥은 그렇지 않아도 방금 꾸지람을 듣고 난 뒤라 겁을 잔뜩 먹고 있던 참인데 또 자기를 불러들이는 바람에 더욱 어리둥절해졌다. 가정은 보옥이 들어서기 바쁘게 고함을 질렀다.

"너 이 죽여버릴 녀석 같으니! 집에서 공부를 안 하는 건 그렇다 치고 왜 또 엉뚱한 짓까지 하는 거냐! 그 기관이라는 사람은 충순친왕 댁에서 친왕 전하를 모시고 있는 사람이야. 그런 걸 너 같은 초개 녀석이 할 일 없이 꾀어내서는 아비까지 망신을 시켜? 응? 이놈!"

깜짝 놀란 보옥은 겁에 질렸지만 급히 변명을 했다.

"전 그런 걸 전혀 모릅니다. 기관이란 이름자도 들어보지 못한 처지에 어떻게 꾀어낼 수가 있겠습니까?"

보옥은 울음을 터뜨렸다. 가정이 다시 입을 열기에 앞서 총집사가 냉소를 하며 보옥에게 말했다.

"도련님, 그렇게 시치미를 떼실 건 없습니다. 댁에다 숨겨 두셨다거나 어느 딴 곳에 가 있다는 것만 말씀해 주시면 그만인 걸요. 그래만 주시면 우리는 수고를 덜게 될 거고 또 도련님의 공덕을 잊지 않을 것입니다."

"그렇지만 전 정말 기관이란 사람을 몰라요. 혹시 잘못 들으신 거나 아닙니까?"

총집사는 또다시 냉소를 했다.

"이거 참, 왜 이러십니까? 증거물까지 가지고 있는데 시치미만 떼려고 하시니! 춘부장이 계신 앞에서 증거를 내놓게 되면 도련님께 이로운 점이 없을 텐데요. 이왕 모른다고 하시니 할 수 없습니다만 그 사람의 붉은 허리띠가 어떻게 도련님의 허리에 둘러져 있는가요?"

그 말을 들은 보옥은 그만 정신이 아찔해지고 눈앞이 캄캄해져 그저 입만 딱 벌리고 있었다.

'이 사내가 그걸 어떻게 알고 있을까? 이런 비밀까지 알고 있는 이상 다른 일에 대해서도 다 알고 있을 것이다. 더 속인다는 것은 어리석은 일이니 어서 돌려보내어 다른 일이라도 입 밖에 내지 않도록 해야겠군.'

이렇게 생각한 보옥은 이내 입을 열었다.

"나리께서 그 사람의 일에 대해 그처럼 자상히 잘 알고 계시면서 어떻게 그 사람이 집을 산 사실을 모르고 계십니까? 듣건대 그 사람은 지금 동쪽 교외에 나가 있나 봅니다. 성에서 약 20리 떨어져 있는 자단보(紫檀堡)라는 마을에다 땅 몇 마지기와 집 몇 칸을 사 두었다니까 혹시 그곳에 가 있는지 모르지요."

"그렇다면 틀림없이 그곳에 있을 테지요. 어디 내가 가서 찾아보리다. 그러나 만일 그곳에도 없을 때는 다시 또 도련님을 찾아와야 하겠습니다."

말을 마친 총집사는 황급히 물러갔다. 화가 머리끝까지 치솟은 가정은 손님을 배웅해 나가면서 보옥을 돌아다보았다.

"꼼짝 말고 거기 섰거라! 내가 좀 물어볼 말이 있다!"

가정이 손님을 대문까지 배웅해 주고 나서 막 돌아서려는데 가환이 소동 몇을 데리고 우르르 달려오고 있었다. 가정은 큰 소리로 호통을 쳤다.

"이놈들아! 왜들 이리 소란이냐!"

뜻밖에 아버지 가정과 맞닥뜨린 가환은 질겁을 하며 얼른 걸음을 멈추고 고개를 숙였다.

"이놈아! 뛰긴 무엇 때문에 뛰는 거냐? 네게 딸린 녀석들은 너를 돌볼 생각은 않고 어디로들 내뺄 거냐? 그러니까 네놈이 마음대로 놀아나지!"

가정은 가환의 글동무로 있는 소동들을 불러오라고 호령했다.

아버지가 무엇 때문인지 몹시 화가 나 있는 것을 본 가환은 그 기회를 타서 입을 열었다.

"처음부터 달음질을 쳐 오던 건 아녜요. 저 우물 옆을 지나며 보니 우물 안에 웬 시녀 하나가 빠져 죽었는데 머리가 이렇게 크고 몸이 이렇게 퉁퉁 불어 있겠지요. 어떻게나 무서운지 그래서 막 달려오던 중이에요."

가정은 그 소리에 더욱 놀랐다.

"아무 까닭도 없이 누가 우물에 빠져 죽었단 말이냐? 우리 집에서는 지금까지 그런 일이 없었어! 조상 적부터 줄곧 아랫사람들을 소중히 아껴 왔단 말이야! 근년에 와서 내가 집안 일에 좀 등한했더니 집사들이 어떤 실수를 해서 귀중한 남의 생명을 잃게 했는지 모르겠다만 만일 소문이 남들의 귀에 들어간다면 조상들의 면목이 어떻게 되겠느냐?"

가정은 어서 가서 가련과 뇌대를 불러오라고 호령했다.

소동들이 대답을 하고 달려가려는데 가환이 얼른 가정의 앞으로 나서며 아버지의 옷자락을 부여잡았다.

"아버님, 너무 화내시지 마십시오. 이 일은 큰어머님의 방에 있는 사람들 외에는 아무도 모르고 있습니다. 제가 어머니한테서 듣기로는……."

가환은 여기서 말을 잠깐 끊고 사방을 휘 둘러보았다. 가정이 그 눈치를 알아채고 눈길을 소동들에게 보내자 소동들은 냉큼 양쪽으로 갈라지며 물러갔다. 가환은 다시 목소리를 낮추어 말을 계속했다.

"저, 어머님이 그러시는데 보옥 형님이 말이에요, 전날 큰어머님의 방에서 큰어머님의 시녀인 금천아를 붙들고 겁탈을 하려다가 말을 잘 듣지 않으니까 마구 두들겨 주었대요. 그래서 금천아가 분한 김에 우물에 빠져 죽었다나 봐요."

가환의 말이 채 끝나지도 않았는데 가정의 얼굴빛은 백짓장같이 하얘졌다.

"애들아! 보옥이 놈을 잡아 들여라!"

가정은 곧바로 서재를 향해 발길을 옮겼다.

"오늘은 누구든지 나를 말리는 사람이 있다면 이 사모관대와 가산을 송두리째 그 사람에게 넘겨주어 보옥이와 함께 살라고 하겠다. 그런다고 해도 나는 죄를 받아야 할 몸이니까 차라리 이 몇 올 안 되는 머리를 깎아버리고 산으로 들어가 깨끗한 여생을 보낼 수밖에 없다. 그래야 위로는 선조를 욕되게 하고 아래로는 불효의 자식을 낳은 죄를 면할 수 있을 테니까."

여러 문객과 하인들은 가정이 또 보옥이 때문에 그러는 줄을 알고 제가끔 혀를 내두르며 물러섰다.

의자에 올라앉아 숨을 헐떡거리며 눈물을 짓고 있던 가정은 소리소리 질렀다.

"어서 보옥이 놈을 끌어내지 못하겠느냐? 몽둥이를 가져오너라! 밧줄로 그 녀석을 비끄러매어라! 문들은 죄다 걸어 잠그고 누구든 안에다 알리는 놈이 있다가는 당장 그놈부터 물고를 낼 테다!"

하인들은 하는 수 없이 가정의 명령에 대답을 하고 보옥을 데리러갔다.

보옥은 아버지가 꼼짝 말고 기다리라는 호령에 일이 상서롭지 못함을 느끼기는 했지만 가환이 그런 말로 고자질했을 줄은 꿈에도 생각지 못했다.

어떻게 되었든지간에 도움을 청하자면 안에다 기별이라도 해야겠는데 공교롭게 아무도 나타나 주지 않았다. 늘 따라다니던 명연이까지도 오늘은 어디로 갔는지 보이지 않았다.

보옥이 초조하게 애를 태우고 있는데 마침 노파 하나가 지나갔다.

보옥은 구세주나 만난 듯 반가웠다. 얼른 달려가 노파를 붙든 그는 다급히 귀띔을 했다.

"할멈! 빨리 안에 들어가 대감님께서 나를 때리더라고 알려 줘! 어서!

제발 좀 빨리! 큰일났다니까!"

하지만 보옥이 다급한 김에 말을 두서없이 한데다 맞닥뜨린 노파가 하필이면 가는귀가 먹은 사람이었기 때문에 큰일났다는 말을 우물에 사람이 빠진 일 때문에 그러는 것으로 알고 딴청을 부렸다.

"우물에 빠지겠으면 빠지라지요. 도련님이 그런 것까지 걱정하실 건 없어요."

노파가 귀머거리인 것을 알아차린 보옥은 조급히 소리질렀다.

"빨리 가서 소동들이나 불러다 줘!"

그러나 노파는 조금도 서두는 기색이 없이 여전히 늘어진 소리만 했다.

"도련님, 뭐가 그리 대단한 일이라고 그러시우. 뒷일 처리는 벌써 다 되었답니다. 마님께서 수의로 쓸 옷도 내려 주시고 비용으로 쓸 돈도 내려 주셨으니까요. 대단치 않은 일이니 걱정 마시라고요."

보옥은 초조하다 못해 발을 동동 구를 지경이었다. 그런데 마침 가정의 밑에서 시중을 들고 있는 하인들이 다가와 보옥을 끌다시피 데려갔다.

가정은 보옥을 보더니 두 눈에 벌겋게 핏발을 세워 가지고 다짜고짜 하인들에게 호령을 했다.

"냉큼 저놈의 입에다 재갈을 물리고 죽도록 때려라!"

왜 밖에 나가서는 배우 녀석들과 어울려 망탕 놀아나며 물건을 교환하느냐, 또 집에서는 왜 해야 할 공부는 아니하고 어머니의 몸종을 겁탈하려 들었느냐 하고 일일이 물어볼 경황조차 없었던 것이다.

하인들은 가정의 호령이라 거역할 수가 없어 보옥을 의자에 엎어놓고 곤장을 들어 매를 여남은 대 안겼다. 그러나 때리는 매가 너무도 힘이 약하다고 생각된 가정은 하인들의 엉덩이를 발로 걷어차고 곤장을 빼앗아 들더니 이를 악물고 보옥에게 삼사십 대가 넘는 매를 호되게 안겼다.

가정의 매질이 너무 지나치다고 생각되자 문객들이 나서서 곤장을 빼앗으며 말렸다. 그러나 가정은 들으려 하지 않을뿐더러 도리어 문객들에게까지 호통을 쳤다.

"그래 이놈의 죄가 어디 용서를 받을 만한 죄인가 말이오! 이래도 나를 말릴 생각들이오? 다음날 임금을 죽이고 아비를 죽일지 모를 판인데 그래도 말릴 생각들이오?"

이렇듯 듣기에 거북할 정도로 말을 하자 문객들은 가정의 화가 이만저만이 아님을 알고 바삐 물러나왔다. 그들은 사람을 찾아 우선 이 일을 안에다 알렸다.

급보를 받은 왕부인은 대부인한테 알릴 생각도 못 했다. 그는 부랴부랴 옷을 주워입기가 바쁘게 곁에 사람이 있건 말건 서재를 향해 줄달음쳤다.

왕부인이 별안간 서재에 나타나자 문객들과 하인들은 당황했지만 그들도 역시 미처 피할 틈이 없었다.

가정은 왕부인이 방 안으로 뛰어드는 것을 보더니 마치 불에다 기름을 끼얹은 듯 더욱 무섭게 화를 냈다. 그는 손에 쥔 곤장을 더욱 무섭게 보옥의 몸에 내려쳤다.

보옥을 붙들고 있던 두 하인은 어느 결에 손을 놓고 물러났지만 보옥은 이미 꼼짝을 못 하고 있었다.

가정은 그래도 계속 매를 치려고 하는데 왕부인이 달려들어 곤장을 쥔 가정의 팔을 부여잡고 늘어졌다.

"웬 참견이야! 저리 좀 물러나지 못할까? 오늘은 내가 분통이 터져 죽고야 말까보구나!"

왕부인은 울음을 터뜨렸다.

"설사 보옥이가 매 맞을 짓을 했다 하더라도 대감께서는 좀 자중하셔야 하지 않겠어요? 더구나 요즘은 여간 무덥지가 않은데다 어머님께서도 건강이 좋지 않으신 편입니다. 보옥이를 때려죽이는 것쯤은 작은 일이라고 하겠지만 어머님께서 만일 잘못되시는 날엔 큰일이 아니겠어요?"

왕부인의 이런 말에 가정은 냉소를 했다.

"그런 같잖은 소리는 그만두어! 내가 이런 불초한 녀석을 낳은 것부터가 불효란 말이야! 그런데도 내가 이놈을 길들일 생각으로 좀 엄하게 굴면 식구마다 모두 나서서 이놈을 감싸려 들거든. 차라리 내 오늘 이렇게 된 바에는 이놈을 아주 죽여서 후환을 없애 버려야지."

가정은 목을 졸라 죽일 테니 밧줄을 가져오라고 호통을 쳤다. 왕부인은 남편의 옷자락에 매달렸다.

"대감께서 자식을 길들이시는 건 백 번 지당한 일입니다만 부부간의 정분도 좀 생각해 주셔야 하지 않겠습니까? 이 몸도 이제는 오십이 다 된 사람으로 자식이라고는 이것 하나뿐이란 말이에요. 그런데도 기어코 이 애를 길들이실 생각이시면 더 말리지 않겠어요. 그렇지만 오늘 이 애를 죽이시려는 것은 틀림없이 저의 뒤를 끊어 놓자는 것일 겁니다. 꼭 이 애를 목 졸라 죽이실 생각이시면 먼저 저부터 죽여주십시오. 어서요. 어서 밧줄을 가져다 저를 죽인 다음 다시 이 애를 죽여 주세요. 그러면 우리 모자는 아무런 원한도 품지 않을 거고 또 결국 저 세상에 가서도 서로 의지가 될 것입니다."

말을 마친 왕부인은 쓰러져 있는 보옥에게로 몸을 던지며 크게 흐느껴 울기 시작했다.

일이 이쯤 되고 보니 가정도 마음이 언짢아져 긴 한숨을 내쉬며 의자로 가 털썩 주저앉았다. 그의 눈에서는 어느덧 눈물이 주르르 흘러내렸다.

이윽고 잠깐 울음을 그친 왕부인은 보옥을 안아 일으켜 보았다. 보옥은 얼굴이 백짓장같이 핏기가 사라지고 숨소리는 끊어질듯 말 듯 가늘었다. 푸른빛 속옷만 입은 아랫도리는 온통 피에 얼룩져 있었다. 왕부인이 급히 허리띠를 끌러 보니 엉덩이로부터 허벅다리에 이르기까지 퍼렇게 멍이 들고 부어 있지 않으면 살갗이 터져 피가 시뻘겋게 범벅져 있었다. 몸이 성한 데라고는 한 곳도 없었다. 너무도 끔찍스러운 데 놀란 왕부인은 땅을 치며 통곡을 했다.

"아이고, 이 복 없는 자식아!"

'복 없는 자식'이란 말을 입 밖에 내던 왕부인은 문득 죽은 맏아들 가주의 생각이 떠올라 이번엔 가주를 연거푸 부르며 통곡을 했다.

"가주야! 불쌍한 가주야! 너만 살아 있다면 다른 아이 백 명이 죽는대도 관계치 않을 거다만."

이때 안식구들은 왕부인이 황급히 서재로 나갔다는 말을 듣고 이환과 희봉을 비롯하여 영춘이네 자매들까지 모두 뛰쳐나왔다. 그런데 왕부인이 가주의 이름을 불러 가면서 우는 바람에 다른 사람은 몰라도 이환만은 더는 참을 수가 없어 흑흑 소리내어 울었다.

이환의 울음소리를 듣고는 가정의 눈에서도 눈물이 비오듯 쏟아져 내렸다.

이런 정황에서 온 식구들이 어떻게 했으면 좋을지 몰라 쩔쩔매고 있는데 문득 한 시녀가 달려와 아뢰었다.

"대부인께서 나오십니다."

시녀의 말소리가 끝나기 바쁘게 창 밖에서 대부인의 떨리는 말소리가 들려 왔다.

"나부터 때려죽이고 나서 그 애를 죽이든지 말든지 해라!"

대부인의 출현에 가정은 어쩔 바를 몰라하며 황급히 그를 마중했다. 대부인은 시녀들에게 부축되어 가쁜 숨을 몰아쉬며 걸어왔다. 가정은 얼른 대부인 앞으로 다가가 억지로 웃음을 지으며 인사를 했다.

"어머님, 이 무더운 날씨에 이렇게 친히 나오실 건 무업니까? 하실 말씀이 계시면 저를 불러들여다 하시면 될 걸 가지고요."

가정의 말에 대부인은 걸음을 멈추고 잠깐 숨을 돌리더니 차갑게 내쏘았다.

"오냐, 네놈이 나를 보고 하는 말이로구나? 내게 무슨 할말이 있겠느냐? 난 팔자가 기구하다 보니 평생에 아들 하나 온전한 걸 길러내지 못하고 말았구나. 그러니 도대체 내가 누구한테 말을 한단 말이냐?"

가정은 대부인의 말이 여느 때와는 달리 심상치 않았으므로 얼른 꿇어앉으며 눈물을 흘렸다.

"어머님! 제가 자식을 길들이려는 것도 결국은 조상과 가문의 명예를 빛내기 위한 것이 아니겠습니까? 어머님께서 그렇게 말씀하시면 자식된 저로서는 참으로 견디기가 어렵습니다."

대부인은 침을 탁 뱉으며 발을 탕 굴렀다.

"흥! 네놈은 내 말 한마디에도 견디기 어렵다지만 그래 보옥인 네놈 곤장에 죽도록 맞고도 견딜 수가 있다 그 말이냐? 자식을 길들이는 게 조상과 가문의 명예를 위한 거라고 말하고 있다만 그래 옛날 네놈의 부친도 이따위로 너를 길들였더냐?"

대부인은 눈물을 주르르 흘렸다. 가정은 다시 억지로 웃음을 지으며 대부인을 위로했다.

"어머님, 너무 상심하지 마십시오. 모두 저의 불찰이옵니다. 일시 화가 동한 김에 한 노릇이니 용서하십시오. 앞으로는 절대 손을 대는 일이 없도록 하겠습니다."

대부인은 쌀쌀하게 웃었다.

"네놈이 나한테다 이러니저러니 할 것도 없는 거야. 네가 네 자식을 때리건 말건 나와 무슨 상관이란 말이냐? 내가 알기로는 네놈이 우리를 별로 달갑지 않게 생각하는 것 같은데 우리가 일찌감치 여기를 떠나버리면 그만 아니겠느냐?"

대부인은 바깥에 대고 분부를 내렸다.

"빨리 가마를 준비하거라! 난 지금 보옥 어미와 보옥이를 데리고 남경으로 갈 테다!"

하인들은 '네, 네!' 하며 빈 대답만 할 뿐 그대로 제자리에 서 있었다.

대부인은 왕부인에게로 얼굴을 돌렸다.

"너도 울 게 없어. 지금은 보옥이가 아직 어리니까 너도 이 애를 아껴주고 있다만 이 애가 장차 커 가지고 출세라도 하게 되면 그때엔 아마 너를 어미로 보아주지 않을지도 모르는 거야. 그럴 바에는 차라리 지금부터 자식을 사랑하지 않는 게 오히려 그때에 가서 통분하지 않게 되는 길이야."

가정은 머리를 조아려 가며 울었다.

"어머님! 그렇게 말씀하시면 전 몸둘 곳이 없게 되지 않습니까!"

그러나 대부인은 여전히 냉소를 했다.

"아니, 그건 어떻게 생각하고 하는 소리냐? 네가 나를 발붙일 곳이 없게 해 놓고는 도리어 내게다 그런 말을 하면 어떡하라는 거냐? 더 이러니저러니 할 것 없이 우리가 남경으로 떠나가 버리면 넌 속이 시원할 게 아니냐. 그러면 네가 누구를 때리거나 말거나 아무도 말릴 사람이 없을 테지."

대부인은 어서 짐을 꾸리고 가마를 준비하라고 호령을 했다. 그리고는 가정이야 옆에서 잘못을 빌거나 말거나 거들떠보지도 않고 보옥이를 보러 안으로 들어갔다.

전에 없이 혹독하게 매를 맞은 보옥의 몰골은 여느 때와는 판이하게 달랐다. 너무도 기가 막힌 대부인은 보옥을 와락 끌어안고 목놓아 울었다.

왕부인과 희봉이들이 한식경이나 말리고 위로를 해서야 대부인은 겨우 울음을 거두었다.

아까부터 들어와 기다리고 있던 시녀들이 보옥을 부축해 일으키려 하자 희봉이 옆에서 꾸짖었다.

"이 생각 없는 것들아! 그래 눈을 뜨고도 보지들을 못 하느냐? 이렇게 맞은 사람이 어떻게 걸을 수가 있어? 빨리 안에 들어가 등받이 의자를 가져오란 말이야."

여럿이 안으로 달려들어가더니 등이 높은 의자를 하나 들고 나왔다. 그리고는 보옥을 등의자에 앉혀 가지고 대부인과 왕부인을 따라 대부인의 방으로 옮겨갔다.

대부인의 화가 채 가라앉지 않았으므로 가정은 마음대로 자리를 뜰 수가 없었다. 가정이 조심스럽게 뒤따라 들어가 보옥의 상처를 보니 아닌게 아니라 대단히 중했다. 그런데 아내인 왕부인이 또 보옥에게 매달려 통곡을 했다.

"아이고, 이 복 없는 것아! 네가 주아(가주)를 대신해서 일찍 죽고 그 애가 지금까지 살아 있었더라면 네 부친이 화를 내실 일도 없을 거고 나도 오십 평생에 이토록 속을 썩이지는 않으련만. 이제 와서 네가 잘못되어 나를 버리고 가는 날이면 나는 누구를 믿고 살란 말이냐."

왕부인이 이렇게 한참 넋두리하듯 불길한 소리를 하고 있자 가정도 전신에 맥이 빠지고 매를 너무 심하게 친 것이 못내 후회되었다. 가정은 우선 대부인을 다시 위로해 보려고 했지만 대부인은 눈물을 흘리며 더욱 화를 냈다.

"왜 나가지 않고 여기서 꾸물거리고 있는 거냐? 그래 아직도 매를 친 것이 부족해서 그러느냐? 아니면 기어코 이 애가 죽는 것을 보고서야 시름을 놓겠단 말이냐?"

가정이 분을 이기지 못하고 보옥을 매질하다

대부인의 말에 가정은 그곳을 물러나오고 말았다.

이때는 이미 설부인이 보채, 향릉, 습인, 사상운들과 함께 모여와 있었다. 습인은 속으로 여간 슬프고 억울하지 않았지만 그것을 겉으로 나타낼 수도 없는데다 모두들 보옥을 둘러싸고 찬물을 먹일라 부채질을 해 줄라 하며 법석을 떠는 통에 보옥의 곁으로는 다가갈 기회도 없었다. 습인은 견디다 못해 밖으로 나와 버리고 말았다.

중문 앞에 이른 습인은 소동들을 시켜 배명을 불러왔다.

"아무 까닭도 없이 대감님께서는 왜 도련님을 때리셨어? 그리고 넌 왜 일찌감치 찾아와 알리지 않은 거냐?"

배명은 기겁을 하며 변명을 했다.

"내가 도련님한테서 잠깐 떠나 있는 새에 생긴 일인걸 뭐. 도련님이 한창 매를 맞고 계실 때에야 내가 알고 까닭을 물었더니 기관과 금천아와 관련된 일 때문이라지 않아."

"대감님께서 그 일을 어떻게 아셨을까?"

"모르긴 하겠지만 기관에 대한 일은 아마 설반 서방님의 장난일 거야. 그전부터 도련님께 시샘을 품어 오던 터라 밖에서 누구를 충동질해 가지고는 대감님 귀에 들어가도록 한 걸 거야. 금천아에 대한 일은 셋째도련님이 고자질한 거래. 이건 나도 대감님의 하인들한테서 들었던 거야."

배명의 말을 듣고 난 습인은 속으로 이 두 가지 사실이 다 그럴 법하다고 믿어졌다.

습인이 다시 방으로 돌아오니 사람들은 그동안 보옥의 응급치료를 말끔히 끝냈다.

"이제 다 됐거든 제 방에다 옮겨 주도록 해라."

대부인의 명령에 하인들은 보옥을 다시 이홍원으로 옮겨다가 침상에 눕혔다. 그러느라고 집안은 또 한참 법석거렸다. 이윽고 모여들었던 사람들이 하나 둘씩 다 돌아가자 그제야 습인은 보옥의 옆으로 다가가 아픈 데를 묻고 정성어린 간호를 했다. 다음 회를 보시라.

제34회

끝없는 정에 임대옥은 감심하고
잘못을 잘못 알고 오빠를 나무라다

대부인과 왕부인이 돌아간 뒤 보옥의 옆으로 다가가 앉은 습인은 눈물을 지으며 말을 건넸다.

"도련님 아버님께서 무슨 까닭으로 이토록 혹심하게 매를 때리신 거예요?"

보옥은 길게 한숨을 내쉬었다.

"그저 그런 일 때문이었어. 이제 와서 그런 걸 알아선 뭘 해? 그건 그렇고 지금 이 허리 아래가 아파서 죽을 것 같아. 어디가 어떻게 됐는지 좀 봐 줘."

습인은 조심스레 손을 넣어 보옥의 속옷을 벗기려 했다. 몸을 약간 들썩이려던 보옥은 이를 악물며 '아야야!' 소리를 질렀다. 습인은 덴겁을 하며 손을 늦추었다. 이러기를 서너 차례 되풀이한 뒤에야 겨우 속옷을 벗길 수가 있었다.

옷을 벗겨 놓은 보옥의 알몸은 차마 바로 볼 수가 없을 지경이었다. 엉덩이와 허벅다리는 온통 자줏빛으로 멍이 들었는데 손바닥만큼씩한 맷자국이 구렁이를 감아 놓은 것같이 가로 세로로 나 있었다.

습인은 입술을 깨물며 몸서리쳤다.

"어머나! 어쩌면 이토록 매를 칠 수가 있을까! 도련님이 제 말을 한마디만이라도 귀담아 들어 주셨더라면 이런 일은 없었을 거예요. 다행히 뼈와 힘줄은 상한 것 같지 않군요. 하지만 잘못하여 불구라도 되었다면 어떻게 하실 뻔했어요?"

그러고 있는데 견습 시녀가 들어왔다.

"보채 아가씨께서 오셨어요."

습인은 미처 보옥에게 속옷을 입혀 줄 사이가 없었으므로 얼른 옆에 놓인 겹이불을 들어다 보옥을 덮어 주었다.

보채는 손에 환약을 받쳐들고 방 안으로 들어오더니 먼저 습인에게 말을 걸었다.

"저녁때가 되거든 이 환약을 술에다 잘 개어서 상처에 발라 드리도록 해요. 어혈이 진 열독이 풀려지기만 하면 곧 낫게 될 테니까."

보채는 환약을 습인에게 주고 나서 보옥의 침상으로 다가갔다.

"지금은 좀 어때요?"

"많이 나아졌어! 거기 좀 앉아요."

보옥이 눈을 뜨고 말을 하는 것이 아까보다는 많이 나아 보였으므로 보채는 적이 안심이 되어 가볍게 머리를 끄덕이며 한숨을 쉬었다.

"진작 남의 말을 들으셨다면 오늘 같은 일은 없었을 게 아녜요? 할머님이나 어머님이 애 태우시는 건 더 말할 것도 없겠지만 우리 같은 것들도 얼마나 가슴이……."

여기까지 말을 하던 보채는 문득 얼굴을 붉히며 뒷말을 삼키더니 머리를 푹 숙였다. 조급한 마음에 말이 너무 지나쳤다고 생각되었던 것이다.

보옥은 보채가 은근하고 살뜰하면서도 무언가 의미심장한 말을 하려다가 말고 제풀에 얼굴을 붉히며 머리를 숙인 채 옷섶만 만지작거리고 있는 요염한 자태를 보노라니 이루 말할 수 없는 감미로움을 느꼈다. 상처의 아픔 같은 것은 어느덧 가뭇없이 사라졌다. 보옥은 속으로 생각했다.

'내가 매를 좀 맞은 것뿐인데 저들은 이토록 나를 위해 가슴 아파하고 슬퍼해 주지 않는가. 생각해 보면 즐겁고 흥미 있는 일이기도 하지만 또한 가엾고 눈물겨운 일이기도 하다. 내가 지금 이 정도가 아니고 비명횡사라도 했더라면 저들은 나의 죽음을 위해 얼마나 슬퍼하고 애타할지 모를 일이다. 이렇다고 볼 때 설사 내가 죽는다 하더라도 이들의 동정을 얻게 되는 한, 일생을 두고 닦아 온 사업 같은 것은 흐르는 물에 띄워 보낸대도 조금도 아까울 것이 없겠어. 또 만일 내가 저 세상에 가서도 편안한 자리에 있지 못한다면 그야말로 어리석은 혼령에 지나지 않는 거니까.'

이런 생각을 하다가는 문득 보채가 습인에게 묻는 소리를 들었다.

"그런데 왜 이모부께서는 아무 까닭도 없이 그토록 화를 내시고 매까지 드신 걸까?"

습인은 배명이한테서 들었던 말을 그대로 보채에게 들려주었다.

사실 보옥은 지금까지 가환이 아버지에게 그런 말을 고자질하여 일이 이렇게 된 줄을 모르고 있다가 습인의 말을 듣고서야 알게 되었다. 그러나 뒤이어 또 설반의 이름이 나왔기 때문에 보옥은 보채가 좋지 않게 생각할까봐 얼른 습인의 말을 가로챘다.

"설반 형님은 절대 그럴 사람이 아니야. 공연히 알지도 못하면서 남을 의심하지 마."

자기가 혹시 언짢아할까봐 보옥이 이처럼 습인의 말을 가로채는 것을 알고 보채는 속으로 이런 생각을 했다.

'저토록 매를 맞았으니 아픈 것도 견뎌내기 힘들 텐데 어쩌면 내 기분을 상하게 할까봐 마음을 다 쓰고 있는 걸까! 이것만 보더라도 보옥이 얼마나 우리들한테 세심한가 하는 걸 알 수 있어! 하지만 이런 하찮은 일에 이토록 세심한 사람이 왜 그보다 더 중요한 공부나 바깥일에는 마음을 쏟지 못하는지 몰라. 그런 일에 관심을 돌린다면 아버님도 기뻐하실 테고 또 애초부터 이런 불행은 생기지도 않았을 게 아닌가. 보옥은 물론 내가 언짢아할까봐 습인의 말을 중단시켰지만 그렇다고 내가 우리 설반 오빠의 방종한 성격을 모르는 바는 아니야. 언젠가도 진종이란 글방 친구 때문에 큰 싸움이 일어났었지만 이번 일은 그때보다 더 엄청나게 큰 일이 아닌가.'

이런 생각을 하고 난 보채는 웃으며 습인을 돌아보았다.

"그렇지만 여기서도 남만 탓할 게 아니라고 생각해. 어쨌거나 보옥 오빠한테도 잘못이 있는 거니까 말이야. 보옥 오빠가 만일 평소부터 그런 패들과 교제를 하지 않았다면 아버님도 화를 내실 까닭이 없는 게 아니겠어? 그리고 설사 우리 설반 오빠가 얼떨결에 말을 내어 보옥 오빠를 불리하게 했다손 치더라도 처음부터 고의로 그런 건 아니라고 생각해. 첫째로 사실 자체가 그런 거고 둘째로 우리 오빠는 워낙 이런 세세한 일엔 별로 마음을 쓰는 성격이 아니니까. 습인은 어려서부터 보옥 오빠처럼 세심하고 자상한 사람만 보아 왔으니 언제 우리 오빠같이 세상에 겁내는 일이라고는 없고 무슨 말이나 거리낌없이 자기 생각대로 툭툭 내쏘는 그런 사람을 보았겠어?"

설반의 말을 하다가 보옥에게 말꼬리를 빼앗긴 습인은 이내 자기의 실언을 알아채고 보채의 눈치를 보고 있었던 것인데 보채 쪽에서 이렇게 말을 하자 더욱 얼굴이 달아올라 아무 말도 못 하고 있었다.

한편 보옥은 또 보옥대로 보채의 말을 들어보니 이야기의 절반은 공명정대한 비판이요, 다른 절반은 자기의 의혹을 풀어 주는 말이었으므로 마음이 더욱 가벼워졌다. 그래서 다시 입을 열려고 하는데 보채 쪽에서 먼저 몸을 일으키며 말을 했다.

"내일 다시 올 테니까 그동안 몸조리 잘 하세요. 방금 제가 가져온 약은 습인에게 맡겼으니 저녁에 바르도록 하세요. 그것만 바르면 상처가 곧 아물 테니까요."

말을 마치고 곧 방을 나서는 보채를 습인이 뒤따라 대문 밖에까지 나가 배웅했다.

"아가씨, 고마워요. 이제 도련님께서 몸이 회복되시는 날이면 몸소 찾아가 인사를 하실 거예요."

보채는 뒤를 돌아보며 웃었다.

"새삼스레 인사는 무슨 인사람! 도련님 간호나 잘 해 드리도록 해요. 공연히 쓸데없는 생각에 머리를 쓰지 말도록 말이야. 그리고 할머님이나 어머님들께 걱정을 끼치지 않도록 주의하고. 그러다가 또 좋지 않은 소문이 아버님 귀에라도 들어가 보지? 지금은 비록 이러고 있다 하지만 앞으로 사실이 밝혀지는 날이면 또 가만 놓아두지 않으실 테니까."

보채를 바래다주고 돌아선 습인은 속으로 보채가 얼마나 고마운지 몰랐다.

방으로 돌아와 보니 보옥은 묵묵히 생각에 잠겨 자는 것 같기도 하고 그렇지 않은 것 같기도 했다. 습인은 슬그머니 방을 나와 머리를 감았다. 보옥은 침상에 혼자 누워 있노라니 엉치가 바늘로 찌르는 것 같고 칼로 도려내는 것 같고 불로 지지는 것 같아 견딜 수가 없었다. 몸을 좀 움직이면 '아이쿠' 소리가 절로 나올 지경으로 아픔이 온몸을 휩쓸었다.

어느덧 땅거미가 질 무렵인데 습인은 밖으로 나간 듯 보이지 않고 옆에는 다른 시녀 두셋이 붙어 있었다. 별로 시킬 일도 없었으므로 보옥은 시녀들에게 말했다.

"더운데 너희들도 가서 세수나 하렴. 내가 부르거든 그때 들어와도 돼."

시녀들은 보옥의 말에 좋아라고 밖으로 나갔다.

보옥이 혼자서 조는 듯 마는 듯 정신이 희미해 있는데 장옥함이 들어오더니 충순왕부에 있는 사람들이 자기를 잡으러 온 일에 대해 호소를 했다. 이윽고 또 금천아가 나타나서 자기가 우물에 빠진 억울한 일에 대해 울면서 하소연하는 것이었다.

보옥은 그것이 꿈이건 말건 아랑곳없이 누워 있으려니 이번에는 누군가 자기를 흔드는 사람이 있었다. 정신이 몽롱한 가운데 곁에서 누가 울고 있는 것 같기도 했다.

보옥이 언뜻 꿈에서 깨어나 눈을 뜨고 보니 다름아닌 임대옥이었다.

보옥은 지금도 여전히 꿈속이 아닌가 싶어 얼른 몸을 반쯤 일으키며 대옥의 얼굴을 가까이 들여다보았다. 두 눈이 복숭아같이 퉁퉁 부어 있고 양 볼이 눈물에 젖어 있는데 틀림없는 대옥의 얼굴이었다.

다시 대옥의 얼굴을 쳐다보려던 보옥은 상처의 아픔을 느끼고 '아얏!' 소리를 지르며 쓰러지듯 침상 위에 누워 버렸다. 보옥이 긴 한숨을 내쉬고 나서 먼저 입을 열었다.

"대옥 누이는 또 무얼 하러 왔어? 해가 지기는 했어도 땅이 아직 달아오를 대로 달아올라 뜨거울 텐데 이렇게 오가는 사이에 더위라도 먹게 되면 어떡하려고! 내가 매를 좀 맞기는 했지만 별로 아프진 않아! 이렇게 드러누워 있는 건 일부러 아픈 체하여 소문이 아버님 귀에 들어가도록 하기 위한 거야. 난 사실 별로 대단치 않아. 대옥 누이, 절대로 나 때문에 걱정할 건 없어!"

이때 임대옥은 비록 소리내어 통곡은 하지 않았지만 그럴수록 복받치는 설움에 목이 메어 여간 괴로워하지 않았다. 또 보옥의 이러한 말을 듣고 나니 가슴속에 천만 마디의 말이 있다 한들 어떻게 할 수가 있으랴 싶었다. 대옥은 한참 흐느끼기만 하다가 겨우 한마디 쥐어짜듯 내뱉었다.

"오빠는 이제부터 모든 걸 고쳐야 해요."

그 말에 보옥은 긴 한숨을 쉬었다.

"걱정 말아. 하지만 그런 말은 하지 않는 게 좋겠어. 난 이런 사람들을 위해서라면 죽는다고 해도 원한이 없다고 생각해. 하물며 아직은 이렇게 살아 있지 않아?"

이때 밖에서 '둘째아씨께서 오십니다' 하는 시녀들의 전갈이 왔다.

대옥은 희봉인 것을 알고 얼른 몸을 일으켰다.

"난 뒷문으로 나가겠어요. 나중에 또 올게요."

보옥은 얼른 대옥을 붙들었다.

"아니, 웬일이야? 왜 갑자기 형수님을 겁내는 거야?"

급해진 대옥은 발을 구르며 속삭이듯 부르짖었다.

"내 눈을 좀 보고서 말하세요. 공연히 형수님의 놀림만 받게 될 게 아녜요?"

보옥이 손을 풀어 주자 대옥은 황급히 침상을 돌아 뒷문으로 빠져나갔다. 대옥이 문을 나가기가 바쁘게 희봉이 안으로 들어섰다.

"어째, 좀 괜찮아졌어요? 뭐든지 먹고싶은 게 있거든 나한테 사람을 보내어 갖다 자시도록 해요."

조금 뒤에는 설부인이 왔다가고 또 조금 지나서는 대부인이 노파를 보내 왔다.

저녁 불을 켤 때가 되어서야 보옥은 국물을 두어 모금 마시고는 곧 잠이 들었다.

뒤이어 주서의 아내며 오신등의 처, 정호시(鄭好時)의 마누라 등 평소에 자주 드나들고 나이도 지긋한 축들이 보옥이 매를 맞고 누워 있다는 소문을 듣고 찾아왔다.

습인은 문 밖으로 마중을 나와 웃으며 조용히 말했다.

"아이, 이렇게들 일부러 오셨는데 어쩌나? 도련님께선 방금 잠이 드셨어요."

습인은 그들을 다른 방으로 안내하여 차를 대접했다. 아낙네들은 한 동안 말없이 앉아 차를 마시고 있다가 일어섰다.

"이따가 도련님이 잠을 깨시거든 우리를 대신해서 인사나 전해 달라고."

습인이 대답을 하며 그들을 전송하고 나서 돌아서려는데 왕부인이 보낸 노파가 다가왔다.

"마님께서 누구든 도련님 방에 있는 사람을 하나 보내라고 하셨어."

잠깐 생각해 보던 습인은 돌아서더니 청문이, 사월이, 추문이들을 불러다 조용히 분부했다.

"마님께서 부르셔서 내가 잠시 여기를 떠나야겠으니 그동안 너희들은 도련님 곁에서 실수 없도록 모시고 있어. 내 갔다가 이내 올게."

말을 마친 습인은 곧 노파를 따라 왕부인의 거처로 갔다.

왕부인은 시원한 등의자에 앉아 파초 부채를 부치고 있다가 습인이 들어오는 것을 보고 입을 열었다.

"아무나 한 사람 보내면 될 걸 네가 그 애를 버려 두고 오면 어떡하니? 그동안 누가 그 애 시중을 들어주겠니?"

습인은 얼른 웃으며 왕부인을 안심시켰다.

"도련님은 지금 깊이 잠들어 계세요. 그리고 방에는 애들이 네댓이나 있으니까 걱정하실 건 없어요. 마님께서 혹시 무슨 분부라도 하실까봐 제가 왔어요. 다른 애들을 보냈다가 잘못 듣고 일을 그르치게 될까 봐서요."

"특별히 할 이야기는 없다. 그저 그 애의 경과가 좀 어떤가 물어보려는 것 뿐이야."

"보채 아가씨가 갖다 주신 약을 상처에 고루 발라드렸더니 많이 나아진 것 같아요. 처음엔 아파서 자리에 눕는 것조차 괴로워하시더니 이젠 잠까지 푹 드실 수가 있게 되었으니까요."

"무얼 좀 먹기는 했느냐?"

"할머님이 보내 주신 국물을 두어 모금 마셨는데 자꾸 목이 마르시다면서 산매탕(酸梅湯)을 드시고 싶대요. 그렇지만 산매라는 건 열기를 걷어들이는 성질이 있지 않아요? 방금 타박상을 입은 데다 마음대로 소리를 지를 수도 없는 형편에 그 많은 열독과 열혈이 그냥 체내에 남아 있을 거란 말입니다. 그런 걸 산매탕을 드셨다가 심장이라도 자극하여 큰 병을 얻게 되면 어떡하겠어요? 그래서 제가 여러 가지로 말씀을 드려서 못 드시게 하고는 그 대신 사탕에 절인 장미즙을 드렸지요. 그랬더니 반 보시기쯤 드셔 보고는 싱겁다느니 달지 않다느니 하시지 않겠어요?"

"그래? 그렇거든 진작 나한테 와서 말할 게지. 요전에 누가 향로(香露)를 몇 병 보내 왔더구나. 그렇잖아도 보옥에게 조금 덜어 줄 생각이었지만 마구 써버릴 것 같아서 그만두었던 거야. 장미즙이 싱거워 싫다거든 그 향로 두 병을 가져가도록 해라. 한 종지 되는 물에다가 찻숟갈로 한 숟갈만 넣으면 아주 향내가 대단할 거다."

왕부인은 곧 채운을 불렀다.

"요전에 생긴 향로 있잖니? 그걸 몇 병 가져오너라."

"두 병만이라도 넉넉해요. 많이 가져가 봐야 낭비만 될 거고 또 더 필요하면 다시 와서 가져가도 될 텐데요 뭐."

습인의 말이었다.

채운은 안으로 들어가더니 한참만에 과연 병 두 개를 들고 나와 습인에게 내밀었다. 습인이 그것을 받아 들며 보니 두 개가 다 세 치 정도의 자그마한 유리병이었다. 입은 은박으로 된 나사식 마개로 꼭 막혔고 밖에는 금박으로 된 딱지가 붙어 있는데 딱지에는 '목서청로(木樨淸露)' '매괴청로(玫瑰淸露)'라고 각각 씌어 있었다.

"이건 정말 진귀한 물건이군요. 한 병에 값이 얼마나 되나요?"

"이건 궁전에 진상하는 물건이야. 금박이 붙어 있는 게 보이지? 어쨌건 갖다가 잘 건사해 두고 아껴 쓰도록 해라."

습인이 공손히 대답을 하고 물러나오려 하는데 왕부인은 무언가 생각난 듯 습인을 다시 불러세웠다.

"게 좀 섰거라. 내 한 가지 물어볼 이야기가 있어."

습인이 다시 왕부인 곁으로 다가가자 왕부인은 방안에 아무도 없는 것을 확인하고는 은근히 물었다.

"얘, 내가 얼핏 듣기로는 오늘 보옥이가 매를 맞게 된 건 저 환이 녀석이 아버님한테 무슨 말인지 일러바친 때문이라면서? 넌 무슨 말을 좀 들은 게 없느냐? 들었거든 들은 대로 이야기 좀 해 주려무나. 너한테서 들었다고 말을 내지 않을 테니 안심하고 말이야."

"전 그런 말을 들은 적이 없는데요. 그저 도련님이 남의 집 배우를 빼앗았기 때문에 그 댁에서 대감님을 찾아왔고 또 그 때문에 대감님께서 매를 드신 거래요."

왕부인은 고개를 가로 저었다.

"그 까닭도 있지만 또 다른 원인도 있어."

"다른 원인이라면 전 정말 몰라요. 그렇지만 오늘 제가 마님 앞에서 한마디 주제넘은 말씀을 여쭙는다면……."

습인은 머뭇머뭇 말을 잇지 못했다.

"어려워 말고 어서 말해라."

왕부인의 허락에 습인은 방긋 웃어 보였다.

"마님께서 화를 내시지 않으시겠다면 말씀을 올리겠어요."

"내가 왜 화를 내겠니? 걱정 말고 말해 보아라."

"저, 우린 도련님 말씀이에요. 실은 대감님한테 좀 혼이 나셔야 해요.

그렇지 않고 그냥 내버려두시면 앞으로 무슨 일을 저지를지 모를 거예요."

습인의 이런 말에 왕부인은 합장을 하고 '나무아미타불'을 외더니 습인을 가까이로 끌어당겼다.

"얘, 너는 정말 훌륭한 아이구나. 네 말이 옳다. 그리고 내 생각과 꼭 같은 말이야. 나라고 왜 자식에 대한 교육에 등한하겠느냐? 그 전날 보옥의 형 주아가 살았을 때에 내가 어떻게 기른 줄 아니? 그런 게 지금 와서는 내가 자녀 교육에 무관심한 것처럼 되었어. 그렇지만 그럴 만한 사정이 없는 것도 아니야. 너도 알다시피 난 벌써 오십이 다 된 사람이야. 그런데 내게 살붙이라고는 저것 하나밖에 없구나. 그것마저 날 때부터 약골인데다 또 할머님께서 세상에 더 없는 보배같이 여기신단 말이야. 그러니 나도 어떻게 했으면 좋을지 모르겠구나. 너무 엄하게 다스리다가 저것마저 잘못되기나 한다든가 또 할머님을 노여우시게 해서 온 집안이 불안하게 되면 그것도 큰일이 아니냐? 그래서 나도 그만 어쩔 수 없게 된 거야. 잔소리도 적지 않게 해보고 그러다가는 화가 나서 욕도 해보고 울기도 해 보았지만 그때뿐이지 어디 소용이 있더냐? 제 버릇 개 못 준다고 결국엔 오늘처럼 얻어맞기 마련이지. 그나마 어디 상하지 않으면 몰라도 상하기라도 한다면 난 누구를 의지하고 살아가겠느냐 말이다."

이러는 왕부인의 눈에서는 눈물이 비오듯 흘러내렸다. 왕부인이 이처럼 비감해 하자 습인은 자기도 슬픔에 겨워 함께 눈물을 흘렸다.

"도련님이야 마님께서 몸소 낳아 기르신 터이니까 오죽하시겠어요? 옆에서 시중을 들고 있는 저희로서는 덕분에 모든 일이 무사하기만 바라고 있을 뿐이에요. 그렇지만 그냥 이대로 나가다가는 무사하기가 어려울 것 같아요. 어느 날 어느 때인들 제가 도련님께 충고의 말씀을 안

해드린 적이 있겠습니까만 아무리 애를 써도 마이동풍인 걸 어떡합니까? 그런데다 그런 류의 사람들이 도련님과 가까이 하려고만 드니 실은 도련님만 탓할 것도 못 돼요. 또 저희들이 제 구실을 다하지 못한 것도 사실이고요. 오늘 마님께서 말씀을 내시기에 말이지만 전 진작부터 한 가지 생각을 마님께 말씀드리고 마님의 의향을 들어보고 싶었던 거예요. 그런데 만일 마님께서 달리 의심을 하시게 되면 제가 말씀드린 것이 허사가 되는 건 둘째이고 나중에 저는 몸둘 곳이 없게 될 테니 그것이 마음에 두려워요."

"애, 습인아! 할말이 있거든 겁내지 말고 시원히 해라. 요사이 남들이 뒤에서 네게 대한 칭찬이 자자하기로 나는 그저 보옥이한테 시중을 잘 들고 있거나 사람들한테 친절히 굴고 있기 때문이거니만 생각했다. 말하자면 구석구석 작은 일에까지 세심해서 어멈들이 마음에 들었던 거라고 말이야. 그런데 방금 네가 나한테 들려준 이야기는 모두 이치에 맞는 것들로 내 마음에 꼭 드는구나. 아닌게아니라 넌 그런 칭찬을 들을 만도 하다. 무슨 말이든 상관없으니 마음놓고 해 보아라. 다만 다른 사람들이 알지 못하게만 주의하면 되는 거야."

"별다른 이야기는 아닙니다만 한 가지 마님의 지시를 받고 싶은 것이 있어요. 어떻게든 방법을 찾아 도련님을 대관원 밖으로 나와 계시게 했으면 좋을 것 같아서요."

왕부인은 깜짝 놀라며 습인의 손을 덥석 잡았다.

"아니 그래, 보옥이가 정말 누구하고 일을 저지른 것은 아니겠지?"

대부인이 놀라는 바람에 습인은 당황하지 않을 수 없었다.

"마님, 너무 걱정하지 마세요. 절대로 그런 일은 없었으니까요. 이건 어디까지나 저의 좁은 생각에 불과한 겁니다만 도련님도 이젠 그만큼 크시고 여러 아가씨들도 어린아이가 아니지 않아요? 더군다나 대옥 아

가씨나 보채 아가씨로 말하면 둘이 다 도련님하고는 고종간이나 이종간
이란 말이에요. 물론 형매(兄妹)간이라고는 하겠지만 역시 남녀의 구별
은 있어야 하지 않겠어요? 밤이나 낮이나 지금처럼 한 곳에 같이 있게
되니 피차간에 불편도 하려니와 옆에서 보기에도 마음이 놓이지 않는단
말이에요. 그리고 또 바깥 사람들이 보기에도 대갓집의 체모를 잃는 게
되지 않겠어요? 속담에 '없는 일도 있는 것처럼 만드는 게 세상 인심'이
라고 하지 않아요? 실은 별로 아무렇지도 않은 일도 말을 내기 좋아하는
사람들에게는 좋은 화젯거리가 되어 좋지 못한 소문이 되고 마는 거예
요. 그러니 미연에 주의를 안 했다간 큰일이란 말씀이에요. 마님께서도
도련님의 성격을 잘 아시고 계시지만 도련님은 평소에 늘 저희들 같은
계집애들 무리에 섞여 노시기를 좋아하신단 말이에요. 그렇기 때문에
조금이라도 주의하지 않으면 엄청난 결과를 가져오기 십상이지요.

그것이 참말이든 거짓말이든 남들의 입에 올라만 놓으면 어디 가리는
게 있는 줄 아세요? 마음이 내킬 때는 보살님보다도 더 좋게 말을 하다
가도 비위에 거슬리기만 하면 짐승보다도 못한 사람으로 치부한단 말이
에요. 도련님께서 앞으로 칭찬을 들으시게 되면 사람들은 그저 흘려 버
리고 말지만 만일 누구한테 미움을 사보세요. 그때는 저희들이 그 대신
죽음을 당하고 죄를 지게 되는 것쯤은 아무것도 아니지만 도련님이 장
차 일생을 두고 명성과 공덕을 쌓는다고 해도 모두 허사가 되고 말지 모
르는 게 아녜요? 그리고 마님께서도 대감님을 대할 면목이 없게 되잖겠
어요? 속담에 '만사는 미연에 조처하는 것이 좋다'고 한 것처럼 지금부
터 방도를 대셔야 하리라고 생각해요. 마님께서는 바쁘신 몸이니까 미
처 이런 데까지 생각이 미치지 못하실 수도 있지만, 저희들로서는 그런
생각을 못했다면 모를까 이왕 생각이 미친 이상 마님께 제때에 말씀드
리지 않는다면 그만큼 죄가 되는 게 아니겠어요? 전 요즘 이 일 때문에

밤낮으로 마음을 놓을 수가 없어요. 그렇다고 아무한테나 함부로 말을 할 수도 없고요. 제 이런 심정을 알고 있는 건 아마 등불뿐일 거예요."

습인의 말을 듣고 난 왕부인은 무엇에 호되게 얻어맞은 것처럼 정신이 멍해졌다. 금천아의 일이 가슴을 아프게 찔렀던 것이다. 한편 습인이 더욱 미덥고 사랑스러웠다. 왕부인은 웃으며 습인의 손을 꼭 쥐었다.

"어쩌면 이렇게 착한 애가 있었을까? 네가 이렇게까지 속이 깊고 자상할 줄은 미처 몰랐구나. 나도 그런 생각이 전혀 없었던 건 아니지만 그때마다 다른 일 때문에 잊어버리곤 했었단다. 그렇지만 오늘 네가 한 말은 나를 크게 깨우쳐 준 셈이구나. 그리고 네가 우리 모자의 명성과 체면을 위해서 그처럼 애써 주는 것도 나는 모르고 있었구나. 이젠 알겠다. 내가 알아서 조처할 테니 그만 가 보아라. 다만 한 가지 부탁하고 싶은 건 오늘 네가 스스로 말했던 것처럼 그 애를 네게다 맡길 테니 끝까지 잘 돌봐 달라는 거다. 그 애를 잘 지켜준다는 건 곧 나를 잘 지켜주는 것도 되니까 나 또한 너를 섭섭하게는 하지 않을 거야."

"네, 마님. 잘 알겠어요."

습인이 왕부인의 방을 물러나와 자기 방으로 돌아왔을 때는 보옥이 막 잠에서 깨어나던 참이었다. 향로 이야기를 들려주자 보옥은 매우 반가워하며 곧 맛을 좀 보게 해 달라고 했다. 습인이 풀어주는 대로 맛을 보니 과연 향기롭기가 그지없었다.

그러나 보옥에겐 향로보다도 대옥의 일이 마음에서 떠나지 않았다. 사람을 보내고 싶은 생각은 굴뚝같았지만 습인의 눈을 피할 수가 없었다.

그러다가 한 가지 꾀를 생각해낸 보옥은 먼저 습인에게 보채 아가씨한테 가서 책을 좀 빌려다 달라고 했다. 습인이 책을 빌리러 가자 이번엔 창문을 불러다 분부했다.

"너 대옥 아가씨한테 가서 무얼 하고 있는가 좀 보고 오너라. 그리고 내가 좀 어떤가고 대옥 아가씨가 묻거든 이젠 아무렇지도 않다고 일러주어."

"아무 이유도 없이 무얼 하러 간단 말이에요? 무슨 전할 말씀이라도 있으시다면 또 모르지만."

"특별히 전할 말은 없구나."

"아니면 무얼 보낸다든가 또 무얼 가지러 간다든가 어쨌든 무엇이건 말을 할 건덕지가 있어야 하지 않겠어요? 그렇지 않고서야 제가 가서 뭐라고 묻는 말에 대답을 하겠어요?"

잠깐 생각을 해 보던 보옥은 옆에 놓인 손수건 두 개를 집어서 청문에게 건네주며 빙그레 웃었다.

"정 그러면 내가 이걸 보내더라고 하면 되잖겠니?"

"이건 뭐예요? 이렇게 쓰다가 꾸겨진 손수건을 아가씨가 거들떠보기나 하겠어요? 공연히 자기를 놀리는 거라고 화나 내실 걸 가지고."

보옥은 자신 있게 웃으며 청문을 안심시켰다.

"그건 염려 말라고. 아가씨는 내가 이걸 보낸 뜻을 알아차릴 테니까."

청문은 하는 수 없이 손수건을 들고 소상관으로 찾아갔다. 마침 난간에 나와 손수건을 빨아 널던 춘섬이가 청문을 발견하고 가볍게 손뼉을 쳤다.

"아가씨는 방금 잠이 드셨어!"

청문은 곧장 안으로 들어갔다. 방안에는 아직 불을 켜지 않고 있어서 먹물을 뿌려 놓은 것처럼 어두웠다. 깜박 잠이 들었던 대옥이 인기척에 놀라 깨었다.

"누구냐?"

"청문이에요."

"무슨 일로 왔어?"

"도련님께서 아가씨한테 손수건을 갖다 드리라고 해서 가지고 왔어요."

대옥은 속으로 이상한 생각이 들었다.

'갑자기 손수건은 무엇 하러 내게다 보내는 걸까?'

"그건 누구한테서 얻은 거라더냐? 필시 고급품일 테지. 하지만 잘 간직해 두었다가 누구든 다른 사람한테나 선물하시라고 해라. 내게는 그런 것이 필요치 않으니까."

대옥의 말에 청문은 키득키득 웃었다.

"새것이 아녜요. 도련님이 집에서 늘 쓰시던 낡은 거예요."

대옥은 더욱 이상한 생각이 들었다. 그래서 머리를 짜 가며 생각해보다가 한참 만에야 그 뜻을 짐작하고 얼른 청문에게 손짓을 했다.

"그럼 거기다 놓고 가거라."

청문은 분부대로 손수건을 놓고 물러나왔다. 그러나 돌아오는 길에 아무리 생각해 보아도 그 까닭을 알 수가 없었다.

다른 한편 임대옥은 손수건을 보내 온 보옥의 뜻을 깨닫고 마음을 걷잡을 수 없었다.

'보옥이 이토록 나의 괴로운 심정을 살펴주고 있었던가? 눈물이 나도록 기쁘고 행복한 일이다. 그러나 또 내 가슴속에 감추어진 이 뜻은 장차 어떻게 될 것인가? 아, 생각만 해도 기운이 빠지고 슬퍼지는구나. 아무튼 갑작스레 때묻은 손수건 두 개를 보내 온 것은 내 깊은 심사를 헤아렸기 때문이리라. 만일 그렇지 않다고 한다면 그야말로 우스운 일이 아니고 무엇인가? 하지만 이런 물건을 남의 손을 빌려 몰래 주고받는 것은 어쩐지 좀 두려운 일 같기도 해. 그리고 내가 걸핏하면 울고 토라지고 한 일도 쑥스럽고 부끄러운 일이었고.'

이렇게 이것저것 생각을 하다 보니 마음은 더욱 걷잡을 수가 없었다.

대옥은 시녀에게 등불을 켜게 해놓고는 남의 눈을 꺼리거나 피할 생각
도 없이 붓에다 먹을 묻혀 그 두 개의 손수건에 다음과 같은 시를 썼다.

눈물은 하염없이 흘러내리는데	眼空蓄淚淚空垂
남 몰래 흘리는 이 눈물 누구 때문인가?	暗灑閒抛卻爲誰
그대는 눈물 씻던 손수건 보내 주었으니	尺幅鮫綃勞解贈
난들 어찌 사랑의 슬픔 모를소냐?	叫人焉得不傷悲

진주 같은 눈물을 남 몰래 흘리면서	抛珠滾玉只偸潛
해종일 허전한 가슴 달랠 길 없네	鎭日無心鎭日閒
베개로도 소매로도 지워낼 길 없어	枕上袖邊難拂拭
방울방울 흐르는 눈물 그대로 두네	任他點點與斑斑

오색실로도 볼 위의 구슬 꿰기 어려워	彩線難收面上珠
소상강의 옛 자취 흐릿하여라	湘江舊跡已糢糊
창문 앞에 대나무 천 그루 있어도	窗前亦有千竿竹
향기로운 흔적은 있느냐 없느냐?	不識香痕漬也無

대옥은 계속하여 더 쓸 생각이었지만 온몸이 불덩이같이 뜨거워지고
두 볼이 화끈거리며 달아오르는 것 같았으므로 경대 앞에 다가가 휘장
을 들치고 거울을 들여다보았다. 거울에 비친 두 볼은 스스로도 반할 만
큼 복숭아같이 발갛게 물들어 있었다. 그러나 그것이 병의 시초였던 것
을 그는 전혀 생각지 못했다. 침상에 올라가 누워서도 대옥은 손수건을
가슴에 대고 달콤한 공상에 잠겼다.

한편, 보채를 찾아갔던 습인은 보채가 마침 어머니한테 가고 없었으므로 그냥 돌아오고 말았다.

보채는 이경(열 시)이 넘어서야 자기의 처소로 돌아왔다. 그는 워낙 설반의 성벽을 잘 알고 있는 터라 그렇지 않아도 설반이 누군가 사람을 꼬드겨서 보옥을 중상한 것이 아닌가 의심하고 있었다. 그런데다 습인의 입에서까지 그런 말이 나오자 더욱 그럴 법한 일이라고 믿게 되었다.

그렇지만 습인도 실은 배명에게서 들은 소리였고 또 배명은 다소의 사실에다 자기 나름의 추측을 보태어 설반이 그랬으리라고 속단해 버린 것이었다. 하긴 설반으로 말하면 평소부터 그런 지목을 받을 만한 위인이기도 했다. 그러나 이번 일만은 그의 소행이 아니었다. 그럼에도 사람들이 이번 일의 발단을 그에게 몰아서 덮어씌우는 바람에 설반이 아무리 변명을 해도 소용이 없었다.

이 날도 설반은 밖에서 술을 마시고 돌아와 어머니께 인사를 하는데 보니 보채가 와 있었으므로 그에게 물었다.

"보옥이가 매를 맞았다면서? 어떻게 된 일이야?"

그렇지 않아도 그 일 때문에 속이 잔뜩 상해 있던 설부인은 아들이 자기 쪽에서 먼저 모르는 척 물어 오자 이가 갈리도록 아들이 미웠다.

"이 염병을 하다 죽을 녀석아! 제가 그래 놓고서도 무얼 뻔뻔스레 묻고 있어?"

설반은 영문을 몰라 얼른 되물었다.

"어머니, 제가 어쨌다는 겁니까?"

"그래도 더 모르는 척할 생각이냐? 네가 고자질을 했다는 걸 세상사람들이 다 알고 있단 말이다. 시치미를 떼면 그만인줄 알아?"

"그럼 어머니는 제가 사람을 죽였다고 해도 믿으시겠어요?"

"네 누이까지도 그렇게 믿고 있는 거야. 설마 보채까지도 일부러 없는 일을 네게다 덮어씌울까?"

그러자 보채가 얼른 어머니를 막으며 타일렀다.

"어머니나 오빠는 왜들 이렇게 큰소리로 떠드시는 거예요? 조용조용히 말씀하시면 시비를 가를 수가 없을 것 같아서 그러세요?"

보채는 설반에게 얼굴을 돌렸다.

"오빠가 그렇게 말을 했거나 아니 했거나 그건 별문제라고 봐요. 이미 지나간 일인만큼 구태여 작은 일을 크게 벌려놓을 필요가 없으니까요. 하지만 오빠한테 한 마디 충고하고 싶어요. 제발 앞으로는 밖에 나가 말썽을 좀 부리지 말아 줘요. 남의 일에 쓸데없이 참견할 것도 없고 그런 사람들과 한데 어울려 놀아날 필요도 없고요. 오빠는 자기 행동에 절제가 없는 사람이기 때문에 그러다가 아무 일도 없으면 다행이지만 만일 무슨 일이라도 생겨 보세요. 그때는 오빠가 하지 않은 일도 사람들은 오빠를 의심한단 말이에요. 또 오빠가 한 일이라면 다른 사람은 그만두고 우선 저부터도 의심이 되는 걸 어떡하냐 말이에요."

설반은 워낙 성미가 불같은 사람이라 뜨뜻미지근한 일을 보고는 가만히 있지 못했다. 게다가 보채가 자기더러 '앞으로는 밖에 나가 말썽을 부리지 말라'고 충고를 하는가 하면 어머니가 또 '쓸데없이 혓바닥은 왜 놀리면서 그러는 거냐! 보옥이가 매를 맞게 된 건 순전히 네 탓이다' 하고 윽박지르자 더는 참을 수가 없었다. 설반은 발을 구르고 가슴을 두드리며 항변을 하더니 마구 욕설을 퍼부었다.

"어느 개자식이 나를 모함했어? 좋아, 어디 두고 보자! 내 네놈을 기어이 찾아내어 주둥이를 마구 짓쪼아 놓을 테니! 흥, 이건 어느 놈이 보옥이한테 아부할 건덕지가 없으니까 이 기회를 틈타 나를 몰아넣은 거야! 그리고 보옥인 뭐 천자이기나 하던가! 보옥이가 아버지한테 좀 맞았다고 해서 그처럼 온 집안이 며칠씩 발칵 뒤집혀야 한단 말인가? 언젠가도 보옥이가 이모부한테 두들겨 맞았는데, 나중에 어떻게 된 일인지 가진 형님이 고자질을 해서 그렇게 되었다는 말이 대부인의 귀에 들어갔단 말이야. 그 통에 가진 형님은 애매하게 불려가서 호되게 욕을 먹었던 거야. 그런데 이번엔 그 화풀이가 내게로 돌아왔구먼! 그렇지만 난 겁나지 않아. 그까짓 내가 끌려들어가 보옥에게 맞아 죽으면 보옥이도 그 때문에 목숨을 내놓게 될 테니까 그게 차라리 시원해서 좋을 게 아냐?"

설반이 고함을 지르다시피 하며 빗장을 뽑아 들고 달려나가려 하자 설부인은 황급히 아들을 붙잡았다.

"이 죄받을 놈아! 네가 누구를 치러 가겠다는 거냐! 가겠거든 나부터 때려눕히고 가거라!"

천둥같이 화가 난 설반은 눈을 왕방울 만하게 뜨고 소리를 질렀다.

"왜 또 이러시는 겁니까? 저를 못 가게 말리실 일이라면 왜 남의 부아통을 긁어 놓는 거예요? 보옥이가 살아있는 한 난 애매한 죄명에서 벗어날 길이 없는 거니까 차라리 저 죽고 나 죽고 하잔 말입니다."

보채도 다급히 나서며 말렸다.

"오빠도 좀 참으면 어때요. 어머니가 이렇게 애타 하시는데 오빠는 위로해 드리지는 못할망정 도리어 오빠 쪽에서 소동을 일으키다니요. 어머님이 아니라 다른 사람이라 해도 실은 오빠를 위한 충고란 말이에요. 그런 걸 오빠 쪽에서 성을 내시면 어떡하는 거예요?"

"이제 와서 또 무슨 설교를 하려는 거냐? 다 네가 어머니한테 일러바친 걸 누가 모를 줄 아니?"

"오빠는 저만 탓할 줄 알았지 자기가 분별없이 행동한 건 왜 돌이켜보지 못하는 거예요?"

"그럼 넌 어째서 내가 분별없는 행동을 한다고 나무라면서 보옥이가 밖에 나가 놀아나는 꼴에 대해선 아무 말도 없는 거냐? 다른 건 그만두고 기관에 대한 일만 놓고 말하더라도 그렇지. 기관은 우리하고 열 번도 더 만나서 놀았지만 나한테는 한 번도 친절한 말을 걸어준 적이 없었어. 그런데 그 자식이 전번에 보옥이를 만나더니 아직 이름자도 제대로 모르는 처지에 서로 허리띠를 풀어 주었단 말이야. 그래, 이것도 내가 고자질을 했더란 말이냐?"

설부인과 보채는 기겁을 하고 설반의 말을 가로막았다.

"또 그 소리를 하는 거냐? 그 일 때문에 매를 맞은 게 아니야. 옳지, 그러니까 역시 네가 말을 낸 게로구나?"

"이거 정말 사람이 기가 막혀 죽겠네! 그래 나보고 뭐라든 그건 좋아요. 그렇지만 보옥이 하나 때문에 이렇게 천지가 뒤집히듯이 소동을 일으키고 있는 꼴은 보기 싫단 말이에요."

"소동은 누가 일으키고 있는 거예요? 오빠가 먼저 빗장이니 칼이니 들고 야단을 치고서는 도리어 다른 사람을 나무라고 있네요."

조리가 있는 보채의 말에 설반은 대꾸할 말이 없었다. 그는 보채를 다루기가 어머니를 대하기보다 더 어려움을 느꼈고 보채의 입만 틀어막으면 아무도 더는 자기를 어쩌지 못하리라 생각되었다. 게다가 한창 화가 나 있던 터라 미처 앞뒤를 가려 볼 사이도 없이 입을 열었다.

"애, 보채야! 너 공연히 나를 붙들고 실랑이할 게 있니? 난 벌써 네 마음을 다 알고 있어! 언젠가 난 어머니한테서 들어 알고 있다만 네가 가지고 있는 그 금붙이는 반드시 옥을 가지고 있는 사람을 만나야 부부가 된다지? 넌 아마 그걸 마음속에 깊이 명심했던 모양이로구나. 그래서 보옥이한테 그따위 너절한 물건이 있는 걸 보고는 늘 보옥이편을 들고 있는 거야!"

설반의 말이 채 끝나기도 전에 보채는 얼굴이 하얗게 질리더니 와락 어머니의 품에 안겨 들며 울음을 터뜨렸다.

"어머니! 오빠가 하고 있는 소리를 들으셨어요?"

그제야 설반은 자기가 아니 할 소리를 했다는 것을 느끼고 횡하니 자기 방으로 가 버리고 말았다.

설부인 역시 화가 나서 가슴이 떨렸지만 엉엉 울고 있는 보채를 달래느라 애를 썼다.

"그놈이 떠벌리는 말이야 어디 대중이 있느냐? 내가 내일 저놈더러 너한테 잘못을 빌도록 할 테니 울지 말아라."

보채는 부끄럽고 분한 생각에 치가 떨렸지만 어머님이 불안해하실 것을 생각하여 곧 눈물을 거두었다. 그리고는 자리를 떠나 처소로 돌아왔다.

보채는 온밤을 울었다. 이튿날 아침 자리에서 일어났지만 세수하고 머리 빗을 생각도 하지 않고 옷만 대강 차려 입고는 어머니를 보러 갔다.

가는 길에 대옥이 꽃그늘 밑에 홀로 서 있다가 보채를 발견하고 말을 걸어 왔다.

"언니, 어디 가는 길이야?"

"어머니한테 가는 길이야."

보채는 건성으로 대답하며 걸음을 멈추지 않았다. 대옥의 눈에는 보채가 전에 없이 얼굴이 까칠하고 두 눈이 부어 있는 것처럼 보였다. 대옥은 웃으며 보채의 뒤에 대고 목소리를 높였다.

"언니도 몸을 조심하셔야지요. 설사 눈물을 두 동이나 흘린다고 해도 매 맞은 상처는 저절로 치료되지 않는 거예요."

대옥이 꼬집는 말에 보채는 뭐라고 대꾸했을까? 다음 회를 보시라.

제35회

백옥천은 직접 연잎국을 맛보고
황금앵은 손수 망사주머니를 지어 주다

대옥의 야박스러운 말에 보채는 속으로 몹시 괘씸한 생각이 들었지만 어머니와 오빠의 일이 걱정되어 그대로 꾹 참고 지나가 버렸다.

대옥은 계속 꽃나무 그늘 밑에 서서 멀리 이홍원 쪽을 바라보았다. 마침 이환, 영춘, 탐춘, 석춘이들과 그밖에 또 여러 사람들이 이홍원으로 들어가더니 이윽고 하나둘씩 흩어져 가는 것이 보였다. 그러나 희봉의 그림자가 나타나지 않으니 대옥은 이상한 생각이 들었다.

'그가 왜 보옥을 보러 오지 않는 걸까? 아마 무슨 일에 발목이라도 잡힌 모양이지? 그렇지 않으면 틀림없이 찾아와 수선을 떨며 할머님과 숙모님 앞에서 생색을 낼 사람인데. 오늘 같은 날 아직까지 얼굴을 내밀지 않는 데는 꼭 무슨 곡절이 있을 거야.'

대옥이 이런 생각을 하며 다시 머리를 들어 그쪽을 바라보았다. 꽃무더기가 움직이는 것같이 또 한 떼의 사람이 이홍원으로 들어가는 것이 보였다. 자세히 살펴보니 대부인이 희봉의 부축을 받으며 앞장을 섰고 그 뒤로 형부인과 왕부인이 따르고 뒤이어 가정의 첩 주씨와 여러 시녀들이 그들을 에워싸듯 하고 걷고 있었다.

대옥은 그것을 보자 부모 있는 사람의 행복한 처지가 가슴이 저리도록 부러웠고 두 눈에서는 자기도 모르게 눈물이 주르르 흘러내렸다.

이윽고 보채와 설부인도 이홍원으로 들어갔다.

그럴 즈음 별안간 등 뒤에서 자견의 목소리가 들려 왔다.

"아가씨, 어서 돌아가 약을 드시도록 하세요. 데워 놓은 물이 다 식겠어요."

"넌 날더러 어쩌라는 거냐? 늘 사람을 보기가 무섭게 재촉만 하니 내가 약을 먹거나 말거나 무슨 상관이란 말이냐?"

"이제 기침이 좀 나으실 만하니까 또 약을 안 드시려고 하시는군요. 지금이 5월 한여름이라고는 하지만 역시 조심하셔야 해요. 이른 아침부터 이렇게 누기 찬 곳에 오래도록 서 계시면 어떡해요? 그만 돌아가 쉬도록 하세요."

그제야 대옥도 다리가 저리고 머리가 어지러워짐을 느꼈다. 대옥은 자견의 부축을 받으며 천천히 소상관으로 돌아왔다.

대문 안 뜨락에는 대나무 그림자가 길쭉길쭉 뻗어 있고 땅 위에는 푸른 이끼가 덮여 있었다. 그것을 본 대옥은 문득 『서상기』 한 구절이 머리에 떠올랐다.

그윽히 깊은 곳에 누가 발길을 들여놓으랴   幽僻處可有人行
푸른 이끼 덮인 땅 위엔 흰 이슬만 차겁네   點蒼苔白露泠泠

대옥은 속으로 가만히 탄식을 했다.

'아아, 쌍문(雙文:『서상기』의 여주인공 앵앵)이여! 그대는 비록 박명한 사람이었지만 어머니가 있었고 동생이 있지 않았던가! 하지만 오늘 이 임대옥에게는 어찌하여 어머니도 동생도 없는 것이냐? 옛사람들은 가인박명(佳人薄命)이라고 했지만 나는 가인축에도 못 드는데 어떻게 쌍문보다도 더 박명한 것인가?

이런 생각을 하며 걷고 있는데 회랑에 앉아 있던 앵무새가 대옥이를 발견하고 별안간 꽥 소리를 지르며 날아 내렸다.

"아이, 깜짝이야! 또 내 머리 위에 먼지를 떨어뜨렸네!"

대옥의 놀라는 소리에 앵무새는 다시 그네 위로 올라가 앉으며 큰 소리로 외쳤다.

"설안아, 어서 발을 걷어라! 아가씨가 오셨어!"

대옥은 걸음을 멈추고 손으로 그네를 두드리며 앵무새를 희롱했다.

"그래, 모이와 물은 얻어먹었니?"

앵무새는 대답 대신 긴 한숨을 내쉬는데 그것은 신통하게도 대옥이 평소에 슬플 때마다 내쉬는 한숨소리 그대로였다. 앵무새는 또 이렇게 읊어 내려갔다.

꽃장례 지내는 나를 어리석다 웃지만	儂今葬花人笑癡
다음날 내가 죽으면 그 누가 묻어 줄까?	他年葬儂知是誰
봄이 가고 꽃이 지는 무렵이	試看春殘花漸落
나이 젊은 소년 소녀 늙어 죽는 그때이리라	便是紅顔老死時
언제든 봄이 가고 홍안이 늙으면	一朝春盡紅顔老
꽃도 지고 사람도 가고 말 것을!	花落人亡兩不知

대옥과 자견은 앵무새의 흉내를 듣고 함께 웃었다.

"이건 모두 아가씨가 늘 읊으시던 거군요. 신통하게도 앵무새가 다 외우고 있네요!"

대옥은 자견에게 앵무새의 그네를 벗겨 둥근 창문 밖에다 걸어놓으라 이르고 나서 방 안으로 들어갔다.

대옥이 창문가에 앉아 약을 먹고 나니 창 밖의 대나무 그림자가 사창으로 흘러들어 방안은 온통 녹음에 잠긴 듯싶고 책상과 돗자리도 한결 더 서늘해 보였다. 대옥은 무료함에 못 이겨 사창을 사이에 두고 앵무새와 장난을 하며 자기가 즐겨 읊는 시구들을 가르쳐 주었다.

한편 보채가 어머니의 방에 들어서며 보니 어머니는 마침 머리를 빗고 있는 중이었다.

"무슨 일로 이렇게 일찌감치 찾아오는 거냐?"

"어머님이 뭐하고 계시나 해서요. 어제 제가 간 뒤에 오빠가 또 와서 소란을 피우지나 않았어요?"

보채는 어머니 옆에 다가가 앉더니 말없이 눈물을 흘리기 시작했다. 보채가 우는 것을 본 설부인 역시 참지 못하고 함께 눈물을 지으며 딸을 달랬다.

"보채야, 너 왜 또 이러는 거냐? 네게 만일 불상사라도 생기게 되는 날이면 난 누구를 믿고 살겠니?"

이때 설반이 밖에서 이 소리를 듣고 안으로 달려 들어오더니 보채를 향해 손을 모아 쥐고 연해 굽실거렸다.

"보채야, 내가 잘못했으니 이번만 용서해 다오. 어제는 내가 술을 먹고서 늦게 돌아왔고 또 술김에 무슨 소리를 했는지 나도 잘 모르겠구나. 네가 화를 내게 된 것도 무리가 아니야!"

얼굴을 손으로 감싸고 울던 보채는 이 소리를 듣고 가소로운 생각이 들었다. 보채는 고개를 숙인 채 침을 탁 뱉었다.

"그따위 싱거운 소리는 하지도 말아요. 오빠의 뱃속을 누가 모를 줄 알고요. 우리 모녀가 밉고 싫으니까 일부러 우리를 멀리하려는 거지 뭐예요. 그래야 속이 시원할 테니까 말이에요."

설반은 황급히 웃으며 사정을 했다.

"보채야, 그게 도대체 무슨 소리냐? 그렇게 말하면 나는 발붙일 자리도 없게 되지 않겠니? 전에는 그런 소릴 안 하던 네가 어떻게 된 일이냐?"

그러자 설부인이 기다렸다는 듯이 한마디 내쏘았다.

"넌 지금 보채의 말을 야속하다고 나무라지만 그래 엊저녁에 네가 보채한테 한 말은 조금도 야속하지 않더란 말이냐? 네가 정말 머리가 돌아도 단단히 돌았나 보다."

"어머니도 이젠 화내지 마십시오. 보채도 분해하지 말고. 앞으로는 절대로 남들과 어울려 술을 마시지 않을 테야. 같이 놀지도 않고. 그러면 되잖아!"

설반의 말에 보채는 키득 웃지 않을 수 없었다.

"그러니까 이젠 뉘우친다 그 말인가요?"

보채가 입을 열자 설부인이 말을 이었다.

"네게 정말 그런 훌륭한 생각이 있다면 용이 다 알을 낳겠다, 애야!"

"정말이에요! 내가 또 그런 치들과 함께 어울린다는 말을 들으시게 되면 내 얼굴에 침을 뱉고 사람 아닌 짐승으로 욕을 해도 달게 받겠어요. 나 때문에 온 식구가 하루도 마음 편할 새가 없어서야 되겠어요? 나 때문에 어머니가 상심하시는 건 그렇다 하겠지만 보채까지 속을 썩이게 해서야 내가 어디 사람이라 하겠느냐 말이에요. 이제는 아버지도 돌아가시고 안 계신데 내가 어머니한테 효도를 하고 동생한테 사랑을 쏟아붓지는 못할망정 도리어 어머니를 속 썩이게 하고 보채를 괴롭혔군요. 그러니 정말 짐승만도 못한 인간이 아니고 뭔가 말이에요."

이렇게 말하는 설반의 눈에서는 굵다란 눈물이 주룩주룩 흘러내렸다. 설반이 우는 바람에 설부인도 참지 못하고 울음을 터뜨렸다.

그러나 보채만은 억지로 웃어 보이며 설반을 가볍게 나무랐다.

"오빠는 떠들고 싶은 대로 실컷 떠들고 나서 이젠 또 어머니까지 우시게 하려는 거예요?"

설반은 얼른 손등으로 눈물을 닦으며 변명을 했다.

"내가 왜 어머니를 우시게 한다는 거냐? 자, 그럼 그 일은 더 말하지 말자꾸나. 내 향릉이를 불러다 네게 차나 한 잔 따라 줄게 노여움을 풀어라."

"난 차 안 마셔요. 어머니가 손을 씻고 나시면 우린 곧 안채로 가봐야 해요."

"애, 그 목에 걸린 목걸이나 좀 보자꾸나. 닦아서 윤기를 내야 하지 않겠니?"

"이처럼 샛노랗게 반짝거리는데 윤기는 또 무슨 윤기를 낸다는 거예요?"

"너 옷도 새로 더 지어야 하지 않겠니? 어떤 빛깔로 했으면 좋겠는지 어디 내게다 말해 보렴."

"지금 있는 옷도 미처 다 입지 못할 지경인데 무슨 옷을 또 짓는다는 거예요?"

이윽고 옷단장을 끝낸 설부인이 보채의 손을 이끌고 안채로 들어가기 위해 나섰다. 설반은 그제야 마음을 놓고 밖으로 나갔다.

보옥을 위문하러 대관원으로 들어간 설부인과 보채는 곧장 이홍원을 향해 걸었다. 그런데 포하청 밖의 회랑에 여러 명의 시녀들과 노파들이 둘러서 있었으므로 그들은 곧 대부인과 왕부인이 와 있음을 알았다.

그들 모녀가 안으로 들어가 일동에게 인사를 하고 나서 보니 보옥은 해쓱한 얼굴로 침상에 누워 있었다.

"좀 어때? 아픈 데는?"

설부인이 묻는 말에 보옥은 몸을 일으키며 말했다.

"이젠 괜찮아요."

보옥은 다시 미안한 인사를 했다.

"이모님하고 보채 누나한테 걱정을 끼쳐서 죄송하군요."

설부인은 황급히 보옥을 부축하여 침상에 눕혀주며 물었다.

"별말을 다 하는군. 그래 무얼 먹고 싶은 건 없어? 원하는 게 있으면 나한테 말을 해 봐."

"네, 생각나는 것이 있으면 이모님 댁으로 사람을 보내겠어요."

왕부인이 옆에 있다가 같은 말을 물었다.

"먹고 싶은 게 있으면 지금 말을 하려무나. 그래야 나중에 보내 주지 않겠니?"

"지금은 별로 먹고 싶은 생각이 없어요. 전번에 먹던 그 연꽃잎과 연밥을 넣고 끓인 국이 있잖아요? 그게 맛있더군요."

보옥이 웃으며 말하자 희봉이 옆에서 끼어들었다.

"그거라면 구미가 별로 고상한 것이 못 되는군요. 그런데 그건 만들기가 여간 까다로운 게 아녜요. 하필이면 왜 그게 드시고 싶으실까?"

"원하는 대로 어서 만들어 주면 될 게 아니냐?"

대부인의 독촉에 희봉은 웃음을 띠었다.

"할머님은 정말 성미가 급하셔. 그런데 참 그 틀을 누구한테 맡겨 두었더라?"

희봉은 노파 한 사람을 띄워 주방에 가서 그것을 가져오라고 했다.

한참만에 노파는 빈손으로 돌아왔다.

"국 만들 때 쓰는 틀 네 개를 전부 올려 보냈다고 하는데요."

희봉은 잠깐 생각에 잠겼다.

"내 기억엔 누구한테 맡겼던 것 같은데? 차 끓이는 방에다 두었던 가?"

희봉은 다시 다방(茶房)으로 사람을 보냈지만 역시 받아 둔 일이 없다는 것이었다.

나중에 금은붙이 그릇들을 넣어 두는 방에서 그것을 찾아 보내왔다.

설부인이 그것을 받아 보니 자그마한 갑으로 된 물건인데 그 안에 은으로 된 네 개의 틀이 박혀 있었다. 어느 것이나 길이가 한 자, 너비가 한 치, 겉에는 콩알 만큼씩한 조각을 해 놓았는데 국화꽃 무늬며 매화꽃 모양이 있는가 하면 연꽃 그림이며 마름 형태의 무늬도 있었다. 무려 삼사십 종이나 되는 무늬가 모두 정교하게 조각되어 있었다.

설부인은 대부인과 왕부인을 향해 웃으며 말을 건넸다.

"댁에서는 정말 모든 게 보통이 아니군요. 국 한 그릇을 끓이는데도 이런 틀을 써서 모양을 내야 하니. 설명을 해 주지 않았더라면 전 이게 무얼 하는 데 쓰는 것인지조차 몰랐을 거예요."

설부인의 말이 미처 끝나기도 전에 희봉이 웃으며 끼어들었다.

"이모님께서 모르시는 거야 당연하지요. 이건 지난해에 귀비마마께 대접할 음식을 마련하면서 저 사람들이 창안해 낸 거래요. 무슨 가루를 썼는지는 모르지만 이 틀에다 눌러서 신선한 연잎 냄새를 보탰었지요. 그렇지만 국물이 좋았을 뿐이지 그 맛은 결코 별것이 아니었어요. 어느 집에선들 늘 그런 걸 먹겠어요? 그때도 시험삼아 만들어본 것뿐인데 오늘 도련님이 용케도 그걸 생각해 내셨군요."

희봉은 설부인의 손에서 틀을 받아 한 아낙네에게 넘겨주며 식모더러 닭 몇 마리를 잡고 다른 것을 더 보태어 국을 열 그릇쯤 곧 끓여들여 오도록 분부했다.

"그렇게 많이 만들어선 뭘 해?"

왕부인의 말에 희봉은 웃으며 대꾸했다.

"그럴 까닭이 좀 있어서 그래요. 이런 음식은 워낙 평소에 만들 기회가 없는 건데 오늘 보옥 도련님이 말을 낸 거란 말이에요. 그렇지만 보옥 도련님 혼자만 드실 수야 있나요? 할머님이나 이모님께도 드려야 하겠고 또 그럴 거라면 좀 많이 만들어서 다 같이 맛보게 하는 편이 좋지 않겠어요? 그래야 덕분에 저 같은 것도 국 맛을 좀 보게 될 테니까요."

그러자 대부인이 가만있지를 않았다.

"저런 원숭이년 좀 보아! 나라님 돈을 가지고 제 인심 쓰려는 수작이로군!"

일동은 와자하게 웃어댔다.

그러나 여기에 지고 있을 희봉이 아니었다.

"그 점만은 근심 마세요. 제가 말을 낸 이상 제가 한턱 내는 거로 하지요."

그리고는 시녀에게 분부를 내렸다.

"다른 걸 더 보태서라도 잘만 만들도록 하라고 일러. 돈은 내 몫에서 계산하기로 하고 말이야."

시녀는 대답을 하고 물러갔다.

그들이 주고받는 농담을 옆에서 듣고 있던 보채가 입을 열어 한 마디 했다.

"제가 이모님 댁에 온 지도 몇 해째 잘 되지만 가만히 두고 보려니까 희봉 언니의 말재간이 아무리 대단하다고 해도 할머님만은 당해내지 못하는 것 같아요."

보채의 말에 기분이 좋아진 것은 대부인이었다.

"나야 이젠 다 늙어빠진 주제에 말재간이 있으면 얼마나 있겠느냐? 전에 내가 희봉이만한 나이 적엔 글쎄 희봉이보다 나았다고 할 수도 있었겠지만. 어쨌건 희봉이의 입심이 우리보다는 못하다 하더라도 역시 여간내기가 아니야. 네 이모하고 비한다면 얼마나 나은지 모르겠다. 이 보옥 어미는 누구 앞에서나 수줍어서 말을 못 한단 말이야. 마치 나무로 깎아 놓은 사람 모양으로 시어미 앞에서도 제 잘난 소리는 안 하는 성격이니까. 그렇지만 희봉이는 말을 잘하는 통에 누구한테서나 사랑을 받고 있지."

그러자 이번엔 보옥이가 한마디 끼어들었다.

"그럴 요량이면 말없는 사람은 아무한테도 사랑을 못 받는다 그 말인 가요?"

"말이 없는 사람은 그 나름의 장점이 있는 거고 말이 많은 사람은 또 그만큼 수다스러운 흠이 있어 차라리 말이 없느니만 못할 적도 있지."

"아무렴, 그렇지 않고요. 우리 큰형수님(이환)만 두고 보더라도 평소에 별로 말이 없는 성격이지만 할머니는 희봉 형수님과 똑같이 귀여워하시지 않아요? 만일 말을 잘해서 귀염을 받고 있는 사람을 말하라고 한다면 많은 자매들 가운데서 희봉 형수님과 대옥 누이일 거예요."

보옥의 말에 대부인이 또 이내 말을 이었다.

"자매들 가운데서라면 말이야, 내가 이 보채 어미 앞에서 일부러 하는 말이 아니라 참말이지 우리 집에 있는 이 네 아이들 중에서 보채를 따를 사람은 한 사람도 없어."

대부인의 칭찬에 설부인은 웃으며 겸손의 말을 했다.

"그건 지나친 말씀이십니다."

"아니야, 할머님께선 늘 뒤에서 우리한테 보채의 칭찬을 하고 계신다네. 조금도 거짓말이 아니야."

왕부인까지 이렇게 거들자 보옥은 적이 언짢아졌다. 할머니가 대옥이를 칭찬해 주리라고 생각했던 것인데 의외로 보채의 이름을 들고 나왔던 것이다.

보옥은 별수 없이 보채를 향해 싱긋 웃어 보였으나 보채는 어느새 고개를 홱 돌리며 습인과 이야기를 나누러 가 버렸다.

이때 시녀가 들어와 식사 준비가 다 되었다고 아뢰었다. 대부인은 몸을 일으키며 보옥에게 몸조리를 잘 하라 이르고 시녀들에게도 여러 가지 당부를 한 다음 희봉의 부축을 받으며 설부인과 함께 방에서 나갔다.

"그 무슨 국인가 하는 건 다 되었느냐?"

대부인은 누구에게랄 것 없이 이렇게 묻고 나서 설부인에게로 얼굴을 돌렸다.

"무얼 자시고 싶은 게 있으면 내게다 말을 하구려. 내게 다른 힘은 없어도 이 희봉일 부려서 무엇이든 만들게 할 수는 있으니까."

"할머님께서는 희봉일 곯려만 주시네요. 제가 알기로는 희봉이가 늘 맛나는 음식을 만들어 할머님께 대접을 하지만 결국 얼마 자시지도 못하시니 말이에요."

설부인의 말에 희봉이 웃으며 대꾸했다.

"이모님은 모르고 하시는 말씀이에요. 우리 할머님은 사람 고기는 시큼하다고 꺼리시니까 그렇지, 그렇지만 않았다면 벌써 저를 잡아 잡수셨을 거예요."

희봉의 말에 대부인을 비롯한 일동은 또 와자그르 웃음을 터뜨렸다.

보옥이도 방안에서 그 소리를 듣고는 정말 웃음을 참을 수가 없었다.

"저 희봉 아씨의 입은 정말 칼날같이 무서워요."

습인이 옆에서 감탄의 말을 하자 보옥은 습인의 손을 잡아끌어 옆에다 앉혔다.

"그냥 그렇게 섰지 말고 이젠 좀 앉아 있어. 다리가 아프지도 않아?"

"아이, 제가 깜박 잊을 뻔했네요! 보채 아가씨가 아직 안가고 계시니까 어서 앵아를 좀 보내라고 하세요. 망사주머니를 몇 개 짜라고 하게요."

"응, 정말 잊을 뻔했군."

보옥은 창 밖에다 대고 소리쳤다.

"보채 누나! 식사가 끝나거든 앵아를 이리로 좀 보내요! 망사주머니를 만들게 할 거야. 그렇지만 틈이 나거든 말이야."

"틈이 나고 안 나고가 있어요? 내 곧 보낼게요."

보채가 고개를 돌려 대답하자 말귀를 알아듣지 못한 일동은 무슨 일인지 몰라 걸음을 멈추고 보채에게 물었다. 보채의 설명을 듣고 영문을 안 대부인은 보채에게 말했다.

"얘, 그렇거든 앵아를 보옥이한테 보내서 만들어 주도록 하려무나. 사람이 더 필요하면 내 방에도 일 없이 노는 애들이 많으니까 마음대로 불러다 시키도록 해라."

설부인과 보채는 함께 웃었다.

"그 애만 보내면 넉넉해요. 따로 사람을 불러다 시킬 것은 없어요. 그 앤 종일 할 일 없이 장난만 치고 있는데요 뭐."

일동이 이홍원을 나서서 앞으로 걸어가노라니 문득 동산 근처에서 사상운, 평아, 향릉이들이 봉선화를 따며 놀고 있었다. 그들은 대부인 일행을 보자 마주 다가오며 인사를 했다.

이윽고 원내를 벗어나자 왕부인은 대부인이 피로해 할 것 같아 먼저 북쪽 채에 들어가 잠깐 쉬었다 가기를 권했다. 그렇지 않아도 다리가 저려 오던 판이라 대부인은 이내 머리를 끄덕였다. 왕부인은 곧 시녀들에게 먼저 가서 자리를 마련하도록 분부했다.

이 날 가정의 첩 조씨는 병을 핑계로 나오지 않았으므로 주씨가 여러 시녀며 노파들을 휘동하여 문발을 거둘라 등받이를 세울라 방석들을 펴 놓을라 바삐 돌아다녔다.

뒤이어 대부인이 희봉의 부축을 받으며 들어와 설부인을 객석에 앉도록 하고 자기는 주인석에 앉았다. 보채와 사상운은 아랫자리에 앉았다.
차가 들어오자 왕부인은 손수 찻종을 들어 대부인에게 받쳐드리고 이환
은 설부인에게 차를 따라 드렸다.

"이런 일은 저 동서들에게 맡겨 두고 보옥 어미는 자리에 앉아 이야기
나 나누지 그래."

대부인의 말에 왕부인은 옆에 놓인 의자에 앉으며 희봉에게 분부했다.

"할머님의 상은 여기로 들이렴. 반찬은 좀 넉넉하게 차리도록 하고."

희봉은 분부대로 방에서 나와 대부인의 거처에 사람을 띄웠다.

"저쪽의 노파들한테 일러서 밖에다 알리도록 해라. 그리고 심부름할
계집애들을 빨리 이리로 몰아오란 말이야."

뒤이어 왕부인이 또 분부를 내렸다.

"가서 아가씨들을 모셔 오도록 해라."

그러나 한식경이 지나도록 탐춘이와 석춘이 둘밖에는 나타나지 않았
다. 영춘은 몸이 거북하고 불편하다면서 먹기를 거절하고 대옥은 열 끼
니면 겨우 다섯 끼니를 먹으나마나하는 터라 아무도 별다르게 생각지
않았다.

이윽고 음식이 들어왔으므로 일동은 밥상을 차리며 소란을 피웠다.

희봉은 손수건에다 젓가락을 한 줌 감아쥔 채 한옆에 서서 웃으며 입
을 열었다.

"할머님이랑 이모님이랑 그렇게 자꾸 사양하실 것 없이 제가 하는 대
로 맡겨 두세요."

그러자 대부인이 설부인을 향해 웃어 보였다.

"우리는 늘 이렇다니까."

설부인도 마주 웃었다.

"하자는 대로 내버려두세요."

희봉은 먼저 젓가락을 네 매 벌려 놓았다. 윗자리의 두 매는 대부인과 설부인의 것이었고, 양쪽에 한 매씩 놓인 것은 설보채와 사상운의 몫이었다.

왕부인과 이환들은 아래쪽에 서서 음식 차리는 것을 보고 있었고 희봉은 또 깨끗한 그릇을 가져다 대옥에게 보낼 반찬을 덜어내었다.

뒤이어 연꽃잎국이 들어오자 먼저 대부인에게 보이고 난 뒤에 보옥에게 보내려고 했다. 왕부인이 뒤를 돌아보니 저쪽에 옥천아가 있었으므로 그에게 연꽃잎국을 보옥에게 갖다주라고 했다.

"그 애 혼자서는 가져가기 힘들 거예요."

희봉이 말하는데 마침 앵아와 희아가 왔다. 보채는 그들이 밥을 먹고 난 뒤라는 것을 알고 앵아를 불렀다.

"보옥 도련님이 너더러 망사주머니를 짜 달라고 그러시던데 네가 옥천아와 함께 저걸 가지고 도련님한테 빨리 가 봐."

"네."

앵아는 대답을 하고 곧 옥천아를 따라 나왔다.

"이렇게 더운 날에 그 먼 데까지 어떻게 들고 간담?"

앵아의 말에 옥천아는 웃으며 안심시켰다.

"걱정할 것 없어. 내가 방법을 댈 테니."

옥천아는 노파를 하나 불러들이더니 국이며 밥이 담긴 찬합을 그에게 들렸다. 노파를 앞세운 그들은 빈손으로 뒤따르다가 이홍원 대문 앞에 이르러서야 옥천아가 그것을 받아들고 앵아와 함께 보옥의 방으로 들어갔다. 습인과 사월과 추문 세 시녀가 보옥과 이야기를 하고 있다가 그들이 들어오는 것을 보고 급히 일어나 맞았다.

"어쩌면 너희들 둘이 이렇게 만나서 함께 오게 되었니?"

습인은 그들이 들고 온 물건을 받아 놓으며 자리를 권했다.

옥천아는 손수건으로 이마의 땀을 훔치며 의자에 걸터앉는데 앵아는 앉기를 주저했다. 습인이 얼른 발 받침을 갖다 주었지만 그래도 앵아는 그냥 서 있기만 했다.

보옥은 앵아가 온 것을 보고 속으로 매우 기뻤다. 그러나 옥천아를 대하게 되자 죽은 그의 언니 금천아가 생각나서 슬프기도 하고 부끄럽기도 했다. 보옥은 잠시 앵아를 옆에 두고 옥천아를 상대로 이야기를 주고받았다.

그것을 본 습인은 한옆에 그냥 서 있는 앵아가 기분이 상할까봐 얼른 그를 이끌고 옆방으로 건너가 차를 마시며 이야기를 나누었다.

한편 사월과 추문은 보옥에게 밥상을 차려 주었다.

그러나 보옥은 먹을 생각이 없는지 옥천아와 이야기하는 데만 정신이 팔려 있었다.

"그래 어머니는 무사하시니?"

보옥의 물음에 옥천아는 얼굴에 노기를 드러낸 채 외면을 하고 있다가 한참 만에야 겨우 외마디 대답을 했다.

"네."

멋쩍어진 보옥은 이러지도 저러지도 못하다가 웃으며 화제를 다른 데로 돌렸다.

"누가 너더러 이걸 나한테 가져가라던?"

"노마님과 마님이시지 누구겠어요!"

보옥은 옥천아가 그냥 부르튼 얼굴을 하고 있자 자기 언니인 금천아를 생각하고 그러는 것임을 짐작했다. 그래서 어떻게든 위로의 말을 해서라도 옥천아의 기분을 돌려주고 싶었다. 그러나 옆에 시녀들의 눈이 많아 거북했으므로 이렇게 저렇게 구실을 대어 다른 아이들은 전부 밖으로 내보냈다. 그런 후 다시 웃는 얼굴로 옥천아에게 이것저것을 물어

보았다.

옥천아는 처음에는 못마땅한 표정이었으나 보옥이 끝까지 성난 빛을 보이지 않을 뿐만 아니라 자기가 아무리 대항하듯 불쾌한 표정을 지어도 여전히 상냥하고 부드럽게 대해 주었으므로 나중엔 도리어 자기 쪽에서 미안한 생각이 들어 좋은 얼굴을 보이지 않을 수 없었다.

보옥은 그제야 마음을 놓고 활달한 웃음을 지으며 옥천아에게 청을 들었다.

"자, 마음씨 착한 우리 누이, 저 국그릇을 가져다 맛 좀 보여 줄 수 없겠어?"

"전 아직 그런 걸 배우지 못한 걸요. 다른 애들이 돌아오거든 해 달라고 하세요."

"아니야. 난 너더러 먹여달라는 게 아니야. 내가 아직은 일어날 수가 없어서 그래. 그저 국그릇을 내 손에 쥐어 달라는 것 뿐이야. 내가 얼른 식사를 마쳐야 너도 빨리 돌아가 이 일을 여쭙고 나서 밥을 먹을 수 있잖겠니? 내가 언제까지나 이렇게 능장을 부리고 있으면 너만 배를 곯을 게 아냐? 그렇지만 네가 움직이기 싫어서 그런다면 그만두어도 좋아. 아픈 걸 참고라도 내가 스스로 갖다 먹을 테니까."

보옥은 침상에서 내려설 모양으로 몸을 일으키려 하다가 별안간 '아얏!' 소리를 냈다.

옥천아는 그제야 황급히 몸을 일으키며 보옥을 말렸다.

"가만 누워 계세요. 그것도 어느 전생에서 죄를 지었기 때문에 이 현세에 와서 갚음을 받는 거예요. 전 차마 그냥 보고만 있을 수가 없군요."

말을 마친 옥천아는 '키득' 하고 소리내어 웃더니 국그릇을 집어왔다. 그것을 보고 보옥은 또 지껄여댔다.

"이봐, 누이! 성을 내겠거든 여기서 얼마든지 내란 말이야. 그렇지만 노마님이나 마님들 앞에서는 그런 내색을 보이지 않도록 해야 돼. 그분들 앞에서까지 지금처럼 이랬다가는 꾸중을 면치 못할 테니까."

"어서 들기나 하세요. 저한테까지 그런 사탕 발린 말씀을 하실 건 없어요. 그런 말에 넘어갈 제가 아니니까요."

옥천아는 보옥을 독촉하여 국을 두어 모금 마시게 했다. 보옥은 일부러 얼굴을 찡그려 보이며 타박을 했다.

"이거 왜 이렇게 맛이 없어 난 안 먹을 테야."

"나무아미타불! 이런 게 다 맛이 없다면 어떤 것이 맛있는 걸까!"

"정말 아무 맛도 안 나! 미덥지 않으면 어디 네가 한번 맛을 보란 말이야! 그러면 알 게 아냐?"

옥천아는 마지못해 한 모금 맛을 보니 보옥이 이내 웃으며 물었다.

"어때, 맛있지?"

옥천아는 그제야 보옥의 마음을 알아챘다. 실은 자기에게 맛을 보이기 위해 일부러 거짓말을 했던 것이다.

"방금 도련님은 맛이 없다고 하시지 않았어요? 그런 걸 지금 와선 또 맛이 있다고 하시지만 그런다고 누가 먹여 드릴 줄 아세요?"

그러나 보옥은 웃으며 앞에 했던 말은 취소할 테니까 어서 국을 먹여 달라고 애원했다. 옥천아는 끝까지 보옥의 애원을 들어주지 않고 다른 아이를 불러들였다.

시녀들이 방으로 들어올 때 누군가 들어와 아뢰었다.

"부시(傅試)네 댁에서 두 노파가 도련님께 문병을 왔습니다."

보옥은 그 소리를 듣고 이내 통판(通判) 부시 댁의 노파들이 찾아왔음을 알아차렸다.

부시는 원래 가정의 제자였는데 지금까지도 가씨 댁의 명성을 이용하여 득을 보고 있는 터였고, 가정 역시 부시를 다른 제자들과는 달리 대해 주고 있었기 때문에 부시네는 자주 사람을 보내어 문안을 해 오는 터였다.

보옥은 전부터 이런 류의 인간들을 죽어라고 싫어했다. 그런데 오늘은 무슨 생각으로 그 댁에서 보낸 두 노파를 안에다 들이려는 것일까?

여기에는 그럴 만한 까닭이 있었다.

부시에게는 부추방(傅秋芳)이라고 하는 누이동생이 하나 있었는데, 들리는 소문에 의하면 인물과 재주가 남달리 뛰어난 아가씨라는 것이었다. 얼마나 잘생긴 인물인지 아직 한 번도 본 일은 없지만 보옥은 속으로 여간 마음이 끌리고 있는 것이 아니었다. 그래서 지금도 이 두 노파를 들이지 않는다면 부추방을 무시하는 것이 될 것 같았으므로 얼른 분부를 내렸던 것이다.

"그렇다면 안으로 들이도록 해라."

부시란 사람은 워낙 벼락출세를 한 위인으로 미모가 출중하고 총명한 누이동생을 잘 이용하여 돈 있고 세력 있는 호문 귀족과 혼인을 맺어 한몫 단단히 볼 심산이었다. 그래서 웬만한 집에서 중매를 걸어와도 상대를 하지 않는 터였고, 그러다 보니 부추방은 이미 혼기를 넘겨 스물 세 살이 되도록 시집을 못 가고 있었다. 그러나 호문 귀족들은 이 집이 지체가 낮고 가난한 것을 꺼리어 아무도 청혼을 하려 하지 않았다.

한편 부시는 가씨 댁 대부인과 친하게 지내는 것을 기화로 은근히 자기 나름의 속셈을 하고 있었다. 그래서 오늘도 두 노파를 보낸 것인데 하필이면 이 두 늙은이는 멍청이 중에서도 상멍청이였다.

보옥이 들어오라고 하자 두 노파는 주춤주춤 방 안으로 들어섰다.

"도련님, 안녕합시오?"

그들은 이렇게 겨우 한마디 인사를 하고는 더 아무 말이 없었다.

옥천아는 낯선 사람들이 왔으므로 보옥과 하던 농담을 그치고 국그릇을 손에 든 채 이야기에 귀를 기울이고 있었다. 보옥은 또 보옥이대로 밥을 먹다가 노파들의 말을 기다리며 국그릇을 받으려고 손을 내밀었다.

그런데 보옥과 옥천아는 제각기 할멈들을 보며 한눈을 팔다가 손을 잘못 뻗쳐 국그릇을 엎지르고 말았다. 뜨거운 국이 엎질러지며 보옥은 그만 손등을 데었다. 옥천아는 손을 데지는 않았지만 깜짝 놀라 외쳤다.

"아이, 어떻게 된 일이에요?"

그러자 시녀들이 황급히 달려와 엎어진 국그릇을 집어들었다.

보옥은 자기의 손을 덴 것은 생각지 않고 도리어 옥천아가 상했을까 걱정을 했다.

"어디를 데었어? 아프지 않아?"

보옥의 말에 옥천아와 방안에 있던 사람들은 모두 웃지 않을 수 없었다.

"도련님은 자기가 손을 데시고서도 오히려 저한테 묻고 계시네요."

보옥은 그제야 자기가 손을 덴 것을 깨달았고 시녀들은 얼른 쏟아진 국을 훔쳤다.

보옥은 먹던 것을 그만두고 손을 씻고 나서 차를 마시며 두 노파를 상대로 몇 마디 이야기를 나누었다.

이윽고 두 노파는 자리에서 일어섰다. 청문이가 돌다리까지 그들을 바래다주고 돌아가자 두 노파는 주위에 아무도 없는 것을 보고 웃으며 말을 주고받았다.

"그러기에 남들이 이 댁의 보옥인가 하는 공자님은 쓰고 난 허울은 멀쩡하지만 속은 먹통이라지 않아? 욕심스레 달라는 건 많지만 정작 먹지는 않는단 말이야. 그러니 반편이지 뭐야. 방금도 손은 제가 데고도 다른 사람보고 아프지 않느냐고 하지 않나 말이야. 갈데없는 멍텅구리라니까."

"전번에 왔을 때 나도 이 집 사람들이 말하는 걸 들었지만 정말 갈데 없는 반편인 것 같아! 자기도 비에 흠뻑 젖어 있으면서 남을 보고 비가 오는데 왜 빨리 피하지 않느냐고 주의를 주더라나. 그러니 머리가 돌았 지 뭐야. 그리고 옆에 사람만 없게 되면 혼자서 울기도 하고 웃기도 하면 서 제비를 보면 제비하고 말을 하고 물 속의 고기를 보면 고기를 보고 지 껄이고 별이나 달을 보고는 또 꺼지게 한숨을 쉬지 않으면 무슨 말인지 입 속으로 중얼거린대. 게다가 자기 주견은 조금치도 없어서 나이 어린 시녀들한테까지 야단을 당하고도 화내는 일이 없다지 않아. 또 물건을 아낄 때엔 실오라기 하나도 소중하게 여기다가 막 써버릴 때엔 천 냥이 든 만 냥이든 아무것도 안중에 없다는 거야."

그러며 그들은 대관원을 벗어나 집으로 돌아갔다.

노파들이 물러가자 습인은 앵아를 이끌고 다시 보옥의 방으로 건너 왔다.

"어떤 주머니를 만들까요?"

보옥은 그제야 웃으며 앵아에게 얼굴을 돌렸다.

"아까는 이야기에 팔려 그만 너를 깜박 잊고 있었구나. 내가 너를 와 달라고 한 건 망사주머니를 몇 개 만들어 주었으면 해서야."

"무얼 넣으실 거예요?"

앵아가 물었다.

"그저 아무거나 넣을 테야. 그러니까 모양에 따라 몇 개씩만 만들면 돼."

보옥의 말에 앵아는 손뼉을 치며 웃었다.

"어머나! 그러자면 십 년이 걸려도 다 못 만들게요?"

"이봐 앵아! 넌 지금 별다른 일이 없잖아? 힘 자라는 대로 좀 만들어

줘."

습인이 웃으며 참견을 했다.

"지금 곧 전부를 다 만들 수는 없는 거니까 오늘은 먼저 필요한 것으로 몇 개 만들면 돼요."

"필요한 것이라도 부채주머니라든가 향주머니라든가 허리띠주머니, 이런 것들 중에서 어느 것을 떠 드릴까요?"

"허리띠 주머니가 좋겠어."

보옥이 말했다.

"허리띠는 무슨 빛깔인가요?"

"붉은 빛깔이야."

보옥의 말에 앵아가 대답했다.

"붉은 빛깔에는 검은 망사주머니가 어울려요. 파란색도 괜찮고요."

보옥이 다시 한마디 물었다.

"그럼 회색엔 뭐가 어울릴까?"

"회색엔 도홍색이 어울리지요."

"그럼 좋아, 도홍색으로 하나 만들고 파란색으로 또 하나 만들어 줘."

"무늬는 어떤 것으로 할까요?"

"어떤 무늬들이 있는데?"

"일주향(一炷香: 직선), 조천등(朝天凳: 사다리꼴), 상안괴(象眼塊: 마름모꼴), 방승(方勝: 마름모꼴을 두 개 연결시킨 모양), 연환(連環: 가락지 모양), 매화(梅花: 매화꽃 모양), 유엽(柳葉: 버들잎 모양) 등이 있어요."

"지난번에 네가 셋째아가씨(탐춘)한테 떠 주었던 건 무슨 무늬였니?"

"그건 '찬심매화(攢心梅花)'라는 거였어요."

"응, 그게 좋을 것 같구나."

그때 습인이 감을 찾아 내놓는데 창 밖에서 노파의 목소리가 들려왔다.

"아가씨들 밥이 다 되었어요."

"그럼 밥부터 먼저 먹도록 해."

"그렇지만 손님이 와 있는데 어떻게 우리들만 가겠어요?"

습인이 웃자 앵아는 감으로 쓸 끈을 고르면서 웃었다.

"인사치레는 그만두고 어서 갔다오라고요."

그제야 습인은 두 어린 시녀를 남겨 시중을 들게 하고 자기들은 밥을 먹으러 갔다.

보옥은 앵아가 끈으로 망사주머니를 뜨는 것을 건너다보며 한담을 했다.

"너 올해 몇 살이지?"

앵아는 일손을 쉬지 않은 채 대답을 했다.

"열여섯 살이에요."

"성은 무어니?"

"황가예요."

"그것 참, 성과 이름이 아주 걸맞는구나. 황앵(黃鶯)이니까 노란 꾀꼬리라 그 말이로군."

자기를 꾀꼬리라고 하는 바람에 앵아는 웃었다.

"제 이름은 원래 두 글자였어요. 금앵(金鶯)이라고요. 그런데 아가씨들이 부르기가 불편하다면서 그냥 앵아로 부르라고 그러시더군요. 그렇지 않아도 이젠 다들 앵아로 알고 있어요."

"보채 아가씨도 너를 무척 귀여워하시겠구나? 그러니까 또 그 아가씨가 시집을 가게 되면 너도 따라가게 될 거고."

보옥의 말에 앵아는 손등으로 입을 가리며 웃었다. 보옥은 마주 웃으며 하던 말을 계속했다.

"나는 늘 습인이하고 이야기를 하고 있지만, 앞으로 너희들 두 주종(主

從)을 맞이해 갈 사람은 누굴까?"

"그렇지만 도련님은 잘 모르실 거예요. 우리 아가씨한테는 남들에게 없는 좋은 점이 많아요. 얼굴이 곱게 생긴 건 사실 아무것도 아니에요."

앵아의 깜찍하면서도 애교 있는 말씨며 웃음소리 그리고 어린애같이 순진한 자태에 홀딱 반해 버린 보옥은 보채의 이야기가 나오자 곧 따지듯이 물었다.

"그래, 남한테 없는 좋은 점이란 어떤 것들이야? 어디 나한테 자세히 말해 보아!"

"말씀해 드릴 테니 아가씨한테는 비밀에 붙여야 해요."

"그야 물론이지."

그들이 이렇게 말을 주고받는데 밖에서 말소리가 들려왔다. 두 사람이 돌아보니 다름아닌 보채였다. 보옥이 얼른 자리를 권하자 보채는 한 옆에 걸터앉으며 앵아에게 물었다.

"어떤 걸 만드는 거니?"

보채는 앵아의 손에 들려 있는 일감을 들여다보았다. 망사주머니가 겨우 절반밖에 되지 않은 것을 보고 보채가 말했다.

"그냥 이렇게 만들기보다 구슬을 넣고 만드는 게 더 좋지 않아?"

보옥은 그 소리에 문득 생각이 나서 손뼉을 쳤다.

"누나의 말이 옳아. 그런 걸 내가 깜박 잊었었군! 그렇지만 무슨 빛깔로 맞추면 좋을까?"

"잡된 빛깔을 쓰면 못써요. 그렇지만 붉은빛은 너무 세고 누런빛은 너무 묻히고 검은빛은 너무 칙칙해요. 어디 내가 좀 생각해 볼까요? 금실을 가져다가 검은 남경주(南京珠)실과 함께 한 올씩 섞어서 엮으면 좋을 것 같군요."

보옥은 그 소리를 듣더니 좋아서 어쩔 줄을 몰라 하며 습인에게 어서

앵아가 보옥을 위해 망사주머니를 뜨다

가서 금실을 가져오라고 일렀다. 때마침 습인은 손에 요리 두 그릇을 들고 들어와 있었다.

"오늘은 뜻밖에도 마님께서 사람을 보내 저한테 요리를 두 가지나 보내 오셨어요."

"그거야 음식이 남으니까 함께 먹으라고 보내신 거지 뭐야."

"아녜요. 저한테 주시는 거라면서 지명을 해 오셨어요. 그리고 고맙다는 인사는 하러 올 필요가 없다고까지 하시니 이상하지 않아요?"

습인이 그냥 고개를 갸웃거리고 있자 이번엔 보채가 웃으며 말했다.

"습인이한테 보내온 거라면 그대로 받아먹으면 될 게 아냐? 무얼 자꾸 생각할 게 있어?"

"이때까지 없던 일이라 어쩐지 송구스러운 생각이 들어서 그래요."

그러자 보채가 손등으로 입을 가리며 방긋이 웃었다.

"그만한 일에 송구스럽다면 앞으로 그보다 더한 일에는 어떡할 테야?"

습인은 보채의 말에 무슨 의미가 들어 있는 것이라고 생각했다. 전부터 그는 보채가 입이 무겁고 함부로 사람을 놀리는 성격이 아님을 잘 알고 있는 터였다. 문득 어제 왕부인이 부탁하던 말귀가 떠오르자 습인은 더는 말을 않고 요리를 보옥에게 내보였다.

"전 가서 손을 씻고 실을 가져올게요."

습인은 곧장 방에서 나갔다.

밥을 먹고 손까지 씻고 난 습인은 금실을 가져다 앵아에게 주며 주머니를 짜도록 했다.

그동안 보채는 설반이 사람을 보내 오라고 해서 이미 돌아가고 방에 없었다. 보옥이 한창 주머니 짜는 것을 구경하고 있는데 형부인이 시녀 둘에게 과일 몇 가지를 들리어 보내왔다.

"이젠 좀 걸으실 수가 있는가 물어 오라고 하셨어요. 만일 걸으실 수가 있거든 내일쯤 소풍삼아 놀러 오시라고요. 우리 마님께서 매우 걱정을 하세요."

"걸을 만하면 꼭 큰어머니를 찾아가 뵙는다고 그래. 지금은 아픈 것도 많이 나았으니 걱정하지 마시라고 하고."

보옥은 두 시녀를 의자에 앉게 하고 나서 추문을 불렀다.

"너 이 과일을 절반쯤 덜어서 대옥 아가씨한테 갖다 드려라."

추문이 대답을 하며 막 밖으로 나가려는데 뜨락에서 대옥의 목소리가 들려 왔으므로 보옥은 급히 소리쳤다.

"빨리 나가 모셔들여!"

앞으로의 일은 다음 회를 보시라.

제36회

강운헌에서 원앙을 수놓으며 잠꼬대를 엿듣고
이향원에서 정해진 운명을 정으로 깨닫다

왕부인의 거처에서 돌아온 대부인은 보옥이 하루하루 좋아져 가고 있는 것이 무엇보다 기뻤다. 그러나 건강이 회복됨에 따라 가정이 또 보옥을 불러다 꾸짖기라도 한다면 안 되겠으므로 대부인은 미리 가정의 밑에 있는 하인 우두머리를 불러들여 직접 분부를 내렸다.

"앞으로 만일 손님을 접대하는 일 때문에 대감이 보옥일 부르거든 넌 부르러 갈 것 없이 내가 한 말이라고 하면서 이렇게 전해라. 우선 도련님이 너무 심하게 맞았기 때문에 아직도 몇 달 동안 더 정양을 해야만 제대로 걸을 수가 있겠고 또 그 애는 금년에 운수가 불길해서 칠성제(七星祭)를 지내야 하기 때문에 외인은 아무하고도 만나게 할 수가 없다고 말이야. 그러니 8월이 지나서나 중문 밖 출입을 할 수가 있을 거라고. 알겠느냐?"

하인 우두머리는 대부인의 명을 받고 물러갔다.

대부인은 그러고도 마음이 놓이지 않아 이번엔 이유모와 습인을 불러 같은 말을 이르고 또 보옥에게도 이 말을 전해서 안심하도록 했다.

보옥은 원래부터 사대부랍시고 뽐내고 다니는 사내들과는 만나는 것조차 싫어했고, 사모관대를 하고 인사치레로 서로 오가는 일은 더구나 질색이었다. 그러므로 오늘 대부인의 이런 통지를 받게 되자 여간 기쁘지가 않았다.

그래서 형식상으로나마 자주 만나야 했던 친척과 친구들과의 교제도 일체 끊어 버리고 조석으로 웃어른들께 문안드리는 따분한 인사도 점차 그만두고는 날마다 대관원 안에 틀어박혀 소일을 했다. 고작해야 매일 아침 일찌감치 대부인과 왕부인에게 가서 얼굴만 잠깐 내밀었다가 돌아오는 일 외에는 해종일 시녀들과 어울려 놀며 시간을 보냈다.

가끔 보채네들이 보다 못해 충고를 했지만 그때마다 보옥은 도리어 화를 내면서 빈정대기만 했다.

"그만큼 조촐한 처녀의 몸으로 어떻게 되어 더러운 명리심에 끌려서 나라의 녹만 긁어먹는 그런 무리들 속에 섞이려는 것일까? 이건 모두가 옛날 사람들이 쓸데없는 제도를 만들어 가지고는 대대로 내려오면서 수염 달린 추물들을 유혹하고 있기 때문이야. 내가 이 세상에 태어난 것부터가 불행인 건 말할 것도 없거니와 규중 여자들까지 이런 세속에 물들고 있으니 하느님이 실망하지 않을 수가 있어? 그러니까 이 화는 모두 옛날 사람들한테서 온 거란 말이야. 『사서(四書)』 하나만 남겨 놓고는 전부 불살라버려야 해."

사람들은 보옥이 이처럼 미친 소리를 해대는 바람에 더는 아무도 그에게 올바른 말로 일깨워줄 생각조차 하지 않았다. 유독 임대옥만은 어릴 때부터 한 번도 보옥에게 공부를 해라 입신 출세를 해라 하는 따위의 충고를 하지 않았다. 그러므로 보옥은 마음속으로부터 대옥을 존경하고 있는 터였다.

한편, 왕희봉은 금천아가 죽은 뒤부터 별안간 몇몇 하인들의 집에서 자기에게 빈번히 선물을 보내 오고 또 자주 찾아와서는 안부를 묻고 기분을 맞춰 주므로 무슨 까닭인가 싶어 궁금했다.

이 날도 어느 집에서 선물을 보내 왔기로 희봉은 저녁때 사람이 없는 틈을 타서 평아에게 물어 보았다.

"이 몇 집의 아이들은 직접 내 밑에서 일을 하는 아이들도 아닌데 왜 갑작스레 이렇게 내게로 접근해 오는 걸까?"

평아는 웃으며 대꾸했다.

"아씨는 그 눈치도 모르세요? 제 생각엔 그 몇 집 애들이 다 마님방에 있는 애들일 거라고 생각해요. 그런데 지금 마님 방에서는 제1류에 속하는 애들이 넷이 있어서 매월 월당을 한 냥씩 받고 있거든요. 나머지 애들은 전부 5, 6백 문씩 받고요. 그러니까 이젠 한 냥씩 받다가 죽은 금천아의 뒷자리를 노리게 된 거란 말이에요."

평아의 말을 듣고 희봉은 웃지 않을 수 없었다.

"듣고 보니 참말 그렇구나. 그렇지만 너무 욕심들이 과한걸. 돈도 모을 만큼 모았겠다, 고된 일에는 손을 대기 싫겠다, 그래서 딸자식을 시녀로 박아 넣었겠다, 그랬으면 그런대로 살아가는 게지 어쩌면 또 그런 생각까지 하고 있는 거람! 그렇지만 아무리 돈이 흔하기로 달라는 소리도 안 하는 나한테 보내오는 건 좀 어리석은 일이 아닐까? 아무튼 저희들이 즐겨서 보내주는 거니 우선 주는 대로 받고 볼 판이지. 어쨌든 나는 나대로의 생각이 있는 거니까."

희봉은 보내오는 대로 선물을 다 받아 놓은 다음 기회를 보아 왕부인에게 말해보리라 마음먹었다.

이 날 점심때쯤 하여 설부인 모녀와 임대옥이 왕부인의 방에 모여 수박을 먹고 있었다. 희봉은 틈을 타서 그 이야기를 꺼냈다.

"옥천아의 언니가 죽은 뒤부터 숙모님 방에 자리 하나가 비어 있는데 특별히 마음에 드는 애가 있으시면 제게다 분부해 주세요. 내달부터 월당을 함께 계산해야 하니까요."

왕부인은 희봉의 말을 듣고 잠깐 생각해 보더니 천천히 입을 열었다.

"내 생각엔 꼭 격식을 차려서 네 사람이나 다섯 사람을 채울 것 없이 부릴 만큼 있으면 될 것 같구나. 그러니 더 보태지 않아도 되지 않겠니?"

"숙모님 말씀도 지당하십니다만 전부터 해 오던 관례이고 보니 다른 방에는 일등 시녀가 둘씩이나 붙어 있지 않아요? 그런 걸 숙모님께서 마다하시면 너무 구별이 서게 되지 않겠어요? 그리고 그까짓 한 냥 돈을 절약한대야 크게 절약이 될 것 같지도 않고요."

왕부인은 또 잠깐 생각하더니 이렇게 말했다.

"그럼 이렇게 하자꾸나. 그 월당은 그대로 타내 오되 사람 하나 보충하는 건 그만두고, 그 돈 한 냥은 그 애의 동생 옥천아에게 주도록 하지. 금천아가 내 시중을 들어오다가 좋은 결과를 보지 못한 터이니 뒤에 남은 동생이 두 몫쯤 받는 것도 분에 넘치는 건 아니니까."

"참, 그러는 것도 좋겠군요."

이윽고 희봉은 옥천아를 찾아 웃으며 말했다.

"네게 기쁜 일이 생겼구나!"

옥천아가 다가와 왕부인과 희봉에게 절을 하고 나자 왕부인이 희봉에게 물었다.

"참, 언제부터 물어본다는 게 그만 잊고 있었구나. 지금 조씨와 주씨에게 주고 있는 월당은 얼마씩 되느냐?"

"규정대로 하면 한 사람 앞에 두 냥씩이지만 조씨만은 환 도련님의 몫으로 두 냥 더 붙어 넉 냥이에요. 그밖에 엽전 네 관(貫: 1관은 1,000문에 해당)이 따로 지급되고 있어요."

"그럼 그대로 지급되고 있단 말이지?"

희봉은 왕부인의 묻는 말이 이상스러워 얼른 되물었다.

"어떻게 그대로 지불되지 않을 수가 있겠어요?"

"요전에 내가 어슴푸레 듣기로는 누가 엽전 한 관이 적다고 군소리를 하던 것 같았어. 웬 까닭인지는 몰라도 말이야."

희봉은 그제야 웃으며 설명했다.

"그 댁 시녀들의 월당은 원래 한 사람 앞에 한 관이었지요. 그런 걸 지난해부터 바깥에서들 의논한 끝에 작은댁들이 부리는 시녀들의 월당은 절반씩 줄이기로 해 한 사람 앞에 오백 문씩 주되 한 집에서 둘씩만 부리도록 했어요. 그러니까 이전에 비해서 한 관이 적어진 셈이에요. 이것도 제 탓일까요? 제 생각으로는 그냥 그전대로 주고 싶지만 바깥에서 회계들이 제하고 주는 걸 어떡하겠어요? 그렇다고 제 주머니를 풀어서 보탤 수는 없는 거고요. 제가 하는 일이란 이 손에서 받아 저 손으로 넘겨주는 것뿐이지 제 마음대로 어떻게 할 권리는 없는 거니까요. 저 역시 이 두 몫만은 이전대로 주는 게 어떻겠느냐고 두세 번이나 말해 보았지만 한 번 정해 놓은 액수를 고칠 수가 없다는 거예요. 그러니 저로서도 더 말을 하기가 안 됐더군요. 지금 제 손에서는 달마다 제 날에 월당이 배달되고 있지만 전에 바깥 회계들이 맡아 했을 때는 어느 달이건 월당이 밀리지 않은 적이 있는 줄 아세요?"

왕부인은 희봉의 말을 듣고 나서 아무 말이 없다가 한참만에 다시 물었다.

"할머님 방에 딸려 있는 애들 가운데 한 냥씩 받는 애들이 몇이나 되느냐?"

"모두 여덟이었는데 지금은 일곱이에요. 그 중 한 아이가 습인이었으니까요."

"그렇겠구나. 보옥의 방에 한 냥 짜리 시녀가 할당되어 있지는 않을 테고, 그럼 습인은 지금도 할머님 방에 있는 걸로 셈을 하고 있겠구나?"

"습인은 원래 할머님 방에 딸려 있는 애인데 보옥 도련님이 임시로 데려다 쓰는 셈이니까 그 한 냥 월당은 할머님 방에 배당되는 부분에서 받고 있지요. 그런 걸 지금 습인이 보옥 도련님의 방에 가 있다고 해서 그 한 냥을 줄인다면 그건 부당한 거예요. 만일 할머님 방에 다시 한 사람을 더 보태어 쓰게 된다면 그때는 줄여야겠지요. 그렇지 않으면 환 도련님한테도 한 사람 더 늘여 주어야 공평해질 테니까요. 청문이나 사월이 같은 일곱 명의 시녀들은 매월 한 관씩이고 가혜 같은 애들 여덟 명은 달마다 오백 문씩 받고 있는 것도 역시 할머님께서 정하신 거니까 아무도 군소리를 못 하고 있는 거예요."

이때 설부인이 웃으며 감탄을 했다.

"어쩌면 저토록 말을 잘 할까? 정말 청산유수라니까. 어디 또 그뿐인가? 장부도 머리에 환하거니와 경우도 아주 바르단 말이야."

"아니, 그럼 제가 틀린 소리를 해야 하나요?"

"누가 뭐랬나? 말을 잘 한다고 했을 뿐인데. 하지만 말을 좀 천천히 했으면 좋겠어. 숨이 가쁘지 않아?"

희봉은 나오는 웃음을 참으며 왕부인의 분부를 기다렸다. 왕부인은 잠깐 생각하는 듯하다가 희봉을 향해 입을 열었다.

"내일이라도 습인이 대신으로 시녀 하나를 할머님 방에 붙여 드리도록 해라. 그러면 습인의 몫을 제해야 하니 내 앞으로 나오는 스무 냥 중에서 두 냥하고 한 관을 떼내 습인에게 주도록 해. 그리고 앞으로는 조씨한테 보내는 것만큼은 습인이한테도 꼭꼭 보내주는데, 습인에게 가는 월당은 모두 내 앞으로 나오는 돈에서 제하도록 하고 회계와는 어떤 문제도 일으키지 않도록 하거라."

희봉은 일일이 대답을 하고 나서 설부인을 툭 건드리며 웃었다.

"들으셨지요? 어때요? 제가 평소에 늘 말하던 그대로가 아닌가 말이에요."

"벌써부터 이렇게 했어야 할 걸 그랬어. 타고난 용모는 더 말할 것도 없고 품행도 얼마나 단정한지 몰라. 사람을 대하거나 말을 할 때에 보면 부드럽고 친절하면서도 속이 여간 들어차지 않았단 말이야. 그런 애는 정말이지 얻기가 쉽지 않아."

설부인이 습인을 칭찬해 주는 말들 듣고 왕부인은 어느덧 눈물이 글썽해졌다.

"그렇지만 습인의 기특한 점에 대해선 다들 나만큼은 모를 거야. 사실 말이지 습인은 보옥이보다 열 배는 더 훌륭한 애야. 그런 점에서 보면 보옥은 행복한 애라고 할 수 있지. 습인이 같은 애가 한평생 시중을 들어줄 수가 있다면 말이야."

"그렇다면 아예 머리를 얹혀서 정식으로 보옥의 방에 붙어두는 게 좋지 않겠어요?"

희봉의 말에 왕부인은 도리질을 했다.

"그래서는 안 돼. 우선 둘이 다 아직 나이가 어리거니와 또 대감께서도 허락하실 리가 없어. 그리고 보옥이가 습인을 시녀로 생각하니까 그 애가 권하는 말도 더러 들을 때가 있지만 자기 사람이라는 위치에 놓이게 되면 우선 습인이부터가 만만히 충고하기 어려워할 거야. 아직은 그냥 두었다가 이삼 년쯤 더 지난 뒤에 다시 보자꾸나."

왕부인이 더 별말이 없자 희봉은 인사를 하고 밖으로 나왔다. 그가 회랑의 처마 밑을 지나노라니 여러 집사의 아내들이 기다리고 있다가 반갑게 맞았다.

"아씨, 오늘은 무슨 일을 말씀 올리셨기에 그처럼 오래 걸리셨어요? 이처럼 더운 날씨에 말이에요."

희봉은 팔소매를 몇 곁 접어 올리더니 회랑 끝에 나 있는 일각문 문턱으로 올라섰다.

"여기는 바람이 있어서 퍽 시원하구나. 땀이나 좀 식히고 갈까?"

희봉은 둘러선 아낙네들을 돌아보았다.

"방금 뭐라고들 했지? 무슨 이야기가 그렇게 길었느냐고? 마님이 이백 년 전의 일까지 생각해 내셔 가지고 내게 물으시는데 내가 어떻게 일일이 대답해 드리지 않을 수가 있겠어?"

희봉은 말을 잠깐 끊고는 얼굴에 냉정한 웃음을 띠었다.

"흥, 그렇지만 이후로는 나도 좀 독하게 굴어야겠어. 어디 불만이 있으면 직접 마님을 찾아가 마음대로 털어놓으라지. 난 털끝만큼도 겁나지 않으니까. 어리석은 욕심에 눈이 멀고 혓바닥에 종창이 난 게지. 죽어도 곱게는 죽지 못할 년들 같으니! 그따위 어리석은 꿈은 꾸지도 말란 말이야. 다음날 내가 한꺼번에 마구 깎아 내리고야 말 테니까. 그까짓 시녀들의 월당을 좀 깎은 걸 가지고 우리를 원망하고 있잖아? 스스로 자기를 좀 생각해볼 노릇이지! 종 같은 지체에 그래도 시녀를 두셋씩이나 부리겠다고?"

줄욕을 퍼붓고 난 희봉은 시녀를 물색하기 위해 그 자리를 떠나 대부인을 찾아갔다.

한편, 왕부인의 방에서는 수박을 다 먹고 나서 또 한동안 한담을 하다가 제각기 흩어졌다. 보채와 대옥도 대관원의 자기 처소로 향했다.

보채는 대옥에게 우향사(藕香榭)에 함께 가 보지 않겠느냐고 청을 들었다. 그러나 대옥이 목욕을 해야겠다며 응하지 않으므로 하는 수 없이 혼자 걷고 있었다.

오는 길에 그는 이왕이면 이홍원에 들러 보옥이와 이야기를 나누며 한낮의 졸음이나 쫓아볼까 하고 생각했다.

보채가 이홍원으로 들어서니 주위는 온통 쥐죽은 듯 고요했다. 새소리 하나 들리지 않는데 두 마리 학이 파초 그늘에 서서 졸고 있었다.

보채는 회랑을 따라 안으로 들어갔다. 바깥방에는 시녀들이 가로세로 아무렇게나 누워서 낮잠을 자고 있었다. 다시 칸막이를 돌아서 보옥의 방으로 들어서니 보옥은 침상 위에서 잠들어 있고 습인은 보옥의 옆에 걸터앉아 바느질을 하고 있는데 습인의 옆에는 흰뿔소 털로 만든 먼지 떨이가 놓여 있었다.

보채는 살금살금 습인의 곁으로 다가가 가만히 소리내어 웃었다.

"습인은 지나치게 소심하지 않아? 이 방에 무슨 파리나 모기가 있겠 다고 이런 걸 가지고 쫓겠다는 거야?"

바느질에만 열중해 있다가 깜짝 놀라 머리를 쳐든 습인은 보채인 것 을 알고 얼른 일손을 놓으며 일어섰다.

"아이, 깜짝이야! 전 아가씨가 오신 것도 깜박 모르고 있었군요. 아가 씨는 모르고 계셔서 그래요. 파리나 모기는 없다손 치더라도 조그마한 벌레들이 사창 구멍으로 곧잘 기어 들어오고 있어요. 그런 걸 모르고 그 냥 자다가 물리고 나면 마치 개미가 무는 것처럼 따끔따끔한 걸요."

"딴은 그렇기도 하겠어. 이 방은 뒤쪽이 좁은데다 온 집안이 꽃으로 가득 차 있고 또 이렇듯 진한 향기를 풍기고 있잖아. 그러니까 워낙 꽃에 서만 자라오던 그런 벌레들이 향내를 맡고 달려들 수밖에 없겠지!"

보채는 습인의 손에 들려 있는 바느질감을 들여다보았다. 백릉에다 붉은빛 안을 받친 배띠인데 거기에다 원앙이 연꽃을 희롱하고 있는 모 양을 수놓고 있는 중이었다. 붉은 꽃과 푸른 잎을 배경으로 하여 오색의 원앙이 금슬을 즐기고 있는 그림은 실로 보기에도 아름다웠다.

"야, 정말 예쁘네! 이건 누구 것이기에 이토록 정성을 다해서 수를 놓 는 거야?"

습인은 대답 대신 입술을 뾰족이 내밀어 침상 위에 누워 있는 보옥을 가리켰다.

"아니, 어른이 다 돼 가지고 아직도 이런 걸 쓰나?"

"사실은 본인이 싫다고 하는 걸 제가 특별히 잘 만들어서 두르고 싶은 마음이 생기게 하려는 거예요. 요새는 날씨가 덥고 보니 주무실 때도 주의를 안 하신단 말이에요. 그렇지만 이것만 배에 두르게 되면 밤에 이불을 차 던져도 배탈이 안 날 거예요. 아가씨는 이걸 정성들여 만들었다고 하시지만 도련님이 지금 두르고 있는 것에 비하면 아무것도 아녜요."

"정말 꼼꼼하기가 이만저만이 아니군."

"오늘 이걸 만드느라고 오랫동안 고개를 숙이고 있었더니 목이 다 아프군요. 아가씨 잠깐만 여기 앉아 계셔 주세요. 잠깐만 밖에 나갔다 올게요."

습인은 이렇게 말하고는 밖으로 나갔다.

보채는 습인의 일감에 정신이 팔려 있다가 자기도 모르게 방금 습인이 앉았던 자리에 걸터앉았다. 그는 보면 볼수록 자수의 모양이 마음에 들어 슬그머니 바늘을 집어들고 습인이 하던 일을 계속했다.

때마침 대옥은 상운이 습인의 승급을 축하하러 가자고 끄는 바람에 함께 따라 나섰다. 둘이서 손을 잡고 이홍원 안으로 들어서는데 주위가 너무나 조용했다.

상운이 먼저 습인을 찾아 옆방으로 가자 대옥은 보옥의 방으로 다가가 창문을 들여다보았다.

방안에서는 보옥이 연분홍빛 적삼을 입고 금상 위에 아무렇게나 누워서 자고 있는데 보채가 혼자 그 옆에 앉아 바느질을 하고 있고 의자 옆에는 파리채가 놓여 있었다.

이런 장면을 목격한 대옥은 급히 창 밑으로 몸을 숨겼다. 그리고는 나오는 웃음을 참으며 상운을 손짓해 불렀다.

상운은 무슨 재미난 일이기에 그러나 싶어 급히 다가와 방안을 들여다보았다.

대옥과 함께 웃음이 터지려던 상운은 문득 보채가 늘 자기에게 잘 대해 주던 것을 생각하고 이내 입을 다물고 말았다. 그리고 말로는 남에게 지는 일이 없는 대옥이 또 무슨 말로 보채를 놀려댈지 몰라 얼른 대옥의 소매를 잡아당겼다.

"저쪽으로 가 보자구. 이제 생각하니까 습인은 낮에 연못가에 가서 빨래를 하겠다고 했던 것 같아. 틀림없이 거기에 있을 거야. 그쪽으로 가서 찾아보아야겠어."

상운의 속셈을 눈치챈 대옥은 싸늘한 웃음을 웃었다. 하지만 상운을 따라가지 않을 수도 없었다.

밖에서 이런 일이 있는 줄도 모르고 수놓는 데만 정신이 팔려 있던 보채가 꽃잎 두세 개를 수놓았을까 한 때에 별안간 보옥이 잠꼬대를 했다.

"그까짓 중놈들이나 도사놈들의 말을 어떻게 믿을 수가 있어? 뭐가 금과 옥의 인연이라는 거야? 난 오히려 목석의 인연을 말할 테야!"

보채는 놀라서 꼼짝 않고 침을 삼켰다. 그때 마침 습인이 가만히 들어서며 웃었다.

"아직도 깨어나지 않으셨어요?"

보채가 머리를 끄덕여 보이자 습인은 다시 입을 열었다.

"방금 대옥 아가씨와 상운 아가씨를 만났는데 이쪽으로 안 오셨던가요?"

"아니, 안 왔었어!"

이번엔 보채가 물었다.

"아가씨들이 습인한테 아무 말 안 했어?"

습인이 웃으며 대답했다.

"언제나 하는 농담이었지요 뭐. 진담이라고는 하나도 없었어요."

"아니야, 이번만은 농담이 아닐 거야. 나도 아까 습인이한테 알려 주려고 했었는데 이야기가 나오기 전에 습인이 밖으로 나가 버려서……."

보채의 말이 미처 끝나기 전에 희봉이 보낸 시녀가 들어와 습인을 불렀다. 보채는 웃으며 한마디 귀띔을 했다.

"그것 보지? 바로 그 이야기 때문일 거야."

습인은 시녀 둘을 불러들여 자기 대신 보옥을 보살피게 하고 보채와 함께 이홍원을 나섰다.

습인이 희봉에게로 찾아가니 과연 보채가 귀띔해 주던 그 일을 알려 주면서 왕부인을 찾아가 인사를 드리되 대부인한테는 안 가도 좋다는 명령이었다. 여러 가지로 어수선해진 습인은 왕부인한테 찾아가 감사의 인사를 드리고는 급히 돌아오고 말았다.

그동안 보옥은 잠이 깨어 있었다. 보옥이 어딜 갔었느냐고 물었지만 습인은 어물어물 대답을 피하다가 밤중이 되어서야 가만히 그 이야기를 들려주었다. 보옥은 기뻐서 어쩔 줄을 몰라 하며 습인에게 웃어 보였다.

"그것 봐. 그래도 또 집으로 돌아가겠다고 할 테야? 언젠가 넌 집엘 갔다오더니 오빠가 너를 데려가겠다더라고 했었지? 여기에 그냥 있어 보았자 별 신통한 수가 없을 거라고 말이야. 그런 인정도 의리도 없는 말로 나를 놀라게 했었지? 그러니까 이제부터 나는 좀 똑똑히 두고 보아야겠어. 누가 감히 너를 데려가려고 찾아오는가 하고."

습인은 짐짓 쌀쌀한 웃음을 지었다.

"그런 말씀은 하지도 마세요. 이제부터 전 마님의 사람이니까 제가 가고 싶으면 도련님한테는 알릴 것도 없이 마님한테만 말씀드리면 그만인 거예요."

"나라는 인간은 아무렇게 여긴대도 상관없어. 그렇지만 아무리 마님한테만 알리고 나간다 하더라도 남들이 나를 나쁜 사람으로 알게 되면 습인이도 면목이 서지 않을 게 아냐?"

"제가 왜 면목이 없게 된다는 거예요? 생각해 보세요. 가령 도련님이 강도가 된다면 그래도 전 그냥 도련님 옆에 붙어 있어야 하나요? 또 설사 그렇지 않다 하더라도 사람이란 언제든 죽기 마련이에요. 백 년을 산대도 한 번은 죽고 마는 게 아니겠어요? 사람이 숨만 꼴깍 떨어지고 나면 듣지도 보지도 못하고 모든 게 끝장이란 말이에요."

보옥은 그런 소리가 나오니까 황급히 습인의 입을 막았다.

"됐어, 됐어! 그런 소리는 그만둬!"

습인은 워낙 보옥의 괴벽한 성격을 잘 알고 있는 터였다. 듣기 좋은 말이나 명랑한 소리를 하게 되면 실속이 없다고 타박을 하다가도 지금과 같이 인생에 대한 심각한 이야기가 나오면 또 이내 비관하고 침울해지는 것이었다.

습인은 속으로 은근히 후회가 되었다. 그래서 얼른 웃어 보이며 화제를 다른 데로 돌렸다. 그것은 평소에 보옥이 듣기 좋아하는 화제들이었다. 이를테면 봄바람이 어떻고 가을 밤의 달빛이 어떻다는 것으로부터 화장과 맵시에 관한 이야기를 하고 그런 뒤에 여자들이 어떻다는 데로 이야기를 끌고 갔다. 그러다가 저도 모르게 여자들의 죽음에 대해서 말이 미치게 되자 습인은 얼른 입을 다물고 말았다.

이야기에 한창 정신이 팔려 있던 보옥은 습인이 갑자기 입을 다물어 버리므로 자기 쪽에서 웃으며 입을 열었다.

"사람이란 누구나 다 죽기 마련이지만 문제는 어떻게 죽는가 하는 거야. 저 수염 달린 사내들은 말이야, 문신(文臣)은 간언(諫言)에 죽고 무신(武臣)은 싸움터에서 죽는 것밖에 모르지 않아? 이 두 가지 죽음을 그들은 사내 대장부로서 명예와 절개를 위해 죽는 거라고 하지만 그럴 거면 차라리 죽지 않느니만 못하단 말이야. 문제는 어리석은 임금이 있기 때문에 그를 간하게 되는 게 아니겠어? 그런데 신하의 입장에서 자기의 명예만을 위해 죽어 버리면 뒤에 남은 임금은 아무렇게나 되어도 좋다는 게 되지 않느냐 말이야. 또 전쟁이 있기 때문에 무신들은 피를 흘리게 되는 건데 만일 자기의 공명만을 위해서 죽어 버리면 나중에 나라가 어떻게 되건 상관없다는 게 아니냐 말이야. 그러니까 이건 다 올바른 죽음이 못 되는 거야."

"전 도련님의 말씀에 동의할 수 없어요. 충신이나 무장들은 어쩔 수 없는 경우를 당했기 때문에 죽는 거예요."

"그 무장이란 것들은 혈기의 용맹뿐이지 지모가 없단 말이야. 결국은 자기의 무능 때문에 죽고 마는 거야. 그런 걸 어떻게 부득이해서 죽었다고 할 수 있어? 문관들이란 건 무관들보다도 더 그런 거야. 쥐꼬리만한 학문을 밑천으로 삼아 가지고는 조정에 조그마한 틈서리라도 눈에 띄게 되면 개구리처럼 시끄럽게 떠들며 임금에게 간한단 말이야. 결국은 자기의 명예만 선전하려고 뛰놀다가 잘못하여 목숨을 바치게 되는 거야. 그래 이것도 부득이한 경우를 당해서 죽는 거라고 할 수 있어? 그리고 그 조정이란 것은 본시 천명을 받아서 존재하는 거야. 그렇기 때문에 천자가 만일 인자한 덕성이 없을 것 같으면 천지의 신령이 만기(萬機)의 중임을 그에게 맡길 리가 없지. 그러니까 또 그런 죽음은 다 명예를 위한 것뿐이지 대의를 위한 것이 아님을 알 수가 있단 말이야. 말하자면 내가 지금 죽지 않으면 안 될 처지를 당했다면 난 너희들이 흘리는 눈물이 큰 강이 되어 나의 시체를 그 위에 띄워 저 까마귀도 참새도 가 닿지 못할 깊은 곳에까지 실어다 준다면 말이야. 그런다면 내 시체는 바람에 불리는 대로 없어져 버려서 다시는 인간으로 태어나지 않게 될 테니 이야말로 때를 얻은 죽음이라고 할 수 있지 않겠어?"

보옥의 입에서 이런 미치광이 같은 소리가 나오자 습인은 얼른 자리를 피했다.

"전 졸려요."

습인이 상대를 안 해 주자 보옥은 그제야 잠을 청했다. 다음날이 되자 간밤에 있었던 일은 벌써 까맣게 잊어버렸다.

하루는 보옥이 이곳 저곳 산책을 하다가 문득 「모란정곡(牡丹亭曲)」을 생각해 내고 두세 번 속으로 읊어 보았다. 그러나 역시 마음에 별로 내키지 않았다. 보옥은 언젠가 이향원에 있는 열두 명의 소녀 배우들 중에서 영관(齡官)이라는 아이가 노래를 잘 부른다는 말을 들었던 기억이 떠올랐다. 보옥은 곧 일각문을 나서서 그리로 발길을 돌렸다.

이향원에 들어서니 보관과 옥관이 보옥을 보고 반갑게 맞아 주며 자리를 권했다.

"영관은 어디 있지?"

보옥의 물음에 다들 안쪽을 가리켰다.

"저기 자기 방에 있어요."

보옥은 영관의 방으로 가 안으로 들어갔다. 영관은 혼자 베개에 비스듬히 기대어 누운 채 보옥이 들어오는 것을 보고도 본체만체하였다.

보옥은 워낙 계집애들과 어울려 노는 데는 이골이 난 사람이라 영관도 다른 애들과 같거니만 여기었다. 그래서 영관의 옆으로 다가가 앉으며 말을 걸었다.

"좀 일어나라구. '요청사(裊晴絲)'[1] 한 구절만 불러 주지 않겠어?"

보옥이 가까이 다가들자 영관은 벌떡 일어나 몸을 피해 앉으며 쌀쌀

---

1) '요청사'란 『모란정』 제10장 '경몽(惊夢)'의 한 구절이다.

맞게 대꾸했다.

"목이 쉬어서 못 불러요. 지난번에 귀비마마께서 저희들을 부르셨을 때도 전 안 불렀어요."

보옥이 영관이 비켜 앉는 서슬에 그의 얼굴을 살펴보니, 바로 전날 장미 울타리 밑에서 땅바닥에 '장'자를 수없이 쓰고 있던 그 계집애였다.

남에게 지금껏 멸시를 받아보지 못한 보옥은 영관의 얼음같이 냉랭한 태도가 천만 뜻밖이었다. 제풀에 얼굴을 붉히며 불쾌해진 보옥은 그만 밖으로 나와 버리고 말았다.

"아니, 왜 무슨 일이 있었어요?"

들어가던 걸음으로 얼굴이 붉어진 채 나오는 보옥을 보고 보관과 옥관이 묻는 말이었다.

"목이 쉬어서 못 부른대."

보옥이 시답지 않게 대답을 하며 대문을 나서려는데 보관이 나서며 붙들었다.

"잠깐만 더 기다려 보세요. 장 도련님이 돌아와 부르게 하면 틀림없이 부를 거예요."

보옥은 그 소리를 듣고 이상한 생각이 들었다.

"장 도련님은 어딜 갔는데?"

"방금 전에 나가셨어요. 아마 영관이 또 무얼 달라고 해서 그걸 구하러 가셨을 거예요."

보옥은 더욱 이상한 생각이 들어 잠깐 서서 기다리고 있으려니 과연 가장이 새장 하나를 들고 들어왔다. 새장 안에는 조그마한 무대가 있는데 그 무대 가운데는 새 한 마리가 앉아 있었다. 가장은 신바람이 나서 영관의 방으로 달려가다가 옆에 보옥이 와 있는 것을 발견하고는 얼핏 걸음을 멈추었다.

"그건 뭐라는 새냐? 기를 물고 연극을 노는 모양이지?"

보옥의 물음에 가장은 얼른 대꾸했다.

"네, '옥정금두(玉頂金豆)'라는 겁니다."

"얼마를 주고 산 거니?"

"한 냥 여덟 돈을 주었어요."

가장은 보옥에게 자리를 권한 다음 자기는 영관의 방으로 들어가 버렸다.

이미 노래 같은 건 들을 생각이 없어진 보옥은 가장과 영관이 어쩌나 그것만이 궁금했다.

새장을 들고 안으로 들어간 가장은 웃으며 영관을 잡아 일으켰다.

"자, 어서 일어나 이 장난감을 좀 보라고."

영관은 일어나 앉으며 물었다.

"뭔데요?"

"너 주려고 새 한 마리를 사 왔어! 매일 이러고만 있으면 심심하고 따분할 게 아냐? 내가 연극을 시켜 보일 테니 눈여겨 보란 말이야."

가장은 좁쌀 모이를 주면서 새를 놀렸다. 그러자 새는 정말 무대위로 올라가 퐁퐁 뛰놀며 귀신의 그림을 그린 깃발을 쪼아댔다. 여자들은 그것이 재미있어 손뼉을 쳐 가며 깔깔거렸다. 그러나 유독 영관이만은 아무런 흥미도 느끼지 못하는 듯 냉소를 띠면서 자리에 다시 누워 버렸다.

"어때, 재미있지 않아?"

가장의 물음에 영관은 토라진 목소리로 대꾸했다.

"댁에서는 그저 그런 사람을 사다가 이런 감옥 속에 가두어 놓고는 시시한 연극을 시키고 있지 않아요! 그것도 부족해서 도련님은 또 새까지 얻어 들여다 그런 장난이시군요. 새한테까지 저희들 흉내를 내게 해 놓고는 또 저희들한테 재미있느냐고요?"

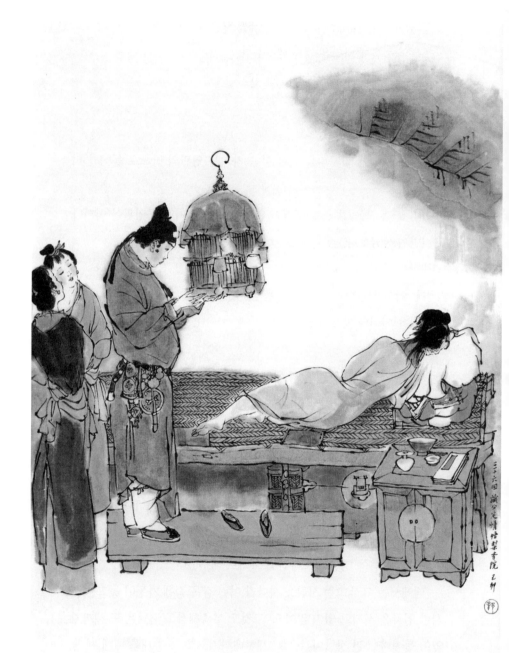

가장이 영관에게 새를 선물하다

영관의 이런 말에 당황한 가장은 맹세를 해 가며 빌었다.

"아니야, 그건 억측이야. 내가 오늘 무슨 할 일이 없어서 돈을 몇 냥씩이나 퍼 주고 이걸 사 왔겠어? 다만 영관이 심심해 할까봐 그랬던 것 뿐이야. 원, 그럴 줄 알았다면 사 오지조차 않는 건데! 그럼 지금이라도 놓아 보내겠어. 안 그랬다간 영관의 병에 해로울 테니까 말이야."

가장은 과연 새를 날려보내고 새장을 짓밟아 버렸지만 영관의 푸념은 그치지 않았다.

"그 새를 인간에 비할 것은 못 된다 하더라도 역시 둥지에는 어미 새가 있을 거란 말이에요. 그런 걸 도련님은 잡아다 재주를 부리게 하면서도 아무렇지 않게 생각하시는 게 아녜요? 오늘 제가 각혈을 했기 때문에 마님께서 의사를 불러다 자세히 물어 보도록 하라고 하시지 않았어요? 그런데도 도련님은 그따위 물건을 얻어다 저를 놀려 주고 있군요. 아, 나 같이 의지가지 없는 신세에 어쩌면 이런 병까지 얻게 되었을까?"

영관은 마침내 울음을 터뜨리고 말았다. 가장은 더욱 어쩔 바를 몰라 했다.

"엊저녁에 내가 의원한테 물어 보았지만 대단한 병은 아니래. 먼저 약을 한두 첩 써 보고 난 뒤에 모레쯤 다시 와서 보아주겠다는 거야. 그런데 어떻게 오늘 또 피를 토했어? 그럼 지금 곧 의원을 불러올 테야!"

"그만둬요! 이렇게 무더운 날 화를 내서 부르러 가시면 의원을 청해 온대도 전 안 보일 거예요."

가장은 하는 수 없이 걸음을 멈추고 말았다.

이런 광경을 멀찍이 서서 보고 있던 보옥은 그제야 그 전날 영관이 '장'자를 수없이 그렸던 데는 깊은 뜻이 있음을 깨닫게 되었다. 더 서 있을 멋이 없어진 그는 그곳을 뛰쳐나오고 말았다.

영관에게 정신이 팔려 있는 가장은 보옥을 배웅할 마음의 여유도 없었다. 그 대신 다른 계집애들이 보옥을 전송했다.

방금 목격한 장면을 속으로 되새기며 보옥은 정신없이 이홍원으로 돌아왔다. 이홍원에는 임대옥이 와서 습인과 이야기를 나누고 있었다. 보옥은 방 안으로 들어서기가 바쁘게 습인을 향해서 긴 한숨을 내쉬었다.

"내가 간밤에 했던 말은 모두 틀린 말이었어! 아버님께서 나를 가리켜 바늘 구멍으로 하늘을 엿보고 바가지로 바닷물을 재는 놈이라고 하신 것도 무리가 아니야. 엊저녁에 내가 너희들의 눈물로 나를 장사지내 달라고 했지만 그것도 틀린 말이었어. 나 같은 인간은 도저히 그 전부를 독차지할 수 없는 거야. 앞으로는 각자가 자기의 눈물만으로 장사를 지내는 길밖에 없는 거야."

습인은 생긋 웃었다. 어제 저녁에 농담으로 한 말을 자기는 벌써 까맣게 잊고 있었는데 보옥이 새삼스레 그 말을 끄집어냈기 때문이었다.

"도련님은 정말 머리가 좀 도신 게 아녜요?"

보옥은 아무 대꾸도 없었다. 그는 속으로 인생의 정분과 인연은 제각기 정해진 운명이 있는 것임을 깨닫고 매사에 슬픈 생각만 드는 것이었다.

'아아, 장차 나를 장사지내기 위해 눈물을 흘려 줄 사람은 누구일까?'

이런 생각이 들자 보옥은 모든 것이 부질없는 일로만 느껴졌다.

임대옥은 보옥의 이런 몰골을 보고 또 어디 가서 악마에게 홀리운 거라고 생각했다. 그는 보옥의 말을 더 들으려 하지 않고 화제를 다른 데로 돌렸다.

"나 방금 숙모님한테 갔었는데 내일이 보채 언니 어머니의 생신이라면서 나더러 가거든 보옥 오빠한테 물어 달라고 하셨어요. 가든 안 가든 지금 사람을 띄워 통지해 주는 게 좋을 거예요."

"요전에 가련 형님의 생일에도 안 갔는데 이번이라고 가겠어? 갔다가 누구를 만나게 되면 창피하기나 하지. 난 일체 그런 데는 안 갈 테야. 이런 더운 날에 누가 그 거추장스러운 옷을 차려 입고 간담! 또 내가 안 간다고 해서 이모님이 화를 내시지는 않을 거야."

보옥의 말에 습인은 놀랐다.

"아이 참, 어쩌면 그런 말씀을 하시는 거예요? 그 댁은 큰대감님하고는 다르단 말이에요. 집도 바로 이웃인 담장 너머에 있고 또 가까운 친척이라 해도 한집 식구는 아니지 않아요? 도련님이 안 가 보세요. 날이 더워서 못 오는 걸로 아시겠지만 속으로는 역시 섭섭히 생각하실 거예요. 그러니 아침에 일찌감치 가셨다가 차나 한잔 들고 오시면 되지 않겠어요? 인사도 차리고 더위도 피하고 좀 좋아요?"

보옥이 뭐라고 미처 대답을 하기도 전에 대옥이 먼저 웃으며 권했다.

"누가 모기를 쫓아 주던 정분을 생각해서라도 가 보셔야 않아요?"

보옥은 그것이 무슨 말인지 알아듣지 못했다.

"무슨 소리야? 모기를 쫓는다는 건?"

습인이 웃으며 설명을 해주었다.

"어제 도련님이 잠이 들었을 때 옆에 아무도 시중을 들어 줄 사람이 없어 보채 아가씨가 옆에 앉아 있었던 거예요."

보옥은 눈을 커다랗게 떴다.

"그것 참, 실수를 했군! 내가 왜 잠이 들었었을까? 그럼 내일은 꼭 가야겠는걸."

그러는데 별안간 상운이 나들이옷을 차려 입고 찾아와 하직을 했다. 집에서 사람을 보내 자기를 데리러 왔다는 것이었다.

보옥과 대옥은 그 소리를 듣고 급히 일어나 자리를 권했지만 상운은 곧 떠나야 한다면서 앉지 않았다. 보옥과 대옥은 하는 수 없이 바깥까지 상운을 바래다주었다.

상운은 눈에 눈물이 글썽해 있었지만 데리러 온 사람들이 옆에 있었기 때문에 마음놓고 울지도 못했다.

조금 뒤에 보채까지 달려오자 상운은 더욱 떠나기가 아쉬웠다. 그러나 눈치가 빠른 보채는 데리러 온 사람들이 돌아가 친어머니도 아닌 그 사람에게 고자질이라도 하게 되면 상운이 욕을 먹게 될 것 같아 억지로 떠밀다시피 해서 떠나기를 재촉했다.

사람들이 중문 앞에까지 전송을 하자 보옥은 한길까지 같이 따라나가려 했다. 그러나 상운이 한사코 말렸으므로 그 자리에 우두커니 서 있을 수밖에 없었다.

그런데 상운은 저만큼 가다가 문득 돌아서더니 보옥을 가까이로 불러 가만히 부탁을 했다.

"할머님께서 만일 나를 잊고 계시면 오빠가 옆에서 자주 말씀을 드려서 나를 데리러 사람을 보내시도록 해줘요, 네?"

"그래, 알았어, 알았어!"

상운이 마차에 올라 멀리 사라진 뒤에야 사람들은 안으로 들어왔다.

다음 이야기는 다음 회를 보시라.

제37회

추상재에서 우연히 해당시사를 열고
형무원에서 밤에 국화 시제를 정하다

이 해에 보옥의 아버지 가정은 다시금 학정 (學政)에 임명되어 8월 20일 집을 떠나 임지로 가게 되었다.

그 날 가정이 선조의 사당에 참배하고 대부인을 찾아가 하직을 하고 난 다음 길을 떠나는데 보옥을 비롯한 여러 자녀들이 쇄루정(灑淚亭)까지 나와 배웅을 했다.

가정이 집에서 떠나가 버리자 살판난 사람은 보옥이었다. 그는 날마다 대관원에 파묻혀 방종한 생활을 하며 세월을 보내고 있었다.

이 날도 보옥은 무료한 나머지 무엇을 했으면 좋을지 몰라 멍하게 있는데 탐춘의 시녀 취묵이 들어와 꽃편지 한 통을 내놓는 것이었다.

"내가 정말 깜박 잊고 있었구나. 탐춘이한테 문병을 가 본다는 것이. 그래 아가씨의 병은 좀 어때? 내가 문병을 가기 전에 네가 먼저 왔으니 실례로구나."

"아가씨는 이제 다 나았어요. 오늘부터는 약도 안 잡수세요. 그저 감기에 좀 걸리셨던 것 같아요."

보옥은 편지를 펼쳐 보았다.

보옥 오빠에게

요전날 밤은 개인 하늘에 달빛이 유난히 밝았어요. 하도 보기 드문 경치였기에 그냥 자리에 누워 있을 수가 없더군요. 그래서 밤이 퍽 깊었지만 일어나 오동나무와 느티나무 밑을 거닐었는데 그만 밤이 슬을 맞았던지 감기로 자리에 눕게 되었어요. 어제는 오빠께서 일부러 문병을 다녀가시더니 나중에 또 시녀를 시켜 신선한 여지(荔枝)와 안진경(顔眞卿)[1]의 필적까지 보내 주셨지요. 저는 오빠의 정성과 사랑을 새삼스레 가슴 깊이 느끼게 되었어요. 오늘 할 일 없이 탁상에 기대어 지나간 역사를 돌이켜볼 때 옛사람들은 명리를 위한 처지에 있으면서도 일부 산수의 땅을 마련하여 원근과 친한 사람들을 청하고 한두 사람의 동지들과 더불어 혹은 시단을 세우고 혹은 음사(吟社)를 열어 함께 즐겼던 거예요. 그것이 비록 일시적인 흥취였다고는 하지만 종내는 영원한 미담이 되지 않았어요? 이 동생이 비록 시에는 재주가 없는 몸이지만 천석(泉石: 개울과 바위) 사이에 끼어 사는 인연도 있고 또 설림(薛林: 보채와 대옥)의 재주를 깊이 사모해 오는 터예요. 그런데 이렇듯 바람 부는 뜰 안과 달 밝은 정자가 있건마는 시인들의 모임이 없으니 얼마나 아쉬운 일이에요? 행화촌과 시냇가의 복사꽃을 바라보며 술잔을 기울이고 시를 읊조리는 그런 기회를 가지고 싶어요. 도대체 누가 백련사(白蓮社)[2]의 웅재(雄才)라 하여 남자들에게만 국한시키고 우리 여자들은 동산의 아회(雅會)[3]에만 초대하는 건가요? 만일 오빠께서 여러 아가씨들을 모아서 함께 왕림해 주신다면 저는 꽃을 쓸어 가며 맞아들이겠어요.

동생 탐춘 올림

---

1) 안진경(顔眞卿)은 당나라 현종의 충신으로 서법에 조예가 깊었다.
2) 백련사(白蓮社)란 진(晉)나라 때의 시인 사영운(謝靈運)이 지은 이름으로 혜원법사(慧遠法師)가 주재한 시인들의 결사를 말한다.

편지를 다 읽고 난 보옥은 무릎을 탁 쳤다.

"탐춘인 역시 취미가 고상하다니까. 내가 곧 가서 의논해 보아야지."

보옥이 앞에서 걷고 취묵이 그 뒤를 따랐다.

그들이 심방정에 이르렀을 때 대관원의 뒷문에서 당직을 서고 있던 노파가 손에 편지 한 통을 들고 다가왔다.

"도련님, 운 도련님이 도련님께 인사를 하러 오셨는데 지금 뒷문어귀에서 기다리고 있어요. 저더러 이걸 도련님께 전해드리라고 했어요."

보옥이 그것을 받아서 펼쳐보니 거기엔 이렇게 씌어 있었다.

아버님전상서

이 몸이 아버님의 자식됨을 허락받은 뒤부터 주야로 효도하올 마음이 간절하였사오나 아직 한 번도 그럴 기회가 없었나이다. 일전에 아버님께서 저에게 화초를 사들일 일을 맡겨 주신 덕분으로 전 그동안 많은 화초 장사들과 원예사들을 사귀게 되었나이다. 그러던 중에 백해당(白海棠)이란 꽃종이 매우 얻기 힘든 것임을 알게 되어 여러 모로 애를 쓴 끝에 겨우 화분 두 개를 구할 수가 있었사옵니다. 아버님께서 만일 이 불초자식을 친자식같이 여기신다면 이 화분을 받아 주시고 감상해 주시기 바라옵니다. 요새는 날씨가 매우 무더웁기로 직접 문안이라도 드리러 가고 싶사오나 원내에 계시는 여러 아가씨들께 실례되는 일이 많을 것 같아 이 글월로 문안을 대신하는 바이옵나이다.

불초자 가운 올림

---

3) 동산에 은거하고 있던 진나라의 사안(謝安)이 남녀 조카들과 자리를 같이 하고 있던 중에 마침 눈이 내리고 있어 여조카 사도온이 그것을 소재로 '유서인풍기(柳絮因風起 : 버들개지 바람에 흩날리다)'란 명구를 지어 남자들을 무색하게 했다는 옛 이야기다.

가운의 편지를 다 읽고 난 보옥은 빙그레 웃었다.

"그래 운이가 혼자 온 거야? 아니면 다른 사람과 같이 왔던가?"

"다른 사람은 없고 화분 두 개를 가지고 오셨어요."

"그럼 나가서 말을 전해요. 가져온 화분은 고맙게 받겠으며 모처럼 생각해 주어서 감사하다고 말이야. 그리고 그 화분은 내 방에 옮겨다놓도록 해."

그리고 보옥은 취묵과 함께 곧장 추상재로 향했다.

추상재에는 벌써 보채, 대옥, 영춘, 석춘이들이 와 있었다. 보옥이 나타나자 일동은 모두 좋아하며 떠들어댔다.

"이거 보지, 또 한 분이 늘었네!"

누구보다도 좋아하는 사람은 탐춘이었다.

"자, 그러니까 나도 속물은 아니란 말이에요. 불현듯 이런 생각이 나서 시험삼아 초청장을 냈던 건데 편지를 받은 분은 한 분도 빠짐 없이 와 주셨거든요."

"그럴 줄 알았다면 진작부터 시사(詩社)를 꾸미는 걸 그랬어."

보옥이 늦어진 것을 원통해 하자 대옥은 도리어 꽁무니를 빼려 들었다.

"시사를 꾸미시는 건 여러분들의 생각에 달린 것이지만 나만은 거기서 빼 주세요. 난 그럴 엄두를 내지 못하겠어요."

"언니가 엄두를 못 내면 누가 엄두를 낼 수가 있겠어?"

영춘이 웃으며 대옥을 나무라자 보옥이 입을 열었다.

"이건 함부로 대할 일이 아니니까 다들 합심을 해서 의논을 해 보자고. 그렇게 사양만 하지 말고 말이야. 제각기 자기 생각을 내놓고 다 함께 토의해 보는 게 좋겠어. 그러니까 보채 누나나 대옥 누이도 자기 생각을 내놔 봐요."

"도련님은 왜 그렇게 서둘기만 하세요? 아직 올 사람이 다 오지도 않앉는데."

보채의 말이 채 끝나기도 전에 이번에는 이환이 안으로 들어섰다.

"정말 고상한 취미들이시군요. 이렇게 시회를 다 여시고. 그런데 나는
자기 추천을 해서라도 회장쯤은 해야겠는걸요. 실은 올 봄에 나도 이러
고 싶은 생각이 있었지만 시도 지을 줄 모르는 주제에 말을 내면 무얼 하
나 하는 생각에 그만두었다가 이내 잊어버리고 말았어요. 하지만 이번
에 탐춘 아가씨가 이렇게 발기를 한 이상 나도 미약한 힘이나마 보태 볼
까 해요."

이환의 말에 용기를 얻었던지 대옥이도 이번엔 자기 생각을 내놓았다.

"이왕에 시사를 열 생각이라면 우리 모두가 다 시인이 되는 셈이니까
우선 언니니 동생이니 아저씨니 아주머니니 하는 호칭부터 없애야 하지
않겠어요?"

이환은 대옥의 말에 대찬성이었다.

"옳은 말씀이야. 그러니까 우리 각자가 모두 별호를 지어 부르도록 하
면 퍽 풍취가 있을 거예요. 난 먼저 '도향노농(稻香老農)'이라고 할 테니
아무도 이 아호를 가로챌 생각은 말아요."

이환의 말에 탐춘이 웃으며 받았다.

"그렇다면 난 '추상거사(秋爽居士)'로 할래요."

"'거사'니 '주인'이니 하는 건 잘 어울리지 않아. 또 글자의 낭비도 되
고. 여긴 오동이며 파초 같은 것이 얼마든지 있으니까 이런 글자들을 가
지고 호를 짓는 게 좋지 않아?"

보옥이 일러주는 말에 탐춘은 손뼉을 쳤다.

"아, 됐어. 난 파초를 제일 좋아하니까 '초하객(蕉下客)'이라고 하겠어
요."

"그것 참 멋진 이름이로군!"

모두들 좋다고 손뼉을 치고 있는데 대옥이 엉뚱한 소리를 했다.

"자, 그럼 빨리 이 양반을 끌고 나가 포를 떠서 가져와요. 그래서 우리 술안주나 하자고."

일동은 그 뜻을 몰라 어리둥절해 있는데 대옥이 웃으며 해석을 했다.

"옛사람들의 말에 초엽복록(蕉葉覆鹿: 파초잎이 사슴을 가리워 주다)이란 말이 있잖아요? 이 양반이 자칭 '초하객(파초잎 아래의 손님)'이라고 했으니 훌륭한 사슴이 아니고 뭔가 말이에요. 그러니 빨리 포를 떠 가지고 오란 말이에요!"

그제야 일동은 그 뜻을 알고 소리내어 웃었다. 탐춘도 따라 웃으며 대옥에게 반격을 했다.

"너무 좋아하지 말아요. 깜찍하게 남을 놀려먹고선. 난 벌써 대옥 언니를 위해서 좋은 별호를 하나 생각해 냈으니까."

탐춘은 이렇게 말하며 일동을 둘러보았다.

"옛날 순임금의 귀비 아황(娥皇)과 여영(女英)은 죽은 순임금을 생각하며 눈물을 흘렸는데 그 눈물이 대나무에 튀어가 얼룩이 졌다지 않아요? 그래서 오늘도 그 얼룩진 대나무를 '상비죽(湘妃竹)'이라고 하는 거예요. 그런데 마침 저 임대옥이란 분은 대나무가 무성한 소상관에 계시는 데다 또 울기까지 잘 하신단 말이에요. 그러니까 장차 자기의 낭군님을 생각해서 울다보면 그 대나무들이 모두 '상비죽'이 되고 말 테니 저분을 차라리 '소상비자(瀟湘妃子)'라고 하는 게 무엇보다 적절할 것 같아요."

일동은 박수를 쳐 가며 탐춘의 말에 찬동을 표하는데 대옥은 고개를 떨어뜨린 채 입을 다물고 있었다.

"나도 보채 아가씨를 위해서 좋은 별호를 하나 생각했는데 역시 석자야."

이환의 말에 석춘과 영춘이 재촉을 했다.

"어떤 거예요? 빨리 내놔 봐요!"

"난 이분에게 '형무군(蘅蕪君)'이란 호를 붙여 주고 싶은데 여러분들의 의향은 어때요?"

"정말 근사해요!"

탐춘이 대꾸하자 이번에는 보옥이 나섰다.

"그럼 내게는 안 지어주나? 내 것도 하나 지어줘요."

"오빠한테는 이미 별호가 있지 않아요? 일 없이 바삐 돈다는 '무사망(無事忙)' 말이에요. 그 '망'자가 오빠한테는 꼭 들어맞아요."

보채의 말에 이환이 끼어들었다.

"도련님은 역시 옛날부터 써 오던 '강동화주(絳洞花主)'가 좋지 않아요?"

보옥은 웃으며 타박을 주었다.

"어렸을 때 장난으로 지어 쓰던 것을 또 끄집어내어서는 뭘 하는 거예요?"

"오빠의 별호는 쓰고도 남을 만큼 많으니까 우리가 마음내키는 대로 부를 테니 그때그때 대답이나 잘 하세요."

탐춘의 핀잔이었다. 그러자 보채가 또 앞에 나섰다.

"역시 내가 호를 하나 지어드리지요. 가장 속되면서도 도련님께 꼭 들어맞는 걸로 말이에요. 세상에서 제일 얻기 힘든 것은 하나는 부귀이고 다른 하나는 여가일 겁니다. 그리고 이 두 가지를 겸해서 얻는다는 것은 더욱 어려운 일일 거고요. 그런데 도련님은 이 두 가지를 다 겸하고 있단 말이에요. 그러니 도련님의 별호는 '부귀한인(富貴閒人)'이라고 하는 게 좋을 거예요."

"아니, 싫어. 그건 너무 분에 넘치는 이름인걸. 역시 아무렇게나 불러 주는 대로 내가 대답하는 편이 낫겠어."

보옥이 이런 말을 중얼거리며 물러나자 대옥이 나서서 말했다.

"아무렇게나 불러서야 되나요? 그러지 말고 이홍원에 계시니 '이홍공자'라고 부르는 게 좋겠어요."

대옥의 말에 모두가 찬성했다.

"그럼 영춘 아가씨와 석춘 아가씨는 뭐라고 부를까요?"

이환이 말하자 영춘은 손부터 내저었다.

"시도 지을 줄 모르는 주제에 아호는 해서 뭘 해요?"

"그렇지만 역시 있긴 있어야 할걸."

탐춘의 말에 보채가 한 가지 제안을 내놓았다.

"영춘 아가씨는 자릉주(紫菱洲)에 계시니까 '능주(菱洲)'라고 하고, 석춘 아가씨는 우향사(藕香榭)에 있으니까 '우사(藕榭)'라고 부르면 되지 않아요?"

"그러는 게 좋겠군요. 그런데 한 가지, 나이로 볼 때 내가 제일 위인 셈이니까 여러분들은 내 의견을 좋아야겠어요. 물론 내 제안이 여러분들의 의향에 어긋나지는 않을 거지만 말이에요. 우리가 지금 일곱 사람이 함께 시사를 꾸몄지만 나와 영춘 아가씨 그리고 석춘 아가씨는 시를 못 짓는 터이니까 이 세 사람은 셈에서 빼되 그 대신 다른 소임을 하나씩 맡겨 주도록 해야겠어요."

이환의 말이 채 끝나기도 전에 탐춘이 가로막고 나섰다.

"아니, 방금 아호를 지어 놓고서 또 아가씨니 뭐니 하고 부를 거면 아호는 지어서 무얼 하는 거예요? 이제부터는 그런 일이 없도록 벌칙을 세워야겠어요."

"벌칙은 시사가 완전히 성립된 뒤에 세우기로 하고 내가 있는 집이 넓으니까 시사의 활동은 역시 내 집에서 하는 게 좋겠어요. 난 시를 못 짓는 사람이지만 여러 시인들께서 저 같은 속물을 허물하지 않으시고 주인 역을 시켜 주신다면 나도 한번 풍아한 분위기에 휩쓸려 볼까 해요. 그래서 다행히 저를 시회의 장으로 추천해 주신다면 나 한 사람의 힘으로는 손이 부족할 테니까 다시 부회장으로 두 사람을 천거하려고 해요. 그 적임자로는 능주 선생과 우사 선생 두 분인데 한 분은 시제를 내고 시운을 떼는 일을 맡아보고 다른 한 분은 초고를 옮겨 적는 일과 시험장의 감독을 책임진단 말이에요. 그렇지만 우리 세 사람이 시를 전혀 안 짓는 건 아니고 만일 쉬운 제목이나 운자가 있을 때는 우리도 한 수씩 지어 보도록 해야지요. 그러나 당신들 네 분은 반드시 한정된 시간과 요구에 의해 시를 지어야 하는 거예요. 자, 그러니까 만일 나의 이런 제안에 찬동이라면 시사는 시작되는 거고 그렇지 않으면 난 여기서 탈퇴를 할 거예요."

영춘과 석춘은 처음부터 시 짓는 일을 별로 탐탁하게 여기지 않고 있었고 또 설보채나 임대옥의 앞이었기 때문에 더구나 용기가 없었던 것인데 이환이 이런 말을 하자 이내 찬동을 했다.

"절대 찬성이에요."

탐춘이나 그 밖의 사람들도 그 기분을 모르는 바 아니었고 게다가 그들이 기뻐서 찬동을 하자 억지로 더 권할 생각을 그만두었다.

"정 그렇다면 생각대로 하세요. 하지만 일은 좀 우습게 되었군요. 발기는 내가 해 놓고서 도리어 당신들 세 분의 감독을 받아야 하게 됐으니."

탐춘이 웃으며 투정을 부리자 보옥이 얼른 앞으로 나섰다.

"이왕 시사가 성립된 이상 지금 곧 도향촌으로 가야 할 게 아니야?"

그러자 이환이 핀잔을 주었다.

"왜 그렇게 혼자서 급해 하시는 거예요? 오늘은 먼저 필요한 의논을 하고 다음날 내가 초청장을 낼 테니 그때 오셔도 늦지 않아요."

"며칠만에 한 번씩 모일 것인가 하는 것도 역시 이 자리에서 정해 두는 게 좋겠어요."

보채의 말이었다.

"준비 없이 모임만 많이 가져서는 재미가 없을 테니까 한 달에 두 번 혹은 세 번이면 족할 거예요."

탐춘의 제의에 보채는 고개를 끄덕였다.

"그럼요. 한 달에 두 번이면 족해요. 그 대신 정해진 날에는 비가 오나 바람이 부나 빠지지 않도록 해요. 이 밖에 또 간혹 특별히 흥이 나서 임시 시회를 한 차례 더 가지고 싶은 분이 있을 때에는 그분의 집으로 모일 수도 있고 아니면 이곳에 모여도 좋아요. 그렇게 하면 분위기가 더욱 활발해질 테니까."

"그 제안이 정말 훌륭하군요."

일동은 일제히 찬성을 했다. 그러자 탐춘이 다시 입을 열었다.

"하지만 최초의 발기자는 어디까지나 이 탐춘인 만큼 첫 주인 노릇은 내가 해야만 하겠어요."

"그렇다면 내일이라도 먼저 여기서 첫 시회를 열면 되지 않겠어?"

이환의 말이었다.

"내일로 미룰 것도 없잖아요? 지금 이 자리에서 열 수도 있는 거니까. 제목만 내놓으세요. 그러면 능주께서 운자를 내고 우사께서 감독을 맡으실 테니까."

탐춘이 서둘러댔다.

"제 생각엔 말이에요. 구태여 한 사람이 제목을 낸다 운을 뗀다 할 것 없이 우리 다 같이 제비를 뽑아서 정하는 게 공평할 것 같아요."

영춘의 제의였다.

영춘의 말을 듣고 이환이 입을 열었다.

"방금 내가 이리로 오면서 보니까 노파들이 백해당 화분을 두 개 들고 가는데 여간 탐스럽지가 않더군요. 어때요, 그걸 시로 읊어보지들 않으시겠어요?"

"직접 보지도 못한 물건을 어떻게 먼저 시부터 지어요?"

영춘의 말에 보채가 나서서 대꾸했다.

"백해당이라면 그만이지 꼭 그것을 보아야만 할 것도 없지 않아요? 옛사람들의 시나 부(賦)라는 것도 모두 느낀 바를 정으로 그린 데 불과한 거지요. 만일 그런 시들을 전부 다 직접 보고 나서 지어야 한다면 오늘과 같은 명작들이 생겨나기 어렵지 않았을까요?"

"그럼 운자는 내가 낼 테니 잠깐만 기다려요."

영춘은 책상 앞으로 다가가 시집을 한 권 꺼내 들었다. 그가 손가락이 짚이는 대로 책장을 펼치니 칠언율시 한 수가 나왔다. 영춘은 그것을 일동에게 돌려 보였다. 다들 칠언율시를 짓도록 하라는 것이었다. 책을 다시 덮고 난 영춘은 견습 시녀 하나를 불렀다.

"너, 무엇이든 좋으니까 한 글자 불러 보아."

마침 문설주에 기대 있던 그 시녀는 '문(門)!' 하고 말했다.

영춘은 웃으며 일동을 둘러보았다.

"'문'자 운입니다. 그런데 '문'자는 상평성(上平聲)의 13원(元)이니까 첫 구절의 마지막 운은 반드시 이 '문'자를 달아야 합니다. 아시겠지요?"

영춘은 또 운패(韻牌)를 넣어둔 함을 가져오게 해서는 '문'자 계열의 13원 편을 꺼내어 역시 그 견습 시녀더러 손에 잡히는 대로 네 개만 집어내게 했다. 시녀는 '분(盆)' '혼(魂)' '흔(痕)' '혼(昏)'의 넉 자를 집어냈다.

"이 '분'자를 '문'자와 어울려 짓기는 좀 어렵겠는걸."

보옥이 먼저 뒤통수를 긁적거렸다.

탐춘의 시녀 시서가 네 사람 분의 종이와 붓을 마련해 놓자 그들은 각기 시상에 잠기기 시작했다. 유독 대옥이만은 오동잎을 만지기도 하고 시녀들과 농담을 하기도 하며 조금도 서두는 기색이 없었다.

영춘은 시녀에게 몽감향(夢酣香)에다 불을 달아 놓게 했다. 이 몽감향이란 길이가 겨우 세 치밖에 안 되고 굵기는 등심초(燈芯草)만한 향대인데, 향이 다 타기 전에 시가 완성되어야지 그렇지 못할 때는 벌을 받게 되어 있었다.

이윽고 제일 먼저 시를 끝낸 사람은 탐춘이었다. 그는 자필로 적어서는 몇 글자 추고를 하더니 영춘에게 건넸다. 그리고는 보채를 돌아보며 물었다.

"형무군은 다 되셨소?"

"되긴 했지만 졸작이라서 내놓을 계제가 못 되는걸."

보옥은 그동안 뒷짐을 진 채 회랑에서 서성거리고 있다가 대옥에게 말했다.

"저 양반들이 말하는 소리를 들었어? 벌써 다 지었대."

"내 걱정은 말아요."

보옥은 또 보채까지 정서를 해서 영춘에게 내는 것을 보고 더욱 초조해졌다.

"이거 야단났는걸! 향줄기가 한 치밖에 안 남았는데 난 겨우 넉 줄밖에 짓지 못했으니."

보옥은 대옥이 쪽을 돌아보며 독촉을 했다.

"향이 조금밖에 안 남았어. 그렇게 습기진 땅에 쭈그리고 앉아 무얼 하는 거야?"

대옥은 아무런 대꾸도 하지 않았다.

"그럼 난 모르겠어. 마음대로 하라고. 잘 됐건 못 됐건 적어내고 볼 수밖에."

보옥은 탁상 앞으로 갔다. 이때 이환이 재촉을 했다.

"자, 그럼 시를 보도록 할까요? 먼저 된 시를 다 볼 때까지 미처 내놓지 못하는 사람은 용서 없이 벌을 받아야 해요."

"도향노농께서 시 짓는 데는 별로 장기가 없다 하더라도 시를 감상하는 데는 견해가 투철한 만큼 어서 보시고 나서 우열을 평가해 준다면 우리는 그대로 따를 거예요."

보옥의 말에 일동은 다같이 찬동을 표시했다.

"암, 그렇고말고."

이환은 탐춘의 시부터 펼쳐 들었다.

백해당을 읊노라(詠白海棠)

마른 풀에 저녁 해 기울고 중문마저 닫혔는데	斜陽寒草帶重門
비 맞은 화분에 이끼만 푸르게 깔렸구나	苔翠盈鋪雨後盆
옥같이 맑은 정신 깨끗하기 비길 데 없고	玉是精神難比潔
눈같이 흰 살결은 쉽사리 애끓게 되리라	雪爲肌骨易銷魂
꽃으로 피어난 한 마음 너무 고와 가냘프고	芳心一點嬌無力
삼경의 달빛 아래 그림자만 어른거려라	倩影三更月有痕
흰 옷 입은 선녀 훨훨 날아감이 부러우랴	莫謂縞仙能羽化
나와 더불어 정답게 황혼을 읊고 있네	多情伴我詠黃昏

"아주 잘 됐어! 걸작이야!"

일동은 칭찬을 하고 나서 이번엔 보채의 시에 눈을 모았다.

고운 꽃을 남이 볼까 낮에도 문을 닫고	珍重芳姿晝掩門
정한 물 길어다 이끼 덮인 화분에 주네	自攜手甕灌苔盆

三十七回 秋爽齋偶結海棠社

대관원에서 처음으로 해당시사를 열다

연지로 씻어낸 가을 그림자 깨끗하여　胭脂洗出秋階影
빙설은 은근히 이슬에 젖은 혼을 불러오는 듯　冰雪招來露砌魂
담담한 극치에 피는 꽃이 더욱 고울진대　淡極始知花更豔
서글픈 그 마음 옥에 묻은 티와 같구나　愁多焉得玉無痕
깨끗함을 가지고 신령님의 은혜를 갚고저　欲償白帝憑淸潔
말없이 고이 서서 저무는 해 바래다주네　不語婷婷日又昏

"과연 형무군다운 시로군요."
이환이 웃으며 칭찬을 했다. 그리고 다음으로 보옥의 것을 집어들었다.

가을빛 담담하게 곁문에 어렸는데　秋容淺淡映重門
칠석의 별들이 눈이 되어 화분에 앉았는가　七節攢成雪滿盆
태진이 미역감은 듯 얼음으로 그늘 삼고　出浴太眞冰作影
서시의 정성처럼 옥으로 혼을 삼았는가　捧心西子玉爲魂
새벽 바람도 온갖 수심 가서 주지 못한 채　曉風不散愁千點
간밤의 내린 비는 눈물 자국 보태었네　宿雨還添淚一痕
그림 난간에 홀로 기대어 생각만 깊어 가는데　獨倚畫欄如有意
맑은 다듬이 소리와 먼 피리 소리 황혼을 보내네　淸砧遠笛送黃昏

일동이 다 읽고 나자 보옥은 탐춘의 것이 제일 좋다고 했다. 그러나 이
환은 결국 보채의 시를 추천했다.
"역시 형무군의 시가 품위 있어."
이환은 대옥을 향해 다시 독촉을 했다. 대옥은 비로소 얼굴을 돌렸다.
"벌써 다들 지으셨어요?"
대옥은 냉큼 붓을 들어 단숨에 쓱쓱 갈겨쓰더니 그것을 사람들 앞에

던졌다.

이환이 그것을 집어서 읽기 시작했다.

반쯤 걷힌 문발에 반쯤 열린 문인데   半捲湘簾半掩門

얼음 갈아 흙을 빚고 옥으로 화분 삼네   碾冰爲土玉爲盆

이 구절을 본 보옥은 입을 벌리며 감탄부터 했다.

"어디서 이런 좋은 글귀가 나오는 걸까?"

일동은 다시 다음 구절을 읽었다.

배꽃에서 훔쳐 낸 삼분쯤의 흰 빛깔   偸來梨蕊三分白

매화에서 빌려온 한 줄기의 넋이라   借得梅花一縷魂

"정말 걸작이야!"

"다른 사람들보다는 워낙 수가 높다니까!"

이번에는 일동이 모두 감탄했다. 일동은 그 다음을 계속 읽어 내려
갔다.

달 속의 선녀는 흰 비단옷을 꿰매고   月窟仙人縫縞袂

가을을 원망하는 여인은 눈물을 씻네   秋閨怨女拭啼痕

말 없는 부끄러움 누구에게 속삭이랴   嬌羞默默同誰訴

호젓이 서풍에 맞서니 어느새 밤이 짙었네   倦倚西風夜已昏

다 읽고 난 일동은 이 시가 제일이라고 했다. 그러나 이환은 견해를 달
리 했다.

"시의 풍치와 형식미에 있어서는 소상비자의 작품이 제일이라고 하겠지만 함축성과 인정미에 있어서는 역시 형무군의 작품을 앞에 놓아야 할 것 같아."

"옳은 평가라고 생각되어요. 소상비자는 제2위가 되는 게 타당하겠어요."

탐춘이 찬동을 표시하자 이환은 하던 말을 계속했다.

"이홍공자는 제일 꼴찌가 되겠는데 불평이 없겠어요?"

"내 시는 워낙 잘 되지 못한 거니까 마땅히 그런 평가를 받아야겠지만……."

보옥은 좌중을 둘러보며 말을 이었다.

"그러나 형무군과 소상비자의 시에 대한 평가만은 더 고려해 볼 여지가 있지 않을까요?"

"시에 대한 평가는 검열관인 나의 견해에 달린 거니까 그쪽과는 상관 없는 일입니다. 그 이상 더 말을 하면 벌을 받게 될 줄 아세요."

보옥이 별수 없이 입을 다물어 버리자 이환은 또 계속했다.

"이후로 나는 매달 초이튿날과 열엿새날에 시회를 열기로 하겠습니다. 시제를 낸다든가 운자를 뗀다든가 하는 것도 내게 모두 맡겨 주시기 바랍니다. 이 두 날을 제외하고도 여러분들의 소원에 따라 시회를 더 열수도 있습니다. 심지어 한 달 동안 계속 시회를 연다고 해도 상관하지 않을 테니까요. 그렇지만 정기 시회의 날짜인 초이튿날과 열엿새날만은 반드시 내 집에 모여야 하겠습니다."

이환의 말에 이어 보옥이 의견을 말했다.

"시사가 성립된 이상 무슨 이름이든 이름이 있어야 할 게 아니에요?"

"정말 그렇군요. 하지만 이름이 너무 속되어서는 안 되겠고 그렇다고 너무 신기하거나 진부한 것도 좋지 않겠지요. 아니 그럴 것 없이 방금 해당화를 두고 시를 지었으니까 이왕이면 그 이름을 따서 '해당시사(海棠詩社)'라고 하면 좋지 않을까요? 좀 속된 감이 없지는 않지만 실제 있었던 일인만큼 상관없지 않을까요?"

탐춘의 의견이었다.

일동은 시사에 대한 일을 두고 좀더 의논을 하다가 간소하게 차린 술과 다과를 나눈 뒤 각기 흩어졌다. 더러는 곧장 집으로 돌아가고 더러는 대부인과 왕부인을 찾아갔다.

한편, 습인은 보옥이 편지를 읽고 나서 급히 취묵과 함께 나가는 것을 보고 무슨 영문인지 알 수가 없었다. 얼마 후 대관원의 뒷문을 지키고 있는 노파들이 해당화 화분 두 개를 들고 왔으므로 습인은 그들에게 물었다.

"어디서 가져오는 거예요?"

노파들은 보옥이 보내더라는 말을 전하고 나서 그 자세한 내막을 아는 대로 들려주었다.

습인은 화분을 방안에 들여놓게 한 다음 그들을 시녀들의 방으로 안내해 잠깐 앉도록 했다. 그리고는 자기 방에 들어가 은 여섯 돈쭝을 저울에 달아 종이에 싸 들고 또 은전 삼백 냥을 따로 싸서 들고 나왔다.

"이 은전은 화분을 가져온 소동들에게 전해 줘요. 그리고 이것은 할머니 두 분이 술이나 사서 드시도록 하세요."

두 노파는 엉거주춤 일어서더니 얼굴에 희색이 만면해 가지고 이렇게 감사할 데가 어디 있느냐, 하지만 이 돈은 받을 수가 없노라 하면서 사양을 했다. 습인이 억지로 안겨 주자 두 노파는 그제야 돈을 받아 넣었다.

"뒷문 밖에 누구든지 당직을 서는 소동들이 있겠지요?"

습인의 말에 노파들은 얼른 앞으로 나서며 대답했다.

"혹시 안에서 무슨 심부름이라도 시키게 될까봐 매일 네 명씩 밖에서 대기하고 있다오. 아가씨께서 무슨 시킬 일이라도 있다면 우리들이 대신해 드릴까?"

노파들의 말에 습인은 방긋이 웃었다.

"저에게 무슨 남한테 시킬 일이 있겠어요? 오늘 도련님께서 상운 아가씨한테 선물을 보낼 게 있다고 그러셨는데 마침 할머니들이 오셨기에 하는 말이에요. 이왕이면 나가시는 길에 소동들을 시켜서 수레를 한 대 불러오라고 이르세요. 그리고 할머니들이 나중에 이리로 와서 수레 삯을 받아 가도록 하세요. 소동들을 시킬 건 없어요. 공연히 이러니저러니 말썽을 일으키면 안 될 테니까요."

"그러구려."

노파들이 물러가자 습인은 방 안으로 들어가 사상운에게 보낼 물건을 담으려고 접시를 찾았다. 그런데 접시를 놓아두었던 선반이 텅 비어 있지 않은가!

습인이 돌아보니 청문과 추문과 사월이 함께 앉아 바느질을 하고 있었으므로 그들에게 물었다.

"이 안에 넣어 두었던 줄무늬가 있는 백마노 접시가 왜 안 보이는 걸까?"

세 사람은 서로 얼굴을 마주 보며 말들을 못 했다. 다들 모르는 모양이었다. 한참만에 청문이 웃으며 입을 열었다.

"참, 탐춘 아가씨한테 여지를 담아 보내 놓고 아직 찾아오지 않았지 뭐야."

"다른 접시도 많은데 왜 하필 그걸 썼담."

"나도 그렇게 말하지 않은 건 아니지만 도련님이 신선한 여지를 그 접시에 담아야만 어울릴 거라고 하셨어. 그래서 내가 그 접시에 담아가지고 갔더니 탐춘 아가씨도 보시고 역시 잘 어울린다고 하면서 접시를 그냥 두고 가라기에 가져오지 않았던 거야. 어디 그뿐인가? 그 선반 위에 있던 연주병 한 쌍도 아직 돌려받지 못했는데."

추문이 그 소리를 듣고 웃으며 입을 열었다.

"병 이야기를 하니까 한 가지 우스운 일이 생각나는군 그래. 우리 도련님은 말이야, 효도를 하겠다는 생각이 들기만 하면 정성이 여간 극진하지 않거든. 언젠가 도련님은 정원에서 계화나무 꽃을 몇 가지 꺾었는데 원래는 자기 방에다 꽂을 생각이었지만 별안간 생각을 돌리시는 게 아니겠어? 이건 자기 정원에서 맨 처음 핀 참신한 꽃인 만큼 자기가 먼저 가지고 놀아서야 되겠느냐고 생각하신 모양이야. 그래서 그 연주병두 개를 내려다가 손수 물을 넣어 꽃을 나누어 꽂은 다음 그것을 사람에게 들려 가지고 손수 하나는 대부인한테 다른 하나는 마님한테 갖다 올리는 게 아니겠어?

그런데 말이야, 도련님이 이렇게 효도를 하는 바람에 옆에 있던 사람까지 복을 받게 됐거든. 마침 그 날은 내가 그것을 들고 갔었는데 대부인은 그 꽃을 받으시고 얼마나 좋아하시는지 몰라. '역시 보옥이가 효성이 지극하다니까. 꽃 한 가지를 보고도 나를 생각하는 마음이 생기는 게 아냐? 그런데도 다들 내가 보옥이를 너무 싸고돈다지 않느냐 말이야' 하고 말씀하시지 않겠어? 다들 알고 있지만 대부인께선 평소에 우리들하고는 별로 말씀도 하시지 않았고 우리를 별로 거들떠보시지도 않았었지. 그런데 그 날만은 내게다 돈을 몇 백 문이나 주라고 하시며 '넌 퍽 가냘프게 생겼구나. 몸이 약하지 않니?' 하고 말을 물어주시지 않겠어? 돈몇 백 문은 그렇다 치고라도 그런 치하의 말을 듣는 건 여간 복 받는 일이 아니란 말이야. 나중에 또 마님댁으로 갔더니 마님께선 희봉 아씨와 조씨, 주씨들과 함께 장롱을 열어 놓고 마님이 옛날 젊으셨을 때 입던 색

옷을 찾고 계시겠지. 누구한테 주려고 찾으셨는지는 몰라도 우리가 가지고 간 꽃을 보시더니 옷 찾던 일도 그만두시고 꽃구경을 하시지 않겠어?

그런 걸 옆에 있던 희봉 아씨가 나서서 보옥 도련님이 얼마나 효성이 지극하고 얼마나 소견이 틔었는가 하는 걸 있는 일 없는 일 들어가며 한바탕 주워섬기시더군. 여러 사람들 앞에서 보옥 도련님을 이렇게 칭찬해 주자 마님께선 자기 체면도 서는 데다 사람들의 허튼소리에 대한 반박도 되는 것 같아 여간 기분이 좋아지시지 않더란 말이야. 그래서 나한테도 옷을 두 벌이나 선사하시더군. 물론 옷 같은 건 해마다 내려주시는 거니까 별로 대단할 것이 없겠지만 이건 좀처럼 얻기 힘든 영광이 아니겠느냐 말이야."

추문의 장황한 너스레에 청문은 피식 웃었다.

"얘, 넌 아직 세상 물정을 모르는 철부지야! 알고 보면 좋은 건 다 남을 주고 나서 남은 찌꺼기를 네게다 밀어 주면서 생색을 낸 거야. 알겠어?"

"남에게 주고 남은 것이라 하더라도 역시 마님께서 특별히 주신 것만은 사실이 아냐?"

"나 같으면 말이야, 그런 건 안 받아. 남에게 주고 난 나머지를 주는 것쯤은 또 괜찮다 하겠지만 다 같이 한 방에 있는 처지에 누구는 신분이 더 높고 누구는 신분이 더 낮겠니? 그런데도 좋은 건 다른 사람한테 주고 나쁜 건 나한테 준다면 난 안 받고 거절하겠어. 마님의 비위를 거스르는 한이 있더라도 나는 그런 억울함은 참지 못해."

"어느 방에 있는 누구를 말하는 거야? 난 며칠 전에 병 때문에 집에 나가 있노라고 누구에게 무얼 주었는지 모르고 있어. 언니, 좀 말해 줘 나도 좀 알고 있게."

"그래, 가르쳐 준다면 이미 받아 놓은 물건을 도로 돌려주기라도 할 테야?"

"돌려주긴? 듣고 나서 속이 시원하면 그만이야. 이 방에 있는 개가 먹다 남은 것이라도 마님이 주는 것이면 고맙게 받을 테니까. 다른 사람이야 어떻든 상관할 게 있어?"

그 말에 시녀들은 '와하' 하고 웃었다.

"그 말 한번 따끔하게 잘 하는군. 그런데 그건 저 꽃점박이 발바리한테 준 게 아니던가?"

습인이도 따라 웃었지만 그냥 가만있을 수는 없었다.

"요런! 혓바닥에 종창이 날 것들 같으니! 기회만 있으면 나를 먹지 못해서 이렇게 입방아들을 찧고 있다니까. 그러다간 죽어도 바로 죽지를 못할걸!"

"아니, 원래는 언니가 얻어 가졌었던가요? 난 정말 모르고 있었어! 용서해 줘요 언니! 응?"

추문의 아닌 보살에 습인은 웃으며 나무랐다.

"이렇게 까불지들만 말고 누가 가서 접시나 가져오도록 해. 이건 농담이 아니야."

"그 꽃병 빨리 찾아와야 할걸. 그대로 마님 방에 있다면 괜찮겠지만 역시 출입하는 사람이 많고 보면 생각 밖의 일이 생길 수도 있는 거야. 다른 사람은 몰라도 조씨네 사람들이 만일 그것이 이 방의 물건인줄을 알게 되면 영락없이 검침한 마음을 먹을 거고 일부러 깨뜨려버리지 않고는 가만있지를 않을 거란 말이야. 마님께선 또 이런 일에 별로 주의가 없으신 터이니까 지금이라도 얼른 가서 가져와야 해."

사월의 말에 청문은 바느질손을 놓고 발딱 일어섰다.

"옳은 말이야. 그럼 내가 가서 가져오지."

"아니야, 내가 갔다올게. 넌 접시나 가져오도록 해."

추문이 제가 가겠다고 하자 청문이 웃으며 대꾸했다.

"난 기어코 한번 가야겠어. 너희들만 좋은 수를 만나서야 되겠니? 내게도 한 번쯤은 국물이라도 생겨야 하지 않아?"

"추문이가 어쩌다 옷을 한번 얻어 가진 건데 어떻게 오늘 또 그런 일이 생길 수가 있겠어! 네가 간다고 해서 마님이 또 옷을 찾고 있을 수는 없는 일 아냐."

사월의 말에 청문은 짐짓 정색하는 얼굴을 지어 보였다.

"옷은 얻어걸리지 못한다 하더라도 혹시 마님한테 잘 보여 가지고 다달이 마님이 용돈에서 두 냥쯤 은전을 꺼내어 나를 주시게 될지 아니?"

청문은 제풀에 또 깔깔 웃어댔다.

"이후로는 나한테 그런 속임수를 쓰지 말란 말이야. 무슨 일이건 내가 다 아는 수가 있으니까."

말을 마치자 청문은 휭하니 밖으로 달려나갔다.

추문도 뒤따라 나가 탐춘에게 가서 접시를 찾아왔다.

그동안 습인은 상운에게 보낼 물건을 준비해 가지고 송노파를 불렀다.

"어서 가서 얼굴을 씻고 나들이옷을 갈아입도록 해요. 상운 아가씨한테 무얼 좀 갖다 드리고 와야겠어요."

"가져갈 물건을 이리 줘요. 그리고 부탁할 이야기가 있거든 지금 해줘요. 내가 돌아가 옷을 갈아입는 대로 갖다 드리고 올 테니까요."

송노파가 손을 내밀자 습인은 자그마한 나무함 두 개를 가져다 뚜껑을 열어 보이는데 한 함에는 홍릉(紅菱)과 계두(鷄豆) 두 종류의 과일이 들어 있고 다른 함에는 계화당(桂花糖)에 무친 찐 밤과자가 접시에 담겨 있었다.

"이건 모두 우리 정원에서 딴 올해 과일을 가지고 만든 음식인데 보옥 도련님이 상운 아가씨께 맛보시도록 보내는 거예요. 그리고 전번에 아가씨께서 이 마노 접시 이야기를 하시던데 이걸 그냥 남겨 두고 쓰시라고 하세요. 또 이 명주 수건에 싼 것은 아가씨께서 지난번에 내게 맡겨 주신 일거리인데 솜씨가 거칠어서 송구스럽지만 그런대로 받아 주시면 감사하겠다고 말씀드려 줘요. 우리를 대신해서 안부도 전하고 도련님께서도 안부를 묻더라는 인사도 전하고."

"그런데 도련님께선 부탁하실 말씀이 없으신지 물어봐 줘요. 나중에 갔다 온 뒤에 또 잊으셨다고 하면 곤란하니까."

송노파의 말에 습인은 추문을 돌아보았다.

"아까 탐춘 아가씨를 찾아가신다고 하셨지?"

"도련님이랑 모두 거기에 모이셔서 시사인가 뭔가 하는 걸 가지면서 시회를 열고 계셔요. 별로 하실 말씀은 없으실 거야. 상관 말고 다녀오세요."

송노파는 가져갈 물건을 집어들더니 옷을 갈아입으러 자리에서 일어났다. 습인이 노파에게 귀띔을 했다.

"뒷문으로 가시도록 하세요. 소동들과 수레가 기다리고 있을 거예요."

송노파는 알겠노라 대답을 하고는 물러갔다.

이윽고 자기의 거처로 돌아온 보옥은 먼저 해당화를 한참 구경하고 나서 안방으로 들어가 습인에게 시사를 가졌던 이야기를 들려주었다. 습인도 송노파를 시켜 상운 아가씨에게 물건을 보내 준 이야기를 했다. 보옥은 그 소리를 듣더니 무릎을 탁 치며 소리쳤다.

"아차! 그만 상운 아가씨를 깜박 잊었구나! 글쎄 내가 마음속에 무엇인가 미진한 구석이 있는 것 같았는데 끝내 생각이 나지 않더란 말이야. 습인이 말을 하니까 생각난다만 그렇지 않아도 상운 아가씨를 청하려던 참이었어. 이 시사에 그 아가씨가 빠져서야 재미가 없지."

"도련님은 그 일이 뭐가 그렇게 대단한 일이라고 그러세요? 상운 아가씨는 도련님처럼 한가하신 몸이 아니란 말이에요. 그리고 자기 마음대로 할 수 있는 처지도 아니고요. 설사 알려 드린다 해도 올 수 있겠는가도 문제거니와 또 공연히 마음만 뒤숭숭해지실 것 아녜요?"

습인이 타이르는 말이었다.

"그건 문제없어. 내가 할머님한테 말씀드려서 상운이를 데리러 사람을 보내도록 할 테야."

이런 말을 하고 있을 때 심부름 갔던 송노파가 돌아왔다.

"고맙게 받았노라고 인사를 전하라는군요. 아이고, 다리야!"

송노파는 맥빠진 시늉부터 해 보이고 나서 다시 말을 이었다.

"그리고 도련님이 무얼 하고 계시냐고 묻기에 시사인가 무언가 하는 걸 하시면서 시를 짓고 계신다고 했더니 그처럼 모두들 함께 모여 시를 지으면서도 왜 내게는 안 알렸느냐 하시며 여간 서운해하시지 않더군요."

보옥은 그말을 듣더니 곧장 대부인의 거처로 달려가 곧 사람을 띄워 상운을 데려오게 하라고 졸랐다.

"그렇지만 오늘은 이미 늦었구나. 내일 아침에 사람을 보내자꾸나."

하는 수 없이 자기 처소로 돌아온 보옥은 다음날 아침 다시 대부인에게로 가 사람을 보내달라고 떼를 썼다. 상운은 점심때가 다 되어서야 나타났지만 보옥은 마음이 한결 가벼워졌다.

보옥이 그동안 시사를 갖게 된 과정과 자초지종을 들려주고 나서 이미 지은 시들을 상운에게 보여주려는데 이환이 가로막았다.

"안 돼요. 보여주는 건 뒤로 미루고 누가 먼저 운자부터 알려 드려요. 이 분은 한발 늦게 오셨으니까 벌로 시부터 짓도록 해야겠어요. 그래서 작품이 좋으면 입회를 허락하는 거고 그렇지 못할 때엔 역시 벌로 한턱 내게 하고 나서 볼 일이란 말이에요."

상운은 웃으며 반박을 했다.

"아니, 이런 법이 어디 있어요? 여러분들이 나를 까맣게 잊어버리고 있었으니까 벌은 내가 여러분들에게 주어야 하는 거예요. 그렇지만 좋아요. 그 운자를 말씀해 주세요. 없는 재주이지만 억지로라도 한 수 지어서 입회를 허락해 주신다면 청소를 하거나 향을 피우는 일쯤은 얼마든지 할 수 있으니까."

일동은 상운의 익살에 더욱 흥을 돋우면서 이렇게 좋은 사람을 왜 진작 초청하지 못했던가고 후회들을 했다.

누군가 상운에게 운자를 알려주었다. 그러나 상운은 흥이 난 김에 추고를 하고 어쩌고 할 생각도 없이 그냥 이야기를 주고받고 있었다. 그러다가 어느덧 머릿속에서 시상이 무르녹아 즉석에서 붓을 들고 종이에 시를 써 나갔다.

"그 운에 맞추어 시를 두 수 짓기는 했지만 웃음거리가 되지나 않을지 모르겠군요. 어쨌건 명령에 따랐을 뿐이에요."

상운은 자기의 시를 일동에게 내밀었다.

"우리가 모두 네 수를 지은 뒤라 할말이 더 없을 것 같은데 무슨 할말이 남아서 혼자 두 수씩이나 지었담? 그렇지만 우리 것과 중복되는 내용이라면 무효인줄이나 알고 있어요."

모두의 눈길이 상운의 시로 쏠렸다.

신선이 어제 서울 문에 내려와   神仙昨日降都門

남전옥(藍田玉)⁴⁾을 한 개 화분에 심었네   種得藍田玉一盆

상아(霜娥)는 본디 찬 것을 좋아해서   自是霜娥偏愛冷

남이야 좋아하건 말건 상관을 않네   非關倩女亦離魂

가을 기운은 어디서 눈을 실어왔나   秋陰捧出何方雪

찬비마저 스며들어 간밤의 흔적 보태었네   雨漬添來隔宿痕

시인은 도리어 기꺼이 읊어 나가니   卻喜詩人吟不倦

어찌 적막하게 아침저녁 맞는다 하랴   豈令寂寞度朝昏

"정말 멋진데! 잘 지었어!"

일동은 상운을 칭찬하며 계속 다음 시를 읽어 내려갔다.

향초의 섬돌은 칡덩굴 문과 통하여   蘅芷階通蘿薜門

담 밑에나 화분에 심어도 좋지만   也宜牆角也宜盆

너무도 조촐하여 벗을 구하기 힘들고   花因喜潔難尋偶

사람은 가을을 슬퍼하여 넋을 잃기 쉬워라   人爲悲秋易斷魂

촛방울이 흘러 바람 속의 눈물 말리고   玉燭滴乾風裏淚

수정발에 가리워 달빛이 얼룩지네   晶簾隔破月中痕

그윽한 정을 상아(嫦娥)에게나 속삭여 볼까   幽情欲向嫦娥訴

덧없이 빈 행랑에 밤만 깊었네   無奈虛廊夜色昏

일동은 한 구절 한 구절 읽어가며 감탄을 연발했다.

"적어도 이쯤은 지어야 해당시를 지었다고 할 수가 있지. 아닌게아니라 해당시사를 가질 만도 하군."

모두들 입을 모아 찬탄을 아끼지 않자 상운은 내친 김에 자기 생각을 내놓았다.

---

4) 남전옥(藍田玉)은 섬서성(陝西省) 서안(西安)의 남전(藍田) 지역에서 생산된 옥을 말한다.

"아까 나더러 벌칙으로 한턱 내라고 하셨지요? 그러니 내일이라도 내가 한번 시회의 주인이 되어야겠어요. 괜찮겠지요?"

"그렇다면 더욱 좋지!"

일동은 한결같이 찬동을 하고 나서 어제 지은 시들을 그에게 보여주며 비평을 해 보라고 했다.

저녁때가 되어 보채는 상운을 형무원으로 데리고 왔다.

상운은 등불 밑에 앉아서 내일 음식을 어떻게 장만하고 시제는 어떤 것으로 할까를 보채와 의논했다. 보채는 상운의 장황한 이야기를 듣고 나서 그래서는 안 되겠다 싶어 이런 충고를 했다.

"시회를 여는 이상 주인이 되는 측에서 접대를 해야 하는 건 당연한 일이겠지. 그러나 아무리 장난에 불과한 일이라 하더라도 앞뒤를 재어 가며 해야 할 게 아냐? 자기의 형편을 봐 가며 무리하지 않으면서도 남들의 기분에 어긋나지 않게 해야만 다 같이 즐길 수가 있는 거야. 그런데 상운의 형편은 좀 다르지 않아? 집에서 남들만큼 자유도 없거니와 또 한 달에 받는 돈이라야 많아야 몇 관밖에 안 되니 그것으로는 용돈도 부족할 게 아니겠어? 그런 형편에서 괜한 일에 돈을 허비하게 되면 돌아가 어른들에게 꾸지람을 듣기가 쉬워. 그리고 설사 그 적은 돈을 다 내놓는다고 해도 주인 노릇을 하긴 힘들어. 그렇다고 이 일 때문에 집에 가서 돈을 달라거나 이 댁에다 보태달라고 할 수야 없지 않아?"

상운은 그제야 정신을 차리고 그러면 어떡하나 하고 생각에 잠겼다. 그것을 본 보채가 옆에서 귀띔을 해 주었다.

"내 생각을 들어봐. 우리집 전당포에 점원이 하나 있는데 그 집 논에서 살진 게가 많이 난다나. 일전에도 몇 근인가 보내 왔었어. 그런데 이 댁에서는 대부인으로부터 아가씨들에 이르기까지 다들 게를 즐겨 자신단 말이야. 그래서 우리 어머니도 대부인을 정원으로 모셔다가 계화나무 꽃을 구경시켜 드리면서 게를 대접하려 했는데 다른 일 때문에 아직 청하지 못하고 있어. 그러니까 상운은 처음부터 시사에 관한 말은 내지 말고 그저 평소와 같이 청한단 말이야. 그랬다가 다들 흩어져 간 뒤에 우리들 몇 명만 남게 되면 시를 얼마든지 지을 수 있잖아. 내가 이제 오빠한테 부탁을 해서 살진 놈들로 게를 몇 다래끼 얻어올 테야. 그리고 우리 가게에 가서 술을 좋은 걸로 몇 동이 가져오고. 거기에다 과일 등속으로 몇 상 차려 놓으면 제법일 테니까 힘 안 들이고 재미나게 놀 수 있잖겠어?"

상운은 그 소리를 듣더니 눈물이 나도록 감동을 하며 보채에게 감사의 말을 수없이 했다. 보채는 웃으며 말을 이었다.

"난 진정으로 상운을 위해 한 말이니까 절대로 달리 생각지 말아줘. 내가 조금이라도 상운 동생을 낮추어 보고 하는 말일 것 같으면 우리 둘의 사이가 남달리 가깝다고 할 수 없는 게 아니야? 만일 상운이 별다른 생각이 없다면 난 지금이라도 준비를 시킬까 해."

상운은 얼른 웃으며 대답했다.

"아이 참, 언니도! 그렇게 말씀을 하면 언니 쪽에서 나를 달리 생각하는 게 되잖아요? 내가 아무리 미욱한 년이라 하더라도 그만한 물정도 모르고서야 어떻게 사람 구실을 하겠어요? 내가 만일 언니를 친언니같이 생각지 않는다면 어떻게 전번같이 우리 집 사정을 일일이 이야기해 드리고 내 고달픈 처지까지 털어놓았겠어요?"

상운의 이런 소리에 보채는 두말 않고 노파를 불러들였다.

"지금 곧 우리 오빠한테 가서 전번에 가져왔던 것만큼 큰 게를 몇 다래끼만 보내 달라고 일러줘요. 내일 식후에 대부인과 마님들을 초청하여 계화나무 꽃을 구경시켜 드리려고 해요. 꼭 잊지 않도록 단단히 부탁을 해요."

노파가 그 길로 말을 전하러 나가자 보채는 또 상운을 향해 입을 열었다.

"시제도 너무 기발한 걸로 할 게 못 돼. 옛사람들의 시를 보아도 그렇지 않아? 시제가 괴벽스럽거나 운자가 까다로운 것일 때는 좋은 시가 나오지 못하는 법이야. 물론 시는 될수록 평범한 말을 피해야 하는 것이지만 그렇다고 설익은 낱말들을 구하는 건 금물이야. 우선 착상이 새롭고 정확하게 되면 어구도 자연 속되지 않게 될 거니까. 그렇지만 이런 거야 구태여 우리가 상관할 일이 아니겠지. 우리는 역시 실을 잣거나 바느질을 하는 것이 본분을 지키는 게 될 테니까 여가가 있다 하더라도 심신에 도움이 될 만한 책이나 읽으면 그만 아니겠어?"

상운은 보채의 말에 수긍을 하고 나서 곧 자기 생각을 내놓았다.

"난 지금 이런 생각이 들어요. 어제는 해당화를 두고 시를 지었다니까 이번엔 국화를 두고 시를 지어 보면 어떨까 하고 말이에요."

"국화도 지어 볼 만한 것이긴 해. 옛날부터 너무도 많은 사람들이 국화를 두고 시를 지어 왔지만 말이야."

"저도 그렇게 생각되기는 했어요. 혹시 옛사람들의 시를 모방하는 결과가 되지나 않을까 하고요."

보채는 한참 생각에 잠겨 있다가 고개를 들었다.

"이렇게 하는 게 어때? 이번엔 국화를 손님으로 삼고 사람을 주인으로 해서 제목을 여러 개 내놓는단 말이야. 제목은 일률로 두 글자씩으로 짓되 한 자는 허자(虛字), 한 자는 실자(實字)로 하는 거야. 실자는 물론 '국'자로 하는 거고 허자는 흔히 쓰는 걸로 대신하는 거야. 이렇게 되면 국화를 읊은 것도 되고 사물을 서술하는 것도 될 거거든. 아직까지는 아무도 이런 식으로 지어본 사람이 없으니까 남의 것을 흉내낸다는 염려도 없어. 풍경을 보고 사물을 읊는 것이니까 양자가 동시에 관통되어 새롭기도 하고 자유로운 맛도 있을 게 아냐?"

상운은 반색을 했다.

"참 좋은 생각을 했어요. 그럼 어떤 허자를 쓰면 좋겠는지 언니가 마저 생각해 주어요."

보채는 또 잠깐 생각해 보다가 웃으며 말했다.

"국화의 꿈이란 의미로 '국몽(菊夢)'이라고 하면 좋지 않을까?"

"그것 참 좋겠어요. 나도 하나 생각했는데 국화의 그림자란 뜻으로 '국영(菊影)'이라고 하면 어떨까요?"

"글쎄, 그것도 괜찮긴 해. 남들이 지어본 것이긴 하지만. 제목을 여러 개 정하는 거니까 함께 넣도록 하지. 난 또 하나 생각이 났어."

"'문국(問菊: 국화에게 묻다)'은 어때?"

상운은 탁상을 치면서 좋아했다.

"'문국'이라, 정말 멋있군요. 아, 나도 하나 생각해 냈어요. '방국(訪菊: 국화를 찾다)'은 어때요?"

"그거 좋구먼! 됐어! 차라리 한 여남은 개 만들어 적어본 다음 다시 생각해 보기로 하지."

그들은 곧 먹을 갈아 붓을 들고 시제를 적기 시작했다. 보채가 부르고 상운이 적어 가노라니 얼마 안 있어 제목 열 개가 다 되었다. 상운은 그것을 다시 죽 읽어보고 나서 웃으며 보채를 쳐다보았다.

"열 개로는 한 폭이 못 되니까 이왕이면 열두 개를 채우지요. 그러면 완전한 것이 되지 않겠어요? 어느 집에나 다 있는 화첩같이 말이에요."

보채는 다시 두 개를 더 생각해 내어 열두 개를 채우고 나서 말했다.

"이럴 바에는 제목의 선후 순서까지 정해 놓는 게 좋겠군."

"그러면 더욱 재미가 있겠네요. 그건 완전히 하나의 '국보(菊譜)'가 되는 거니까."

"맨 먼저는 국화를 생각한다는 의미로 '억국(憶菊)'이야. 그런데 국화가 보이지 않으니까 찾게 되거든. 그래서 둘째는 '방국(訪菊)', 국화를 찾은 이상 심어야 하기 때문에 셋째는 '종국(種菊)'이지. 또 국화를 심어서 꽃이 만발하면 서로 마주보게 될 테니까 넷째는 '대국(對菊)'. 서로 마주보는 가운데 흥이 나게 되면 꺾어서 병에다 모시게 될 테니 그래서 다섯째는 '공국(供菊)'. 그런데 모셔 놓은 꽃도 시로 읊지를 않으면 빛을 잃게 될 게 아냐? 그래서 여섯째는 '영국(詠菊)'이 되는 거야. 또 이왕 엮어진 시는 필묵으로 옮겨야 하니까 일곱째는 '화국(畫菊)'일 수밖에 없지. 하지만 국화가 이렇듯 많은 사람들의 사랑을 받고 있는 까닭이 어디 있느냐고 묻지 않을 수 없으므로 여덟째는 '문국(問菊)'이 되는 거고, 국화가 말을 할 줄 안다면 사람을 기쁘게 해 줄 것이니 아홉째는 '잠국(簪菊)'이 되는 거야. 이리하여 사람으로서 해야 할 일은 끝난다 하더라도 국화 자신은 아직도 더 읊을 점들이 남아 있거든. 이를테면 국화의 그림자와 국화의 꿈 같은 것 말이야. 그래서 열째와 열한 번째는 '국영(菊影)'과 '국몽(菊夢)'이 되지. 그리고 맨 나중에 '잔국(殘菊: 시들어 가는 국화)'으로 지금까지의 화려한 제목들을 한데 묶어 놓는다면 이로써 삼추(三秋)의 절묘한 풍물이 남김 없이 다 읊어지는 거란 말이야."

상운은 보채가 일러주는 대로 일일이 받아 적고 나서 다시 죽 읽어본 다음 한마디 물었다.

"그럼 운은 무얼로 할까요?"

"난 언제나 운이라는 것에 발목이 묶이는 게 제일 질색이야. 분명히 좋은 내용인데도 무엇 때문에 그 운이라는 것에 구속을 받느냐 말이야. 우리는 쓸데없이 운에만 매달리는 그런 사람들을 본받을 것 없이 제목만 내고 운은 그만두기로 하지. 자유롭게 좋은 시를 지어 함께 즐기자는 것이 목적이니까 공연히 까다롭게 굴 필요가 없잖아?"

"지당한 말씀이에요. 그렇게 하면 모두의 시가 한 걸음 더 향상될 거예요. 그런데 우리는 다섯 사람뿐이 아녜요? 열두 개나 되는 제목을 사람마다 다 지어야 한다는 건 아니겠지요?"

"물론 그래서야 안 되지. 그건 결국 사람들을 골탕먹이는 셈이 되는 거니까 우리가 이 제목들을 잘 정서해 가지고 내일 벽에다 붙여놓고 다들 보게 하자고. 그래서 누구든지 짓고 싶은 것을 골라 칠언율시를 짓도록 한단 말이야. 그럴 힘이 있는 사람은 열두 수를 다 지어도 좋고 그렇지 못한 사람은 한 수도 못 짓는다고 해도 상관없는 거야. 아무튼 작품의 우열에 따라 으뜸을 뽑는 거니까. 그래서 열두 수가 다 되면 그것으로 끝마치되 그 뒤에는 아무리 많이 짓는다고 해도 무효로 치고 벌을 주면 그만이야."

"그러는 것도 좋겠어요."

둘은 빈틈없이 의논을 끝내고 난 뒤에야 불을 끄고 잠자리에 들었다. 그 다음 일은 다음 회를 보시라.

제38회

임소상은 국화 시회에서 장원으로 뽑히고
설형무는 게를 빌려 세인을 풍자하다

다음날 상운은 곧 대부인을 비롯하여 여러 부인들에게 계수나무 꽃구경을 와 주십사고 청첩을 내었다. 청첩을 받은 사람들은 누구나 없이 다들 거기에 응했다.

"상운이가 모처럼 청하는데 안 가 볼 수야 없지."

점심때가 되어 대부인은 왕부인이며 희봉이며 설부인들을 거느리고 대관원 안으로 들어섰다.

"그래 자리는 어디가 좋을까?"

"어디든지 어머님께서 마음에 드시는 곳으로 정하시지요."

대부인의 물음에 왕부인이 이렇게 대답하자 곧바로 희봉이 나서며 끼어들었다.

"우향사에다 이미 차려 놓았어요. 그 동산 기슭에는 계수나무 두 그루가 있는데 꽃이 활짝 피어 있고 그 아래로는 맑은 냇물이 거울같이 잔잔하게 흐르고 있어 여간 아름답지 않아요. 게다가 냇물 가운데는 정자가 하나 있는데 거기서 아래를 내려다보노라면 눈이 다 시원해지지요."

"그렇다면 거기가 좋겠구나."

대부인은 일동을 이끌고 우향사로 향했다.

우향사는 원래 연못 가운데 세워져 있는 정자로서 사면이 모두 창문으로 둘려져 있고 좌우로 통한 회랑은 구불구불 물 위에 걸쳐져 기슭에까지 잇닿아 있었다. 뒤에는 또 사람의 눈에 잘 띄지는 않지만 역시 기슭에 접해 있는 휘어진 대나무 다리가 있었다.

일행이 대나무 다리에 올라서자 희봉은 바삐 다가와 대부인을 부축했다.

"할머님, 마음놓고 걸으셔도 괜찮아요. 이 다리는 본래가 삐걱삐걱 소리가 나요."

우향사 안으로 들어서 보니 난간 밖에 대나무로 만든 탁상이 두 개 놓여 있는데 한 탁상에는 술잔이며 수저며 술주전자 같은 기구들이 놓여 있고 다른 한 탁상에는 찻종이며 차반과 같은 그릇들이 놓여 있었다.

난간 저쪽에서는 두세 명의 시녀들이 부채로 풍롯불을 부치며 차를 끓이고 있고 다른 몇몇 시녀들도 역시 부채로 불을 부치며 술을 데우고 있었다.

대부인은 무척 기분이 좋았다.

"음, 이 차야말로 격에 맞는구나. 장소도 장소거니와 기구들이 정갈해서 더욱 좋지 않아?"

"이건 보채 언니가 저를 도와 마련해 놓은 거예요."

상운이 웃으며 설명을 하자 대부인은 고개를 끄덕였다.

"그렇겠지. 보채는 무슨 일에나 깐깐하고 빈틈이 없는 아이니까."

대부인은 고개를 들어 난간 기둥에 걸려 있는 대련을 보더니 한번 읽어보라고 했다. 그것은 검은 옻칠을 한 판자에 조개껍데기로 글자를 박아 쓴 것이었다.

부용꽃 그림자 깨뜨리며 노를 저어 가고   芙蓉影破歸蘭槳
마름풀 꽃향기 대나무다리에 풍기도다   菱藕香深寫竹橋

상운이 읽어 드리자 대부인은 다시 편액을 쳐다보며 설부인을 돌아보았다.

"전에 내가 어렸을 때에 우리 집에도 이런 정자가 하나 있었는데 이름을 '침하각(枕霞閣)'이라고 했었지. 나도 저 애들만한 나이 땐 자매들과 같이 늘 거기 가서 놀았지. 그런데 한번은 내가 발을 헛디뎌서 그만 연못에 빠지지 않았겠어? 그래서 하마터면 죽을 뻔했단 말이야. 나중에 건져 내기는 했지만 끝내 나무 말뚝에 머리를 부딪쳐 상처를 입고야 말았어. 지금도 귀 밑에 손가락만한 흉터가 그대로 있잖아? 하지만 그것보다도 사람들은 내가 몹시 놀란데다 바람까지 맞아서 살아날 가망이 없을까봐 여간 걱정들을 했던 게 아니야. 그런데 다행히 아무 일도 없었거든."

대부인의 말이 채 끝나기도 전에 희봉이 웃으며 수선을 떨었다.

"그때 만일 불행한 일이라도 있었더라면 오늘과 같은 이런 복을 어떻게 누리시겠어요? 역시 할머님은 어릴 때부터 복을 타고나셨단 말이에요. 그러니까 그건 신령님께서 사자를 보내셔서 일부러 할머님 귀에다 구멍을 내신 거예요. 말하자면 그 구멍 안에다 수복을 많이 넣을 수 있도록 말이에요. 수로인(壽老人: 칠복신의 하나)의 머리에도 구멍이 하나 있는데 그리로 만수만복을 꽉 채워 넣었기 때문에 오히려 머리가 혹처럼 불어난 거라고 하지 않아요?"

희봉의 말에 일동은 배를 안고 웃어댔다.

"요 원숭이년을 좀 보아! 나를 막 놀려먹으려 들지 않아? 어디 보자, 내가 네년의 입을 그냥 놓아두나!"

"이따가 게를 드시게 될 텐데 속이 냉하셔서야 되겠어요? 그래서 할머님을 실컷 웃겨 드려서 기분을 내시게 되면 한두 마리 더 드시더라도 배탈이 안 나실 거란 말씀이에요."

"앞으로는 너를 내 옆에 붙들어 두어야겠다. 내가 웃음 속에서 세월

가는 줄도 모르고 살도록 말이야. 오늘부터 넌 집으로 못 갈 줄 알아라.”

“할머님께서 이 애를 너무 귀여워해 주시기 때문에 이처럼 버릇이 없어진 건데 또 그런 말씀까지 하시면 더구나 제멋대로 놀아나지 않겠어요?”

왕부인의 이런 말에 대부인은 웃으며 대꾸했다.

“난 이 애의 이런 점이 좋아. 앞뒤를 가릴 줄 모르고 마구 덤벼드는 것도 아니니까. 집에 남정들이 별로 없는 형편에서 좀 까부는 것도 그다지 밉지는 않은 거야. 너무 딱딱하게 범절만 지키며 귀신을 섬기듯 할 필요가 뭐 있니?”

이런 이야기를 하는 동안 일행은 어느새 정자 안으로 들어섰다.

차가 들어오는 것을 본 희봉은 즉시 탁상을 내놓고 찻종이며 수저들을 차려 놓았다.

위쪽 탁상에는 대부인, 설부인, 보채, 대옥, 보옥이들이 앉고 동쪽 탁상에는 사상운, 왕부인, 영춘, 탐춘, 석춘이들이 자리를 잡았다. 그리고 서쪽의 문 가까이에 있는 작은 탁상에는 이환과 희봉이 앉기로 되어 있었지만 그들은 앉을 생각을 않고 대부인과 왕부인의 탁상 옆에 서서 시중을 들었다.

희봉은 시녀들에게 일렀다.

“게는 한 번에 다 들여오지 말고 그냥 시루 안에 넣어 두도록 해. 먼저 열 마리쯤 가져다가 다 먹고 나거든 또 가져오란 말이야.”

그리고는 더운물을 달래서 손을 씻고 대부인 앞에 서서 게살을 뜯더니 먼저 설부인에게 들기를 권했다.

“아니야, 난 내 손으로 뜯어먹을 테니 내버려둬. 그러는 게 더 맛날 테니까.”

그러자 희봉은 그것을 대부인에게 드리고 나서 보옥에게도 게살을 뜯어 주었다.

"술은 따끈하게 데워서 가져와."

이렇게 이르고 난 희봉은 손을 씻기 위한 준비로 국화꽃잎과 계수나무 꽃술에다 향료를 넣어서 만든 녹두가루를 가져오게 했다.

사상운은 여러 사람들과 함께 게를 한 마리 먹은 뒤 일일이 돌아다니며 손님들에게 많이 들기를 권했다. 그리고는 밖으로 나가 시녀들에게 게를 두 쟁반 따로 담게 해서는 조씨와 주씨에게 갖다드리라고 했다.

이때 희봉이 상운에게로 다가왔다.

"아가씨는 시중 드는 일이 서툴 거니까 가만히 앉아서 드시기나 해요. 내가 대신해서 시중을 들어드릴 테니. 난 나중에 먹어도 괜찮아요."

그러나 상운은 듣지 않고 저편 복도에다 상 두 개를 붙여 호박, 채하, 채운, 평아들에게 자리를 권했다. 그러자 원앙이 희봉을 향해 웃었다.

"아씨께서 여기 계시니까 그럼 저희들은 저리로 가서 먹겠어요."

"마음놓고 가요! 여기 일은 다 나한테 맡겨 놓고."

상운이 제자리로 돌아가 앉자 희봉과 이환도 먹는 시늉을 해보였다. 희봉은 다시 자리에서 일어나 한 바퀴 돌아다니며 시중을 들고 나서 회랑으로 나왔다.

원앙을 비롯한 시녀들은 한창 신이 나서 술을 마시고 있다가 희봉이 다가오는 것을 보고 일제히 일어섰다.

"아씨께선 무얼 하시러 또 나오시는 거예요? 저희들이 좀 마음을 탁 놓고 놀게 해주시면 안 돼요?"

"요것, 원앙이년이 점점 더 못쓰게 돼 가는걸! 내가 너 대신 심부름을 하고 있는데 고맙다는 인사는 못 할지언정 도리어 나를 원망해? 어서 나한테 한 잔 부어 올리지 못하겠니?"

원앙이 웃으며 술을 한 잔 따라 희봉의 입술로 가져가자 희봉은 고개를 젖히며 단숨에 죽 들이켰다.

호박과 채하도 한 잔씩 술을 따라서 권하자 희봉은 역시 단숨에 마셔 버렸다. 이번에는 평아가 게를 한 마리 까서는 노란 장을 꺼내 올렸다.

"생강하고 초를 좀 듬뿍 치려무나."

희봉은 평아가 주는 게장도 넙적 받아먹었다.

"자, 그럼 어서들 앉아서 먹어요. 나는 또 가봐야 하니까."

희봉이 자리를 뜨려 하자 원앙이 가만있지를 않았다.

"아니, 정말 염치도 없으셔. 우리 것을 동내시고 가시네."

"너 나하고 이러면 재미가 없어! 우리 집 서방님이 너를 마음에 들어 하시고 있는 줄 너 알기나 하니? 할머님한테 말씀드려 가지고 너를 첩실로 삼겠다는 거야."

"뭬! 아씨란 분의 입에서 어떻게 저런 말씀이 나오는 걸까? 이 비린내나는 손으로 얼굴을 좀 문대 주어야지!"

원앙이 이렇게 말하며 덤벼들자 희봉은 손을 들며 빌었다.

"잘못했어! 원앙 아가씨! 한번만 용서해 줘요!"

"원앙이 아씨 댁에 들어가게 되면 저 평아가 가만있지 않을 걸요. 평아는 게를 미처 두 마리도 못 먹었지만 초는 벌써 한 접시도 더 마셨지 않아? 보아하니 초를 무척 즐기나 봐."

호박이 깔깔 웃으며 놀려대자 마침 게의 노란 장을 꺼내던 평아는 다짜고짜 그것을 호박의 얼굴에다 문대 주려 했다.

"요런 죽일 년 좀 보아! 어디 혼 좀 나볼 테냐?"

그런데 호박이 냉큼 옆으로 몸을 피하는 바람에 게장은 그만 희봉의 얼굴에 가 묻고 말았다.

"아니!"

원앙과 농담을 하고 있던 희봉은 깜짝 놀라 소리를 질렀다.

희봉을 보고 모두들 큰 소리로 웃음을 터뜨렸다. 희봉은 따라 웃으며 농조로 욕을 퍼부었다.

"요 상년의 계집애가! 술을 처먹더니 눈알이 멀었느냐? 이 어미의 얼굴에다 이런 걸 묻혀 놓게."

평아가 얼른 다가와 수건으로 희봉의 얼굴을 닦아 주고 나서 물을 뜨러 나갔다. 원앙은 희봉에게 앙갚음을 했다.

"나무아미타불! 그런 걸 인과응보라고 하는 거예요."

이때 대부인이 이쪽에서 와자하게 떠는 소리를 듣고 큰 소리로 물었다.

"너희들은 무얼 보고서 그렇게들 좋아하는 거냐? 우리한테도 알려서 함께 웃자꾸나."

원앙이 마주 웃으며 큰 소리로 대답했다.

"희봉 아씨가 남의 게를 빼앗아 잡수시는 걸 보고 평아가 성이 나가지고 상전의 얼굴에다 게장을 듬뿍 발라 드렸어요. 그래서 상전과 하인 사이에 큰 싸움이 붙었던 거예요."

대부인과 왕부인도 이 소리를 듣고는 함께 웃었다.

"저런, 얼마나 궁했기에 남의 것을 다 빼앗아 먹을까? 그 애한테 먹다 남은 다리거나 배꼽 같은 걸 좀 주려무나."

대부인의 말에 원앙이들은 좋아라 웃어대며 대부인이 듣도록 큰 소리로 떠들었다.

"희봉 아씨! 이 상 위에 널려 있는 게다리는 사양 마시고 얼마든지 잡수시도록 하세요."

희봉은 얼굴을 씻고 나서 다시 제자리로 돌아와 대부인의 시중을 들었다. 대부인을 비롯하여 다들 적지 않게 먹었지만 대옥이만은 엄지발을 쪼개어 살을 조금 입에 넣었을 뿐이었다.

대부인이 먹기를 끝내자 모두 자리에서 물러나 손을 씻었다. 그리고는 꽃을 구경하기도 하고 물장난을 치며 고기를 희롱하기도 했다.

이윽고 왕부인이 대부인에게 의향을 물었다.

"여기는 바람이 꽤 세군요. 방금 게를 드셨으니까 어머님께서는 방으로 돌아가 쉬시는 게 좋지 않겠어요? 여기가 좋으시다면 내일 다시 오시더라도 말씀이에요."

"그렇지 않아도 돌아가고는 싶었지만 너희들이 한창 흥이 나서 노는데 내가 먼저 자리를 뜨면 판이 깨질 것 같아 주저하던 참이야. 그럼 우린 이만하고 먼저 자리를 뜰까?"

대부인은 상운을 돌아보았다.

"보옥 오빠하고 대옥 아가씨한테는 너무 많이 권하지 말아라."

상운이 알겠노라고 대답을 하자 대부인은 이번에는 또 상운과 보채 두 사람에게 주의를 시켰다.

"너희들도 너무 많이 먹어선 안 돼! 게라는 건 입에서는 맛이 있지만 썩 좋은 음식은 못 되니까. 조금만 정도를 넘게 되면 배탈이 나기가 쉬워."

"알겠어요, 할머니!"

대부인을 대문 밖까지 바래다드리고 돌아온 상운과 보채는 먹던 자리를 거두고 새로 상을 차리려 했다. 그러자 보옥이 손을 내흔들며 말렸다.

"자리를 새로 차릴 것 없이 시나 빨리 짓도록 하자고. 큼직한 원탁을 가운데 놓고 그 위에다 술과 안주만 차려 놓으면 됐지 뭘 그래. 그리고 자리는 제각기 앉고 싶은 데 앉아서 먹고 싶은 대로 먹으면 되잖아?"

"참, 그러는 게 좋겠어요!"

보채는 동감을 표시했지만 상운은 듣지 않았다.

"그렇더라도 밖에 아직 다른 사람들이 남아 있지 않아요?"

상운은 따로 탁상 하나를 내다놓고 뜨거운 게를 가져오게 해서는 습인, 자견, 사기, 시서, 입화, 영아, 취묵 등 시녀들을 불러 한자리에 앉도록 했다. 그런 뒤에 또 동산의 계수나무 밑에 모포를 두서너 장 펴놓고는 음식 심부름을 하는 노파들과 견습 시녀들을 있는 대로 불러다 앉혔다. 일이 있으면 부를 테니까 마음껏 먹고 마시며 놀라는 것이었다.

다들 자리에 앉기를 기다려 상운은 미리 준비해 두었던 시제를 벽에다 바늘로 꽂아 놓았다.

일동은 그것을 보더니 제가끔 한마디씩 했다.

"착상이 잘됐어!"

"제법 새 맛이 나는데? 그렇지만 짓기가 수월치 않겠는걸!"

상운이 이번만은 운을 달지 않기로 한 까닭을 설명하자 보옥이 제일 먼저 동의를 표시했다.

"그거 옳은 말이야. 나부터도 운을 다는 건 질색이라니까."

대옥은 술도 별로 마시지 않았고 게도 먹는 둥 마는 둥 하고 말았다. 그는 꽃방석을 하나 가져오게 해서는 그것을 깔고 난간에 기대어 앉은 채 낚싯대를 들고 고기를 낚고 있었다.

보채는 계수나무꽃 한 가지를 꺾어 손에 들고 놀다가 창턱에 기대더니 꽃잎을 하나하나 뜯어서 물 위에 던지고 있었다. 물 밑에 있던 고기들은 그것이 먹이인줄로 알고 모여들어 주둥이로 쪼아 보는 것이었다.

상운은 잠깐 멍하니 정신을 놓고 있다가 습인에게 술을 한 순배 더 권했다. 그리고 동산 아래에서 놀고 있는 노파들에게도 양껏 많이 먹으라고 권했다.

탐춘은 이환, 석춘이들과 함께 수양버들 밑에서 백구와 황새를 구경하고 있었고, 영춘은 혼자 꽃그늘 밑에서 꽃바늘로 말리꽃(茉莉花)을 꿰고 있었다.

보옥은 대옥의 낚시질을 한참 구경하다가 보채들이 있는 곳으로 비비고 들어가 농담을 하며 놀더니 습인이들이 게를 먹고 있는 것을 보고는 거기에 한몫 끼어들어 술을 몇 모금 들이켰다. 습인은 안주로 게를 하나 까서 보옥에게 살을 짜내 주었다.

대옥은 낚싯대를 내려놓고 자리로 돌아오더니 매화꽃 모양의 술주전자를 집어들고 파초잎 모양의 작은 술잔을 들었다. 시녀가 그것을 보고 급히 달려와 술을 따라 주려 하자 대옥은 도리질을 했다.

"아니야, 너희들은 걱정 말고 먹기나 해. 혼자 따라 마시는 것도 한 재미니까."

대옥은 술을 잔에다 절반쯤 따랐다. 그런데 따라 놓고 보니 황주였으므로 혀를 끌끌 찼다.

"난 게를 조금 먹었더니 가슴이 쓰린걸. 술을 좀 따끈하게 데워서 먹었으면 좋겠어."

"소주가 있는데 왜."

보옥은 곧 시녀에게 합환화(合歡花)로 담근 소주를 얼른 데워오게 했다. 그러나 대옥은 그것마저 입에 대는 듯 마는 듯하고는 잔을 내려놓았다.

보채도 자리로 돌아와 다른 잔에 소주를 따라 한 모금 마셨다. 그리고는 붓에다 먹을 묻히더니 벽에 붙인 시제 앞으로 다가가 억국(憶菊)에다 동그라미를 치고 그 아래에 형(蘅)자를 써 넣었다.

그것을 본 보옥은 조급해졌다.

"보채 누나! 두 번째 것은 내가 이미 네 구절을 지어 놓았어. 그러니 그건 내가 짓도록 놔 둬요."

"난 이제 겨우 한 수밖에 짓지 못했는데 공연히 옆에서 급해 하시는군요."

보채가 웃으며 대꾸를 하는데 대옥은 아무 말 없이 붓을 받아 들더니 여덟 번째의 문국(問菊)에다 표시를 하고 뒤이어 열한 번째의 국몽(菊夢)

에다도 동그라미를 쳐 놓고 '소(瀟)'자를 써 넣었다.

보옥도 붓을 들어 두 번째 방국(訪菊)에다 동그라미를 쳤다. 그리고 밑에다 '홍(紅)'자를 썼다.

이때 탐춘이 다가와 시제를 들여다보았다.

"아무도 잠국(簪菊)을 짓는 사람은 없네요. 그럼 내가 잠국을 짓도록 하지요."

탐춘은 보옥을 돌아보았다.

"아까도 말했지만 규방 속에서 사는 계집애들처럼 아련한 표현은 하지 않도록 주의하세요."

그러는데 상운이 다가와 네 번째 대국(對菊)과 다섯 번째 공국(供菊)에다 표시를 하고 그 아래에다 '상(湘)'자를 써 넣었다.

"그럴 게 아니라 상운 언니도 호를 써야 해요."

탐춘의 말에 상운은 웃으며 대꾸했다.

"우리 집에도 '헌(軒)'이라든가 '관(館)'이라는 이름이 붙어 있는 방이 몇 개 있기는 하지만 내가 그 안에 들어 있는 것도 아니니까 빌려다 쓸 멋이 없는 거야."

그러자 보채가 자기 생각을 말했다.

"아까 할머님께서도 말씀하시지 않았어? 상운이네 집에도 이런 수중 정자가 있는데 이름을 침하각이라 했다고 말이야. 그게 상운이 것이 아니면 누구 거겠어? 지금은 그 정자가 없어졌다 쳐도 옛 주인은 역시 상운일 테니까."

"옳은 말이야."

일동이 보채의 말에 동의하자 보옥은 상운이 미처 어쩔 사이도 없이 앞으로 나서서 상운이 대신 '상(湘)'자를 지우고 '하(霞)'자를 새로 써 넣었다.

그로부터 밥 한 끼 먹을 만한 동안이 지나 열두 제목의 시가 전부 지어
졌다. 각자가 쓴 것을 영춘에게 바치자 영춘은 설도전(薛濤箋)[1] 한 장을
가져다가 제출된 작품들을 순서대로 전부 옮겨 쓰고 시마다 제목 아래
에 지은이의 호를 밝혀 놓았다.

이환은 그것을 가져다 처음부터 읽기 시작했다.

억국(憶菊: 국화를 생각하다) 형무군(蘅蕪君)

우두커니 서풍 부는 하늘 보며 수심에 잠기노라니	悵望西風抱悶思
때는 여뀌꽃 붉고 갈대꽃 희어 애끓는 시절이어라	蓼紅葦白斷腸時
부질없이 옛터를 떠나 가을은 흔적조차 없는데	空籬舊圃秋無跡
깨끗한 서리에 늙어 죽는 꿈만 서려 있도다	瘦月淸霜夢有知
잊지 못할 생각은 멀리 돌아가는 기러기를 따르고	念念心隨歸雁遠
처량한 다듬이 소리에 홀로 앉은 밤만 깊어 가네	寥寥坐聽晚砧癡
아아, 국화 때문에 병이 든 내 사정 누가 알아주랴	誰憐爲我黃花病
중양절 그 날에 다시 만나자고 스스로 위로나 할까?	慰語重陽會有期

방국(訪菊: 국화를 찾다) 이홍공자(怡紅公子)

서리 개인 가을날 한가로이 놀진대	閑趁霜晴試一遊

---

1) 당나라 때의 시기(詩妓: 시에 능한 기녀) 설도(薛濤)가 만년에 완화계(浣花溪)에 은거할 때 작은
심홍색 종이에 시를 써서 지역 명사들과 주고받았다. 후에 이런 식의 종이를 '설도전(薛濤
箋)' 또는 '완화전(浣花箋)'이라 했다.

술잔이랑 찻잔이랑 아예 사양치 말라	酒杯藥盞莫淹留
서리 찬 달빛 아래 누가 이 꽃을 심었기에	霜前月下誰家種
난간 밖 울타리가에 가을이 와 있어라	檻外籬邊何處秋
나막신 신고 멀리서 정든 님 찾아왔으매	蠟屐遠來情得得
반겨 읊는 시흥은 유유히 겨워만 오네	冷吟不盡興悠悠
국화야, 네 만일 시인을 동정하거든	黃花若解憐詩客
이 아침의 놀이에서 향기를 잊지 마라	休負今朝掛杖頭

종국(種菊: 국화를 심다) 이홍공자(怡紅公子)

내 호미 들고 가을 꽃밭에서 옮겨다가	攜鋤秋圃自移來
울타리와 뜰 앞 곳곳에 심었노라	籬畔庭前故故栽
간밤에 때마침 비를 맞아 싱싱하더니	昨夜不期經雨活
오늘 아침 서리에는 꽃이 피어 반갑구나	今朝猶喜帶霜開
가을빛을 읊노라니 시가 천 수나 되고	冷吟秋色詩千首
향기에 취하여 내 술 한 잔 권하노라	醉酻寒香酒一杯
물을 주고 흙을 북돋아 아껴 가꾸면	泉溉泥封勤護惜
이 근처의 천지에는 티끌 하나 없으리	好知井逕絶塵埃

대국(對菊: 국화를 마주하다) 침하구우(枕霞舊友)

| 딴 밭에서 옮겨 심어 금보다 귀한 꽃이 | 別圃移來貴比金 |
| 한 모숨은 연한 빛깔, 한 모숨은 짙은 색 | 一叢淺淡一叢深 |

임대옥이 국화 시회에서 장원으로 뽑히다

쓸쓸한 울타리가에 맨머리로 앉아도 보고 　　　　蕭疏籬畔科頭坐

맑고 찬 향기 속에 무릎 안고 읊어도 보네 　　　　淸冷香中抱膝吟

손꼽아 세어 보아도 너같이 도도한 꽃 없거늘 　　數去更無君傲世

모름지기 나만이 너를 아는 벗인가 하노라 　　　看來惟有我知音

가을 한철도 언제든 가고야 말리니 　　　　　　秋光荏苒休辜負

국화를 마주한 우리 분초도 아껴야 하리 　　　　相對原宜惜寸陰

공국(供菊: 국화를 모시다)　침하구우(枕霞舊友)

거문고 타며 술 부어 함께 즐기노니 　　　　　彈琴酌酒喜堪儔

책상 위의 고운 꽃 송이마다 정답도다 　　　　几案婷婷點綴幽

자리를 격해 향기는 삼경의 이슬 나누어 오고 　隔坐香分三徑露

책을 던진 이는 한 가지 국화와 마주섰네 　　　抛書人對一枝秋

서리 맑아 영창에 새로운 꿈이 비쳐 오고 　　　霜淸紙帳來新夢

벌판에 석양이 쓸쓸하여 옛 놀이터 그립도다 　圃冷斜陽憶舊遊

세상에 얕잡아볼 기품도 너와 같거니 　　　　傲世也因同氣味

춘풍의 복사꽃, 오얏꽃도 부러울 게 없도다 　　春風桃李未淹留

영국(詠菊: 국화를 노래하다)　소상비자(瀟湘妃子)

악마 같은 시흥이 턱없이 새벽에 찾아들어 　　無賴詩魔昏曉侵

울타리에 맴돌고 돌에 비껴 흥얼대노니 　　　遶籬欹石自沉音

붓은 묘하게 움직이며 서리 기운 그려내고 　　毫端運秀臨霜寫

입은 향기를 물고 달을 향해 읊노라　　　　　□齒嚼香對月吟
애처롭다 까닭 없는 원한을 종이에 늘어놓음은　　滿紙自憐題素怨
이 짧은 글 뜻의 서글픈 회포 그 누가 알리오?　片言誰解訴秋心
도연명이 한번 평가된 이후로는　　　　　　　一從陶令平章後
천고의 높은 기풍 오늘도 일컫나니　　　　　千古高風說到今

화국(畵菊: 국화를 그리다)　형무군(蘅蕪君)

시흥 끝의 붓장난이 미칠 듯만 하거늘　　　　詩餘戲筆不知狂
이 어찌 단청 다루듯 조마조마할 것이랴　　　豈是丹靑費較量
무더기 잎으로는 천 점의 먹방울 뿌려두고　　聚葉潑成千點墨
빽빽한 꽃으로는 서리의 흔적을 물들이네　　攢花染出幾痕霜
얕고 짙은 신기한 필치는 바람 앞의 그림자 같고　淡濃神會風前影
말끔한 가을빛은 팔뚝 밑에 향기를 풍기누나　跳脫秋生腕底香
동편 울타리에 애오라지 꽃을 꺾지 말아라　莫認東籬閒採掇
이 한 폭 병풍에 걸고 중양절을 맞으리　　粘屛聊以慰重陽

문국(問菊: 국화에게 묻다)　소상비자(瀟湘妃子)

가을 회포를 묻고자 한들 아는 이 없고　　　欲訊秋情衆莫知
그윽한 궁금증으로 동쪽 울타리 기웃거리네　喃喃負手叩東籬
세상에 홀로 지조 높게 누구와 숨어볼 건가　孤標傲世偕誰隱
백화가 피었다 져도 국화만 홀로 늦어라　一樣花開爲底遲

밭 이슬 뜰의 서리 왜 이리도 적막한가　　　　圃露庭霜何寂寞
가는 기러기와 병든 벌레 서로 슬퍼하리라　　鴻歸蛩病可相思
이 세상에 말할 대상 없다고 서운해 말라　　休言擧世無談者
산꽃과 더불어 잠시 이야기한들 어떠랴　　　解語何妨話片時

잠국(簪菊: 국화를 머리에 꽂다)　초하객(蕉下客)

꽃병에 모실라 울타리에 가꿀라 나날이 바빴거니　　瓶供籬栽日日忙
그것을 꺾었다 하여 거울단장 하려니 말라　　　　　折來休認鏡中妝
장안의 귀공자는 본디 꽃에 미쳐 있고　　　　　　　長安公子因花癖
팽택의 선생은 술에 미친 듯하여라　　　　　　　　彭澤先生是酒狂
귀밑머리 차갑게 젖음은 삼경의 이슬이요　　　　　短鬢冷沾三徑露
칡베수건에 향기 묻음은 가을의 서리여라　　　　　葛巾香染九秋霜
높은 풍정은 시 속의 눈에 들 리 없거니　　　　　　高情不入時人眼
길거리에 서서 손뼉치며 웃거나 말거나　　　　　　拍手憑他笑路旁

국영(菊影: 국화의 그림자)　침하구우(枕霞舊友)

첩첩한 가을빛 겹겹으로 서렸는데　　　　　　　　　秋光疊疊復重重
동산 길에서 이리 건너고 저리 옮기네　　　　　　　潛度偸移三徑中
사창의 성긴 불빛 원근의 경치 그리는 듯　　　　　窗隔疏燈描遠近
생나무 울타리는 조각달을 채질하여 어른거려라　　籬篩破月鎖玲瓏
차가운 향기 머물러 넋마저 붙잡힐 듯　　　　　　　寒芳留照魂應駐

서릿발은 신선의 혼인 양 꿈만 안타깝네　　　霜印傳神夢也空

이 진귀한 꽃향기 짓밟지를 말아라　　　珍重暗香休踏碎

홍에 취한 내 눈에 천지가 몽롱하도다　　　憑誰醉眼認朦朧

국몽(菊夢: 국화의 꿈)　소상비자(瀟湘妃子)

울타리가에 가을이 짙어 꿈도 맑고　　　籬畔秋酣一覺淸

구름과 달이 서로 어울려 어렴풋한데　　　和雲伴月不分明

신선이 된다고 해도 장자의 나비 그리워 말라　　　登仙非慕莊生蝶

옛 정을 못 잊어 도령의 맹세 되찾음이라　　　憶舊還尋陶令盟

잠이 들어도 기러기 따라 꿈길이 멀고　　　睡去依依隨雁斷

놀라 깨고는 귀뚜라미 우는소리 귀찮아라　　　驚回故故惱蛩鳴

아아, 이 그윽한 원한 누구에게 하소연할까　　　醒時幽怨同誰訴

마른 풀과 찬 연기에 가을 회포 한없어라　　　衰草寒烟無限情

잔국(殘菊: 시들어가는 국화)　초하객(蕉下客)

이슬이 엉겨 서리가 되자 차츰 기우누나　　　露凝霜重漸傾欹

조용한 감상도 겨우 소설이 지나서인데　　　宴賞纔過小雪時

꽃의 꼭지엔 남은 향기뿐 금빛은 시들었고　　　蒂有餘香金淡泊

가지엔 잎이 져 푸른빛 간 곳 없어라　　　枝無全葉翠離披

낙엽 쌓인 돌 틈에서 귀뚜라미 병들어 울고　　　半牀落葉蛩聲病

만리에 구름도 차가워 기러기떼 늦게 오나　　　萬里寒雲雁陣遲

내년에 가을 바람 일면 다시 만나려니 　　　　明歲秋風知再會

잠시 헤어진다고 너무 슬퍼하지 말지라 　　　暫時分手莫相思

일동은 한 수를 읽고는 감탄을 하고, 감탄을 하고는 또 한 수를 읽어 가며 서로들 축하의 말을 잊지 않았다.

끝으로 이환이 웃으며 총괄적인 평가를 내렸다.

"그럼 내가 평가를 내려볼까요? 전편을 통틀어 볼 것 같으면 편마다 사람을 놀라게 할 만한 명구들이 있습니다. 그러나 공평하게 우열을 따질 것 같으면 「영국」이 첫째, 「문국」이 둘째, 「국몽」이 셋째라고 생각됩니다. 우선 제목이 새롭고 시도 새롭거니와 착상도 새롭단 말이에요. 그러니까 소상비자를 제1위로 추대하는 데 다들 아무 이견이 없으리라고 믿습니다. 다음으로는 「잠국」, 「대국」, 「공국」, 「화국」, 「억국」이 아닐까 합니다."

보옥은 그 소리에 손뼉을 치며 좋아했다.

"찬성, 대찬성이야! 정말 공평한 평가란 말이야!"

"아녜요. 시도 워낙 시원치 않거니와 너무 잔재주만 부린 것 같아 틀렸어요."

대옥은 겸손을 보였다.

"기교가 훌륭한 데에 그 시들의 장점이 있어요. 억지로 글귀를 맞춰 놓은 그런 느낌이 전혀 없단 말이에요."

이환의 말에 대옥이 또 얼른 뒤를 이었다.

"제 생각에 제일 잘된 구절로는 '벌판에 석양이 쓸쓸하여 옛 놀이터 그립도다(「공국」 제6구)'라고 봐요. 그런데 또 대조전환의 묘법을 써서 '책을 던진 이는 한 가지 국화와 마주 섰네(「공국」 제4구)'라고 한 것은 정말 훌륭한 글귀예요. '공국(국화를 모시다)'이라는 제목으로는 더 어쩔 여지가 없을 만큼 완벽하단 말이에요. 그래서 다시 처음으로 돌아와 아직 꽃을 꺾기 전에 그리고 병에다 모시기 전에 먼저 생각부터 앞섰다는 건 정말 의미심장한 게 아니겠어요?"

"물론 그렇기는 해요. 그러나 소상비자의 '입은 향기를 물고 달을 향해 읊노라(「영국」 제4구)'는 한 구절만 해도 그걸 당해 내기에는 넉넉하단 말이에요."

"그렇지만 역시 형무군의 '가을은 흔적조차 없는데……꿈만 서리어 있도다(「억국」 제3,4구)'가 '억(憶: 생각하다)'자의 의미를 남김 없이 나타내고 있다고 봐요."

탐춘의 말에 보채가 웃으며 입을 열었다.

"그럼 초하객의 '귀밑머리 차갑게'라든가 '칡베수건에 향기 묻음은(「잠국」 제5,6구)' 같은 구절도 '잠국(국화를 머리에 꽂다)'의 뜻을 빈틈없이 드러내고 있잖아요?"

"'누구와 숨어볼 건가?' '왜 이리도 적막한가?(「문국」 제3,5구)'하고 묻는 데는 국화도 정말 대답이 궁했을 거야."

상운의 이런 말에 이환이 웃으며 상운을 쳐다보았다.

"침하구우의 '맨머리로 앉아도 보고'나 '무릎 안고 읊어도 보네(「대국」 제3,4구)'는 정말 한시도 곁을 떠나지 않고 있는 것이니 국화도 알게 되면 영락없이 귀찮아할 게 아냐?"

그 말에 일동은 까르르 소리내어 웃었다.

이번엔 보옥이 웃으며 나섰다.

"그럼 나 하나만 낙제란 말이야? '누가 이 꽃을 심었기에'나 '가을이 와 있어라', '나막신 신고 멀리서 정든 님 찾아왔으매'나 '반겨 읊는 시흥……(「방국」 제3,4,5,6구)'과 같은 구절은 그래 '방국(국화를 찾다)'의 뜻이 아니란 말이야? 또 '간밤에 때마침 비를 맞아'나 '오늘 아침 서리에는

(「종국」 제3,4구)'과 같은 구절도 '종국(국화를 심다)'에서 벗어난 건 아니지 않아? 다만 유감스럽게 '입에 향기를 물고 달을 향해 읊노라', '귀밑머리'나 '칡베수건', '금빛은 시들었고' '푸른빛 간 곳 없어라' 그리고 '가을은 흔적조차 없는데' '꿈만 서리어 있도다'라는 구절들하고는 비할 수가 없는 거지만 말이야."

보옥은 또 한마디 보태었다.

"다음날 틈이 나게 되면 나 혼자서 이 열두 수를 다 지어볼 테야."

"도련님 것도 잘되었어요. 단지 방금 말한 그런 구절들보다 재치가 조금 부족할 뿐이에요."

이환의 말이었다.

일동은 얼마 동안 더 시에 대해 평론을 하다가 다시 더운 게를 가져오게 해서는 원탁에 둘러앉아 먹었다.

별안간 보옥이 일어서며 말했다.

"오늘 게를 손에 쥐고 계수나무 꽃구경을 하고 있는데 게에 대한 시가 없어서야 안 되지. 내가 이미 한 수 지어 놓았으니 누가 응대해 볼 사람은 없어?"

그러며 보옥은 손을 씻고 나서 붓을 들고 시 한 수를 옮겨 썼다.

그것을 보면,

게다리를 손에 들고 계수나무 그늘에서	持螯更喜桂陰涼
초를 치고 생강 바르니 흥에 겨워 미칠 듯	潑醋擂薑興欲狂
욕심쟁이 왕손에겐 응당 술이 있으련만	饕餮王孫應有酒
옆으로 기는 공자에겐 창자마저 없는 거냐?	橫行公子卻無腸
배꼽 속 냉적을 삼갈 것을 잊었구나	臍間積冷饞忘忌
비린 손 씻어내도 게향기는 여전하다	指上沾腥洗尚香

세상 사람 입과 배를 채워주는 너를 두고   原爲世人美口腹
한평생 번거롭다 소동파도 웃었더라   坡仙曾笑一生忙

대옥이 그것을 읽고 빙그레 웃었다.

"이런 정도의 시라면 앉은 자리에서 백 수라도 짓겠어요."

"대옥 누이는 이제 재주가 다해버린 모양이로군. 시를 더 못 짓겠거든 가만있기나 할 게지 남을 얕잡을 거야 없잖아?"

보옥의 웃는 말에 대옥은 말없이 붓을 집어들더니 별로 생각지도 않고 내리 갈겨썼다.

철갑과 긴 창은 죽어서도 한모양일세   鐵甲長戈死未忘
쟁반 위에 소복이 담아 내가 먼저 맛보노라   堆盤色相喜先嘗
집게 속엔 연한 살이 소복소복 들어찼고   螯封嫩玉雙雙滿
딱지는 빛이 고와 아삭아삭 고소해라   殼凸紅脂塊塊香
그대의 여덟 개 다리 속엔 살코기가 많거늘   多肉更憐卿八足
그 누가 내 흥 도와 천 잔 술을 권할까   助情誰勸我千觴
맛좋은 음식으로 좋은 가절 즐기나니   對斯佳品酬佳節
계수나무엔 바람 일고 국화꽃엔 서리 앉네   桂拂淸風菊帶霜

보옥이 읽고 나서 손뼉을 치며 찬탄을 하자 대옥은 보옥의 손에서 그것을 채어다가 빡빡 찢더니 시녀에게 불에 태워버리라고 일렀다. 그리고는 웃으며 보옥을 돌아보았다.

"내 것은 오빠 것보다 못해요. 그래서 태워버리는 거예요. 오빠의 그 시는 사실 국화시보다 훨씬 잘되었어요. 그 시는 두었다가 다른 사람들에게 보이도록 하세요."

보채가 웃으며 그 뒤를 이었다.

"나도 억지로 한 수 지었는데 잘되진 못했어요. 웃음거리로 적어 보기는 하겠지만."

보채가 제꺽 적어 내자 일동의 눈길이 그리로 쏠렸다.

계화 향기 오동 그늘에 앉아 술잔을 드니	桂靄桐陰坐舉觴
장안 사람 침흘리며 중양절을 기다리네	長安涎口盼重陽
눈앞의 길은 가로 세로 분별이 없고	眼前道路無經緯
딱지 속 창자는 검을락 누를락	皮裏春秋空黑黃

여기까지 읽고 나서 모두들 절묘하다고 감탄을 했다. 그러자 보옥이 머리를 내저으며 말했다.

"정말 나무랄 데가 없는걸! 내 시도 불에 넣어버리고 말아야겠어."

다시 그 다음을 읽어 보면,

술맛조차 비릿하니 국화를 띄워보고	酒未敵腥還用菊
냉적을 막는 데는 생강이 제격이라	性防積冷定須薑
이제야 가마에 떨어진들 무슨 소용이랴	於今落釜成何益
달 비치는 물가에 벼 향기만 가득하네	月浦空餘禾黍香

읽기를 다한 일동은 이구동성으로 말했다.

"게를 먹는다는 이런 작은 제목을 가지고도 큰 의미를 붙여 내는 여기에 대가로서의 재주가 있는 거야. 물론 세인을 풍자한 면[2]에서는 조금 지나쳤다고 하겠지만 말이야."

그러고 있는데 문득 평아가 다시 정원 안으로 들어오는 것이었다. 무슨 일 때문인지는 다음 회를 보시라.

---

2) 이 시의 제3구 '눈앞의 길은 가로 세로 분별이 없고'는 세인들의 원칙 없는 행동을 옆으로 걷는 게에 빗대고 있으며, 제4구 '딱지 속 창자는 검을락 누를락'은 겉으로는 웃으면서도 속으로는 음험한 생각을 품고 있는 세인들의 마음을 풍자한 것이다. 마지막 제8구 '달 비치는 물가에 벼 향기만 가득하네'는 농작물을 해치는 게들을 모두 잡았으니 벼농사가 잘 된다는 뜻이다. 굳이 설보채라는 인물을 빌어 이와 같은 풍자의 시를 보여주고 있는 것은 그가 기존의 도덕과 질서에 순응하면서도 마음 깊숙한 곳에서는 그 허위와 부패와 부정을 느끼고 있음을 역설적으로 드러내기 위한 것이라 하겠다.

제39회

촌노파의 이야기는 그칠 줄을 모르고
정 많은 귀공자는 끈질기게 캐묻다

평아가 나타나자 일동의 눈길은 평아에게 쏠렸다.

"희봉 아씨께선 무얼 하고 계시기에 안 오시는 거니?"

평아는 생긋 웃으며 대꾸했다.

"우리 아씨께선 어디 그럴 틈이 있어야 말이지요? 아까는 변변히 자시질 못했고 또 지금은 이리로 다시 올 여가가 없으시다면서 저더러 가서 아직 남은 게 있는가고 물어보라고 하셨어요. 있으면 몇 마리 가져다가 집에서 자시겠대요."

"게는 아직도 많이 남았어."

상운은 시녀를 불러 제일 큰 놈으로 열 마리를 담아 오게 했다. 그러자 평아가 또 한마디 당부했다.

"암놈으로 몇 마리 더 주셨으면 좋겠어요."

일동은 평아를 끌어당기며 자리에 앉기를 권했지만 평아는 앉으려 하지 않았다.

"어디 앉지 않고 배겨내나 보자고."

이환이 웃으며 평아를 억지로 자기 옆에 붙들어 앉히더니 술잔을 들어 평아의 입에 바싹 갖다 대었다. 평아는 얼른 그것을 받아서 한 모금 마시고는 이내 자리에서 일어서려 했다.

"안 돼. 난 기어코 못 가게 붙들어 놓을걸. 네 눈에는 희봉 아씨밖에 없으니까 내 말 같은 건 귓등으로 흘려버릴 테지만 말이야."

평아를 다시 붙들어 앉힌 이환은 게가 담긴 찬합을 할멈들에게 들려 보내며 일렀다.

"먼저들 가라고. 만일 평아를 찾거든 내가 붙들어 놓았다고 전해요."

심부름을 맡은 노파는 가더니 이내 돌아와 함에 담긴 물건을 내놓았다.

"희봉 아씨께선 여기 계신 큰아씨나 여러 아가씨들께 자기를 식충이라고 웃지 말아 주십사고 그러셨어요. 이 함에 든 것은 조금 전에 아씨의 친정에서 보내온 연꽃가루로 만든 떡과 닭기름에 튀긴 과자인데 아씨와 아가씨들께서 맛보시래요."

그 노파는 평아에게 얼굴을 돌렸다.

"아가씨는 심부름을 보내기만 하면 늘 노는 데 정신이 빠져서 돌아올 생각을 않는다고 하셨어요. 그리고 술은 좀 적게 마시는 게 좋겠다고요."

"술을 많이 마신들 어쩔 테람?"

평아는 웃으며 입을 비쭉하고 나서 보란 듯이 술을 벌컥벌컥 들이켜고는 게다리를 집어서 쭉 찢었다.

이환은 평아를 바싹 자기 옆으로 끌어당기며 농을 걸었다.

"정말이지 평아는 인물이 아깝다니까. 팔자를 잘못 타고나서 남한테 부리우는 신세가 되었지만 어디 나무랄 데가 있냐 말이야. 모르는 사람은 누구나 평아를 본실 아씨로만 볼 거야."

평아는 보채와 상운이들과 함께 술을 마시고 있다가 몸을 꼬며 이환을 돌아보았다.

"아씨, 왜 자꾸만 이렇게 저를 만지시는 거예요? 아이, 간지러워 못 견디겠네."

"아니, 이 딱딱한 물건은 뭐야?"

이환이 평아의 몸에서 딱딱하게 만져지는 물건을 짚어 보면서 묻는 소리였다.

"열쇠예요."

"열쇠는 무슨 열쇠! 무슨 귀중한 물건인 모양이야. 도둑을 겁내서 이렇게 몸에다 지니고 다니는 게 아냐? 난 늘 이런 소리를 하면서 웃고 있지만 당나라의 한 법승(삼장법사를 말함)이 경을 취하러 갔을 때에 흰 말이 그를 태워 주었더라나? 그리고 한나라의 유지원(劉智遠: 한고조)이 천하를 평정할 때도 오이 귀신이 갑주(甲冑: 갑옷)를 가져다 주었고. 그런데 지금 희봉이라는 사람한테 또 평아라는 사람이 붙어 있는 게 아냐? 너야말로 희봉 아씨의 총열쇠와 같은 존재거든. 그러니 이런 열쇠를 차고 다녀서 무얼 한다는 거야?"

"아씨께선 술에 취하셨나 봐. 저를 붙들어 놓고 놀리기만 하시면서."

평아가 웃으며 불평을 하자 보채는 이환의 편을 들었다.

"아니야, 그건 정말이야. 언젠가도 내가 사람들의 평판을 말한 적이 있지만 너희네 몇은 백 사람들 가운데서 한 사람을 고른대도 뽑기 힘든 그런 사람들이야. 제각기 자기의 특색과 장점이 있어서 좋거든."

그러자 이환이 덧붙였다.

"어떤 일이건 그것이 크나 작으나 천리(天理)라는 것이 있는 모양이야. 가령 할머님 방에 원앙이가 없다고 해 보지? 어떻게 되겠는가. 어머님을 비롯해서 아무도 할머님을 거스를 엄두를 못 내고 있지만 그 애만은 할머님한테도 할 말을 척척 해낸단 말이야. 또 할머님도 그 애의 말만은 잘 들으시고. 할머님의 그 많은 옷이며 장신구들도 다른 사람은 다 기억을 못하고 있지만 그 애만은 빠짐 없이 기억하고 있단 말이야. 그 애가 아니면 남들이 수없이 빼내 가도 아무도 모를 거야. 게다가 그 앤 마음씨가 여간 너그럽고 좋은 게 아니야. 늘 다른 사람의 칭찬은 할지언정 주인의 위세를 등대고 남을 눌러 보려는 생각은 조금도 가지고 있지 않거든."

이번엔 석춘이 끼어들었다.

"할머님은 어제도 원앙이가 우리들보다 훨씬 낫다고 하시지 않겠어?"

"원앙인 워낙 훌륭한 애예요. 우리 같은 건 도저히 비할 처지가 못 돼요."

평아의 말이었다.

"어머님 방에 있는 채하도 퍽 얌전한 애야!"

보옥의 이런 말에 탐춘이 뒤를 이었다.

"그렇고 말고요. 겉도 매우 얌전하지만 또 속은 얼마나 착실한 애라고요. 큰어머님은 마음이 부처님 같으시기 때문에 집안 살림살이에 별로 마음을 쓰지 않고 계시지만 그 앤 매사에 모르는 게 없이 큰어머님을 대신하여 일을 척척 처리해 낸단 말이에요. 아버님이 집에 계시건 안 계시건 그것이 큰 일이건 작은 일이건 하나도 빠짐 없이 기억해 두었다가 큰어머님이 잊고 계시면 그 애가 뒤에서 제때에 일깨워드리곤 하니까요."

"그건 그렇다치고……."

이환이 나서며 보옥을 가리켰다.

"이 보옥 도련님 방에 만일 습인과 같은 도량이 넓은 사람이 없다면 어떻게 되었겠느냐 말이야. 희봉 아씨가 제아무리 초패왕과 같은 인물이라 하더라도 이 양쪽 팔과 같은 사람이 있어서 도와 주지 않는다면 어떻게 천 근이나 되는 무거운 솥을 들이낼 수 있겠어? 또 희봉 아씨를 평아와 같은 애가 모시고 있느니만큼 희봉 아씨도 모든 일을 민첩하고 빈틈이 없이 처리할 수가 있는 거야."

"그 아씨가 처음 시집을 오실 때에 시녀가 넷이었는데 그동안 죽기도 하고 집으로 돌아가기도 하여 지금은 나 하나만 외롭게 남아 있을 뿐이에요."

평아의 웃음 섞인 말이었다.

"어쨌건 넌 신수가 좋은 셈이야. 희봉 아씨도 그렇고. 전에 우리 서방님이 살아계셨을 때에 내 방에도 두 아이가 붙어 있었어. 그런데 내가 어디 사람 둘을 포섭 못할 옹졸한 사람으로 보여? 그렇지만 그 아이들 둘이 얼마나 내 속을 썩여 주었는지 몰라. 오죽했으면 글쎄 서방님이 돌아가시자 즉시로 두 아이를 다 내보냈겠어? 한 아이라도 남아 주었더라면 내게는 한쪽 팔과 같이 의지가 될 것인데."

이환은 제풀에 설움이 복받쳐 눈물을 지었다.

"공연히 심란해 하실 것 있어요? 이젠 그만하고 돌아가시는 게 어때요?"

주위의 자매들은 민망해서 이렇게 이환을 위로하며 손을 씻고는 끼리끼리 모여 혹은 대부인한테로 혹은 왕부인을 찾아 문안을 갔다.

노파와 시녀들이 자리를 치우고 설거지를 하고 있는 동안 습인은 평아를 자기 방으로 끌고 갔다.

"그런데 이 달 월당은 왜 아직도 안 나온대?"

습인이 묻는 말에 평아는 다른 사람이 없나 주위를 살피고 나서 낮은 소리로 말했다.

"아마 한 이틀 더 지나야 나올 거야. 이 달 월당은 아씨께서 이미 받으셨지만 그 돈을 남한테 꾸어 주셨어. 그러니까 그 이자가 다 들어온 뒤에야 지불할 게 아냐? 이런 말은 누구한테도 해서는 안 돼."

습인은 기가 막힌 듯 웃었다.

"아니, 그 아씨가 손에 쓸 돈이 없어서 그런 돈놀이까지 하시는 거야?"

"우리 아씨는 지난 몇 해 동안 아랫사람들한테 지불할 월당에다 자기

몫의 월당까지 합쳐서 돈놀이를 하고 계셔. 일 년에 이자만 해도 천 냥은 문제없을 거야."

"아니 그럼, 우리네 돈을 가지고 너희네 상전과 하인은 돈놀이로 배를 불리고 있었단 말이냐? 우리는 그런 것도 까맣게 모르고 있었구나."

"이런 말버릇 좀 보아. 왜 그래? 습인이가 용돈이 모자라서 그러는 거야?"

"아니, 그런 건 아니야. 나야 어디 쓸 데가 있어야 말이지? 다만 우리 도련님이 불시에 돈을 달라고 하면 없을까봐 그러는 것뿐이야."

"그럴 것 없이 만일 급하게 돈 쓸 일이 있거든 나한테 사람을 보내. 나한테 몇 냥 돈은 언제든지 있으니까 먼저 필요한 대로 갖다 쓰면 되잖아? 나중에 내가 습인의 월당에서 제하면 될 테니까."

"지금은 별로 쓸데가 없어. 다음날 갑자기 써야 할 때에 부족될까봐 그래. 그때 가서 사람을 보낼께."

"그럼 좋을 대로 해."

평아는 그 길로 대관원을 나와 자기 방으로 돌아갔다. 평아가 돌아와 보니 방안에 희봉은 보이지 않고 언젠가 찾아왔던 그 유노파가 판아를 데리고 와 있었다. 옆에는 또 장재의 아내며 주서의 아내가 와서 함께 이야기를 하고 있고 그밖에 두세 명의 하녀가 자루 속에서 대추며 호박이며 신선한 채소들을 땅바닥에 쏟아 놓고 있었다.

평아가 들어서는 것을 본 그들은 얼른 자리에서 일어섰다. 유노파는 전번에 한 번 와 본 적이 있는 터라 평아의 신분을 알아보고 급히 구들에서 내려섰다.

"그동안 무고하셨어요? 저희 집 식구들도 모두 아가씨께 안부를 여쭈어 달랬다오. 실은 진작부터 한번 찾아와 아씨한테 문안을 드리고 아가씨한테도 인사를 해야 할 것이지만 농사 일에 몰리다 보니 어디 틈이 생겨야 말이지요. 다행히 올해는 지난해보다 소출이 많은데다 채소도 의외로 잘 되었기 때문에 그것을 시장에 내다 파는 대신에 좋은 걸로 골라서 아씨와 아가씨께서 맛이나 보아 달라고 이렇게 가지고 왔어요. 아가씨께서는 물론 날마다 산해진미만 잡수실 테니 촌에서 나는 이런 거야 언제 잡수어 보셨겠어요? 그저 저희들의 정성으로 아시고 한번 맛이라도 보아주세요."

"고마워요, 할머니! 이렇게 생각해 주셔서."

평아는 다들 어서 앉기를 권하며 자기도 한옆에 앉고 나서 시녀들에게 차를 내오라고 일렀다.

주서의 아내와 장재의 아내가 웃으며 평아에게 말을 건넸다.

"아가씨가 오늘은 어쩐 일로 얼굴에 복숭아꽃이 피었을까? 봄바람이라도 쏘이셨나 봐?"

"참 그럴 거예요. 난 술이라고는 못 마시는 사람인데 이환 아씨와 여러 아가씨들이 붙들고 마구 부어 넣는 바람에 두 잔이나 마셨거든요. 그랬더니 지금도 얼굴이 확확 달아오르는군요."

"나 같은 사람은 술을 먹고 싶어도 주는 사람이 없는 걸요. 다음날 누가 또 아가씨한테 술을 권하시거들랑 저를 데리고 가 주세요."

장재의 아내가 이런 농담을 하자 일동은 다 같이 소리내어 웃었다.

"그런데 아침에 내가 그 게들을 보니까 어떻게나 큰지 한 근에 두세 마리밖에 안 되더군요. 그런 것들만 골라 채롱 두세 개에 가득 담았는데 적어도 칠팔십 근은 족히 될 것 같더군요."

주서의 아내는 잠시 말을 끊었다가 계속했다.

"그렇지만 웃어른들로부터 아랫사람들까지 다 먹을 요량이면 역시 부족할 것 같더군요."

"그렇잖고요. 웃어른들이라 해봐야 한 분이 두 마리나 자셨을까 한 정

유노파가 채소를 싸들고 영국부를 찾아오다

도이고 아랫사람들은 겨우 맛이나 본 사람도 있고 전혀 맛도 못 본 사람도 있을 거예요."

옆에서 듣고 있던 유노파는 입을 딱 벌리고 놀랐다.

"그렇게 큰 게라면 한 근에 오 푼씩 친대도 열 근이면 닷 돈이라, 오오는 이십오에 두 냥 닷 돈, 삼오는 십오에 한 냥 닷 돈, 게다가 술값과 요리값을 한데 넣으면 도합 스무 냥도 넘는군요. 하느님 맙소사! 단 한 끼 식사가 우리네 농갓집의 일 년분 식량값에 맞먹는 셈이네요."

펑아는 웃으며 다른 이야기를 꺼냈다.

"그래, 우리 아씨는 만나 보셨어요?"

"네 만나 뵙지 않고요. 저더러 기다리고 있으라기에 이렇게 앉아있는 거예요."

그러나 유노파는 창 밖으로 해를 보더니 돌아갈 뜻을 보였다.

"이젠 해가 퍽 기운 모양이니 그만 가 봐야겠어요. 이러고 있다가 성문이 닫히는 날이면 큰 낭패니까요."

"그렇기도 하겠군요. 그럼 제가 가 보고 오지요."

주서의 아내가 자진하여 방을 나가더니 한참만에 벙실벙실 웃으며 돌아왔다.

"이 할머니가 오늘은 큰 운이 트셨어. 이 댁의 두 분 어른들과 다 인연이 생겼으니 말이에요."

"어떻게 된 일이에요?"

펑아가 묻자 주서의 아내는 마치 자기가 생색을 내듯 말을 늘어놓기 시작했다.

"희봉 아씨는 할머님 방에 가 계시더군요. 그래서 제가 가만히 아씨의 귀에 대고 유노파가 돌아가려 한다고 여쭈었지요. 늦어지면 성문이 닫힐까봐 그런다고요. 그랬더니 아씨께선 그처럼 먼 곳에서 무거운 짐을

지고 왔는데 어떻게 그냥 가시느냐고, 이왕 늦었으니 하룻밤 쉬고 가시게 하라고 하시더군요. 그러니 이건 아씨하고 인연이 생긴 거지 뭐예요. 또 어디 그뿐인가요? 옆에서 그 소리를 대부인께서 들으시고 유노파가 누구냐고 물으셨어요. 그래서 아씨께서 이러이러한 사람이라고 말씀을 올리셨더니 대부인께서는 매우 좋아하시며 그렇지 않아도 난 세상 풍파를 많이 겪은 늙은이와 이야기를 나누어보고 싶던 차이니 어서 모셔 오라고 하시지 않겠어요? 그러니 이거야말로 하늘이 내리신 인연이 아니고 뭔가 말이에요."

말을 마친 주서의 아내는 어서 내려가자고 유노파를 재촉했다. 뜻밖에 당하는 일이고 보니 유노파는 당황해서 어쩔 줄을 몰라 했다.

"이걸 어쩐담! 내가 이런 꼴을 해가지고 어떻게 그런 귀인들을 만나뵐 수가 있어? 그럴 것 없이 내가 이미 돌아갔다고 여쭈어 달라고요."

"여러 말씀 마시고 어서 일어나세요. 겁내실 것 없어요. 우리 대부인께선 나이 많은 분들과 가난한 사람들을 특별히 동정하시는 분이에요. 셋을 가지고 넷이라고 을러메는 그런 안팎이 다른 사람들과는 전혀 다른 어른이지요. 할머니가 어려워서 그러신다면 내가 이 주서방댁하고 같이 가도록 해 드리지요."

평아는 주서의 아내와 함께 유노파를 안내하여 대부인의 거처로 갔다.

그들이 중문 앞에 이르자 당직을 서고 있던 소동들이 평아가 온 것을 보고 모두 일어섰다.

"아가씨! 저……."

그 중에서 두 아이가 평아의 앞으로 다가왔다.

"무슨 일이야!"

"이젠 날도 퍽 저물었는데 말이에요. 실은 저희 어머니가 앓고 계셔서 제가 의원을 좀 모셔다 드려야겠어요. 그러니 아가씨, 저한테 반나절만 말미를 주실 수 없겠어요?”

“너희들 이젠 점점 더 놀아나려 드는구나. 서로 짜고 번갈아 하루에 한 사람씩 휴가를 얻어 보려고? 희봉 아씨한테는 그런 청을 들지 못하고 왜 나만 붙들고 이러는 거야? 지난번에 주아를 한번 돌려보내 주었다가 내가 얼마나 혼났는지 알아? 마침 서방님이 그 애를 찾으시기로 사정을 말씀드렸더니 너까지 그런 인정을 쓸 필요는 없다시지 않겠어? 그런 걸 오늘은 네가 또 말미를 달라고?”

이때 주서의 아내가 소동의 편을 들어주었다.

“저 애 어미는 정말 앓고 있어요. 이왕이면 보내 주시도록 하세요.”

“그럼 좋아! 하지만 너한테 시킬 일이 있으니 내일 아침 일찌감치 돌아와야 해! 해가 궁둥이를 비치도록 늦잠을 자면 안 돼. 알겠지? 그리고 가거든 왕아한테 내가 그러더라고 일러라. 남은 이자는 내일까지 가져와야 말이지 그렇지 않았다간 아씨께서 숫제 받지 않고 몽땅 너한테 안겨 버리고 말 거라고 말이야.”

“알겠어요.”

소동은 좋아서 껑충거리며 뛰어나갔다.

평아네가 대부인 방으로 들어서니 대관원의 자매들이 모두 모여 할머님을 모시고 앉아 있었다.

유노파의 눈에는 방 전체가 주옥과 비취로 들어찬 듯 싶고 수많은 꽃가지들이 바람에 움직이는 것 같아 누가 누구인지 분간을 못 할 지경이었다. 그런 가운데 긴 침상 위에 백발이 성성한 할머니 한 분이 비스듬히 누워 있고 발치에서는 얇은 비단으로 몸을 감은 아리따운 시녀가 그의 다리를 주무르고 있었다. 또 할머니 옆에는 희봉이 붙어서 무언가 웃으며 이야기를 하고 있었다.

유노파는 첫눈에 누워 있는 할머니가 바로 대부인임을 알아보고 바삐 앞으로 나아가 인사를 드리며 거듭 복을 빌어 올렸다.

"노수성(老壽星)께서는 귀체 무강하시옵니까?"

대부인은 얼른 몸을 일으켜 답례를 하고 나서 주서의 아내를 시켜 의자를 가져오게 해서는 유노파에게 앉기를 권했다. 판아는 여전히 겁에 질린 모습으로 인사도 못 했다.

"사돈댁 할머니는 올해 연세가 어떻게 되오?"

대부인의 물음에 유노파는 얼른 일어서며 대답했다.

"올해 일흔 다섯이옵니다."

대부인은 여러 자매들을 돌아보며 감탄을 했다.

"일흔 다섯에 이렇게 정정한 사람은 정말 드물지 않아? 나보다도 여러 살 위인데도 말이야. 내가 저 나이쯤 되면 아마 운신도 못 할 거야."

"저 같은 인간은 워낙 고생할 팔자를 타고난 사람이지만 노마님께서야 처음부터 복을 타고나신 분이 아니겠어요? 저 같은 인간에게까지 복을 주신다면 천하에 농사지을 사람이 하나도 없게요?"

"그래, 눈이랑 이는 아직 좋으신가요?"

"네, 아직은 괜찮습니다만 금년부터 왼쪽 어금니가 조금씩 흔들리기 시작하는 것 같아요."

"거기에 비하면 난 늙었어! 쓸모가 없게 되었다니까! 눈은 침침하지, 귀는 먹었지, 게다가 기억력은 형편없이 못해졌거든. 그래서 사돈댁과 같은 오랜 친척도 알아보지 못하고 있는 형편이란 말이에요. 이따금 친척들이 찾아오게 되면 혹시 실례가 될까봐 난 만나는 것조차 피하고 있지요. 음식은 씹을 수 있는 걸로 조금씩 먹는 정도이고 잠은 그때그때 자는 시늉만 낼 뿐이고 심심할 때에는 이렇게 손자 손녀들과 한담이나 하고 지내는 것이 고작이지요."

"그게 바로 노마님의 복이라는 게 아니겠어요? 저희들은 그러고 싶어도 그럴 처지가 못 된단 말씀이에요."

"복이라는 게 다 뭐요. 그저 늙어빠진 폐물이지."

대부인의 말에 일동은 까르르 소리내어 웃었다.

"그런데 방금 이 희봉이가 그러는데 사돈댁 할머니가 과일과 채소를 많이 가지고 오셨다지요? 그래서 내가 이 애들더러 어서 좀 가져오라고 일렀지만, 그렇지 않아도 난 밭에서 금방 따낸 것을 한번 보았으면 하던 참이었어요. 시장에서 사들인 건 아무래도 맛이 못할 거란 말이에요."

"촌에서 나는 하찮은 물건이지만 그저 맛이나 보시라고 가져왔을 뿐이에요. 우리네 처지로는 진수성찬 같은 건 생각도 못할 일이니까요."

"오늘 이렇게 서로 알게 된 이상 그냥 돌아가셔서야 되겠어요? 별로 있을 만한 곳은 못 된다 하더라도 한 이틀 묵어 가시도록 해요. 우리 집에도 자그마한 과수원이 하나 있는데 내일쯤 거기서 나는 과일 맛도 좀 보시고. 또 가실 때에 얼마간 가지고 가신다면 모처럼 오신 보람도 있게 되지 않겠어요?"

희봉은 대부인이 매우 기분이 좋은 것을 보고 자기도 유노파에게 묵어 가기를 권했다.

"여기가 할머니네 집만큼 넓지는 못하다 하더라도 빈방만은 한두 칸 있는 터이니 한 이틀 묵어 가시도록 하세요. 그러면서 우리 할머님한테 재미나는 시골 이야기나 많이 들려 드리세요."

대부인은 웃으며 희봉을 가볍게 꾸짖었다.

"애, 그런 말버릇이 어디 있어? 농담을 해도 분수가 있지. 저런 시골 할머니가 그런 농담을 어떻게 농담으로 알아들으시겠니?"

대부인은 시녀들에게 일러 판아에게 과일을 내다 주라고 했다. 그러나 판아는 많은 사람들 앞이라 감히 손을 대지 못하고 있었다. 그것을 본 대부인은 시녀들에게 분부를 내렸다.

"그 애한테 돈을 몇 푼 쥐어주고 조무래기들한테 딸리어 밖으로 데리고 나가 놀도록 해라."

유노파는 차를 마시며 대부인을 상대로 시골에서 보고 들은 일들을 구수하게 이야기했고, 대부인은 유노파의 이야기를 흥미 있게 듣고 있었다.

그러는 중에 밖으로 나갔던 희봉으로부터 사람이 와 유노파를 저녁 식사에 초대했다. 그 소리를 듣고 대부인은 자기의 반찬에서 몇 가지를 유노파에게 가져가도록 일렀다.

희봉은 유노파의 출현이 할머니의 마음에 들었음을 알고 저녁 식사가 끝나자 유노파를 다시 대부인의 방으로 보냈다. 원앙은 급히 늙은 하인에게 유노파를 데리고 가서 목욕을 시키게 하고 자기의 옷 두벌을 꺼내 어주며 갈아입으라고 했다. 이런 경우를 처음 당해 보는 유노파는 서둘러 옷을 갈아입고 나와 대부인 앞에 자리를 잡고 있었다.

이때는 보옥을 비롯한 대관원의 자매들도 모두 자리를 같이 하고 있었는데, 그들에게는 유노파의 이야기가 장님 선생들의 이야기보다 더 재미있었다.

이 유노파로 말하면 몸은 비록 농촌에 살고 있었지만 역시 어느 정도 식견을 가지고 있었고 나이도 나이니만큼 세상 풍파를 많이 겪어온 사람이었다. 그런데 첫째로 대부인이 즐거워할 뿐만 아니라 둘째로 모여든 도련님과 아가씨들이 모두 이야기에 흥미를 느끼고 있었으므로 유노파는 할 이야깃거리가 없으면 꾸며서라도 해야 할 판이었다.

"우리 마을에서는 과수 재배를 하고 농사를 짓고 있는 만큼 바람이 불건 비가 오건 사시사철 어느 하루도 마음놓고 허리를 펼 여가가 없어요. 오는 날도 가는 날도 밭머리나 논두렁에서 살다시피 하며 거기가 바로 일터이자 휴식터이기도 하니까요. 그러다 보니 별의별 일들을 다 보고 듣기 마련이에요.

　이건 지난 겨울에 있었던 일이에요. 한번은 큰눈이 며칠째 계속 쏟아져 내리더니 땅 위에 눈이 석 자도 넘게 쌓였단 말입니다. 그 날도 제가 아침 일찍 일어나서 아직 문 밖에도 나가지 않았을 땐데 밖에서 갑자기 땔나무 부스럭거리는 소리가 나는 게 아니겠어요? 아마 누가 땔나무가 없어서 가만히 빼내가나 보다 생각하며 슬그머니 들창으로 몸을 세워 밖을 내다보았지요. 그런데 그게 우리 동네 사람이 아니더란 말이에요."

　대부인이 듣고 있다가 한마디 거들었다.

　"길 가던 나그네가 추워서 불을 좀 피우려고 그랬던 게지. 땔나무 낟가리가 눈에 띈 이상 그럴 수도 있잖아?"

　"그런데 그게 길 가던 나그네도 아니었어요. 그러니까 이상하더란 말씀이에요. 노마님께선 도대체 어떤 사람이라고 짐작되십니까? 알고 보니 그게 열일곱이나 열여덟쯤 된 아리따운 처녀였단 말입니다. 칠같이 검고 윤기 도는 머리에 붉은 저고리를 입고 흰 비단 치마를 둘렀겠지요."

　여기까지 이야기했을 때 별안간 밖에서 사람들이 떠드는 소리가 들려왔다.

　"괜찮아, 덤비지들 말라고! 노마님께서 놀라시지 않도록 조심해!"

　대부인을 비롯한 일동은 어리둥절했다.

　"웬일이야!"

　밖에 있던 시녀가 달려와 아뢰었다.

　"남쪽 뜨락에 있는 마구간에 불이 났는데 이젠 다 꺼져가니까 안심하시래요."

　워낙 담이 작은 대부인은 불이 났다는 소리에 가만 있지를 못했다. 자리에서 일어선 그는 옆사람들의 부축을 받아 가며 회랑으로 나갔다.

마구간이 있는 동남쪽에는 그때까지도 불빛이 훤하게 비치고 있었다.

"하느님 맙소사! 빨리 가서 화신님한테 빌도록 해라!"

대부인이 이런 분부를 하고 있는데 왕부인 등이 바삐 다가와 대부인을 안심시켰다.

"이젠 불이 다 꺼졌으니 안으로 들어가세요."

대부인은 불이 완전히 꺼진 것을 보고 나서야 일동을 거느리고 방안으로 들어갔다.

"아까 그 처녀는 무엇 때문에 그처럼 깊은 눈 속에서 땔나무를 빼내고 있었던가요? 그러다가 얼어서 병이라도 얻게 되면 어쩌려고."

보옥이 남 먼저 유노파를 재촉하자 대부인은 이내 질색을 하며 손을 내저었다.

"방금 땔나무 소리를 했기 때문에 불이 난 게 아니야? 또 그 소리를 듣겠어? 그 얘긴 그만두고 다른 얘기나 하시라고요."

보옥은 속으로 무척 아쉽고 불쾌했지만 할머님 말씀이라 입을 다무는 수밖에 없었다.

유노파는 잠깐 생각에 잠기더니 다시 입을 열었다.

"우리 마을 동쪽에 또 한 동네가 있는데 그 동네에 한 노파가 살고 있지요. 올해에 연세가 아마 아흔 몇이던 것 같아요. 그런데 이 노파는 매일 깨끗한 음식만 먹고 염불을 외우며 살아오던 끝에 관음보살님의 감동을 받으셨단 말이에요. 어느 날 밤 보살님은 그 노파의 꿈에 나타나서 원래는 너에게 자손이 끊어져야 할 사주이지만 너의 극진한 정성을 어여삐 여겨 내가 옥황상제님께 여쭈어 손자 하나를 점지해주는 것이니 그렇게 알고 하더랍니다. 원래 이 노파에게는 아들이 하나밖에 없었고 또 그 아들에게도 아들이 하나밖에 없었는데 그나마 열일곱 살인가 열여덟 살 때에 죽어버렸거든요. 그래서 여간 비통해하지 않고 있던 참인데 관음보살의 약조가 있은 뒤 또 손자 하나가 생겼단 말입니다. 올해에 벌써 열 서너 살 되었는데 눈덩이같이 맑고 희게 생긴 인물이며 뛰어난 총명과 재주는 정말 보기가 드문 아이랍니다. 이것만 보더라도 신령님이나 부처님의 영험이란 것이 전혀 없지는 않나 봐요."

이 이야기만은 대부인의 마음에 꼭 드는 것이었고 왕부인까지도 이야기에 정신이 팔려 있었다.

그러나 보옥이만은 여전히 그 땔나무를 빼내던 처녀의 이야기에 마음이 쏠리어 다른 소리는 귀에 들어오지도 않았다. 보옥이 멍청히 자기 생각에 잠겨 있는데 탐춘이 가만히 말을 걸어 왔다.

"어제는 상운 아가씨가 시회의 주인이 되어 우리를 청해 주었으니까 우리도 한번 그 답례로 시회를 열고 초청을 해야 되지 않겠어요? 그리고 할머님도 그 자리에 모셔다가 국화 구경을 하시도록 하면 좋지 않아요?"

"그렇지 않아도 할머님은 한 상 잘 차려서 상운이한테 답례를 하시겠다면서 그때에 우리들까지 함께 초청한다고 하셨어. 그러니까 할머니의 초청을 받은 뒤에 우리가 다시 상운을 청해도 늦지 않을 거야."

"그렇지만 뒤로 미룰수록 날씨가 점점 더 추워질 텐데 할머님께서 기꺼이 와 주실까요?"

"할머님은 비가 오고 눈이 오는 것도 즐기시는 터이니까. 차라리 첫눈이 내리는 날을 기다렸다가 할머님을 초청하는 게 어때. 그러면 우리도 눈을 맞으며 시를 짓게 될 테니 그것도 퍽 흥미 있는 일이 아니겠어?"

보옥의 말에 옆에서 듣고 있던 대옥이 끼어들었다.

"눈을 맞으며 시를 지을 거라면 차라리 땔나무를 한 아름씩 가져다가 눈 밑에서 나무를 빼내는 편이 더 재미있지 않겠어요?"

보채를 비롯한 자매들은 그 소리에 일제히 웃음소리를 터뜨렸다. 보옥은 얼핏 대옥을 흘겨보았을 뿐 아무 대꾸도 안 했다.

이윽고 흩어질 시간이 되어 다들 자리에서 일어났다. 보옥은 슬그머니 유노파를 사람이 없는 곳으로 끌고 가서 그 처녀가 누구냐고 캐물었다.

일이 난처하게 된 유노파는 생각나는 대로 꾸며대는 수밖에 없었다.

"실은 우리 마을 북쪽 밭귀퉁이에 조그마한 사당이 하나 있는데 그 안에 모셔져 있는 건 신선도 부처님도 아니지요. 저, 옛적에 어떤 나리 한 분이 있었는데……. 가만있자, 이름이 뭐였더라?"

유노파가 이름을 생각하는 체하며 시간을 끌자 보옥은 속이 타서 재촉을 했다.

"그까짓 이름이야 아무러면 대수인가? 어서 유래만 이야기해 봐."

"네, 그 나리한테는 아들은 없고 명옥이라는 딸이 하나 있었을 뿐이지요. 그런데 그 따님은 못 읽는 글자가 없을 만큼 글공부도 많이 했고 부모들로부터도 극진한 사랑을 받고 있었더랍니다. 그런데 글쎄 그 명옥 아가씨가 열일곱 살인가 살고는 그만 대단치 않은 병으로 앓다가 죽어 버렸군요."

보옥은 발을 구르며 한숨을 내쉬더니 뒷말을 재촉했다.

"그래서 어떻게 되었다는 건가요?"

"부모들은 하도 원통하고 또 딸 생각을 끊지 못하던 끝에 이 사당 하나를 지어서 명옥의 석상을 만들어 앉히고는 가끔 사람을 시켜 향불을 피우게 했지요. 하지만 이젠 너무 오래되었기 때문에 사람도 없어졌고 사당도 허물어졌거니와 그 석상도 요정으로 둔갑을 해버리고 말았지요."

"요정이 됐을 리가 없어요. 그처럼 훌륭한 사람은 죽어서도 죽지 않는 법이니까."

"나무아미타불! 그럴까요? 도련님이 그렇게 말씀을 하시니까 말이지만 우리는 요정으로만 알고 있었던 거예요. 그 죽은 처녀가 늘 사람으로 변해 가지고는 여러 동네의 역마장이나 길에서 왔다갔다하고 있었으니 말이에요. 제가 아까 그 땔나무를 빼내더라는 사람도 바로 그 처녀였어요. 우리 마을 사람들은 그 석상을 깨어버리고 사당을 없애 버릴 공론들이에요."

보옥은 깜짝 놀라며 외쳤다.

"아니! 어서 그러지 못하게 해요! 그 사당을 없애버렸다간 큰 벌을 받게 될 거예요!"

"다행히 도련님께서 이렇게 가르쳐 주시니 말이지 정말 큰일날 뻔했군요. 내일이라도 돌아가면 제가 꼭 그러지 못하게 말리겠어요."

"우리 할머님과 어머님은 공덕을 쌓는 일이라면 여간 즐기시지 않아요. 또 그렇기 때문에 온 집안의 어른 아이 할 것 없이 식구들마다 절간이나 불상을 세우는 일에 시주를 자주 하게 되고요. 내가 내일이라도 주동이 되어 할머니 대신 시주가 되어 드릴 테니 할머니는 나 대신 그 사당을 수축하고 석상도 보수해서 고쳐 앉히도록 해요. 달마다 향불 값은 내가 보내 드릴 테니까요."

"아유, 정말 그래만 주시면 난 그 처녀의 덕분으로 용돈이나마 궁하지 않게 쓰게 되겠네요."

보옥은 또 그 사당이 있다는 마을 이름과 위치를 묻고 나서 그곳을 찾아가려면 어떻게 가야 할 것인가도 알아두었다. 유노파는 아무렇게나 되는 대로 지껄여 주었건만 보옥은 그것을 곧이듣고 자기 방으로 돌아와서도 그 생각을 하느라 온밤을 뜬눈으로 보냈다.

다음날 아침 보옥은 날이 훤하게 밝자 곧 명연이를 불러들여 돈 몇백 문을 꺼내주며 유노파가 말하던 곳을 찾아가 보게 했다. 그는 명연이가 갔다오면 다시 계획을 세워볼 심산이었다.

그런데 심부름을 간 명연이 좀처럼 돌아오지 않아서 보옥은 여간 애를 태우는 것이 아니었다.

명연은 해질녘이 다 되어서야 싱글벙글 웃으며 돌아왔다.

"그래, 어떻게 되었니? 사당은 찾았느냐?"

"도련님이 잘못 들으신 통에 저만 애를 먹었어요. 마을 이름이고 장소고 다 도련님이 알려 주던 것과는 하나도 맞지가 않았어요. 그래서 온종일 돌아다니며 찾아다닌 끝에 동북편 밭귀퉁이에서 다 찌그러져 가는 사당 하나를 발견했지요."

보옥은 그제야 얼굴에 웃음을 띠었다.

"유노파는 나이가 많은 사람이니까 일시 잘못 기억했을 수도 있는 거야. 그래, 그 사당이 어떻더냐? 어서 본 대로 이야기를 해봐!"

"그 사당은 문이 남쪽으로 열려 있었는데 과연 형편없이 퇴락해 있더군요. 그렇지만 온종일 찾아다니기에 애가 달던 판이라 여간 반가운 게 아니었어요. 그래서 얼른 안으로 뛰어들어갔지요. 그런데 전 하마터면 기절할 뻔했어요. 흙으로 빚어 세운 조각상이 정말 산 사람 같더란 말입니다."

보옥은 명연이가 겁을 먹던 시늉을 내자 껄껄 웃었다.

"사람으로 둔갑을 해서 돌아다닌다니까 물론 살아있는 것 같기도 할 테지."

그러나 이번엔 명연이 쪽에서 손뼉을 치며 웃었다.

"그런데 그건 여자가 아니라 시퍼런 얼굴에 빨간 머리칼의 온역신(瘟疫神)이더군요."

그 말에 보옥은 꽥 소리를 질렀다.

"이놈아! 그래 이만한 심부름도 제대로 해 오지 못하는 거냐? 밥통 같으니!"

"도련님은 어디서 무슨 책을 보셨기에, 아니면 누구한테서 무슨 허튼소리를 들으셨기에 그따위 있지도 않은 일을 정말로 믿으신 거예요? 그런 걸 왜 저한테다 심부름을 시켜 놓고선 도리어 저만 나무라시는 거예요?"

명연이가 짜증을 내자 보옥은 얼른 부드럽게 달랬다.

"너만 나무라는 건 아니니까 화를 내지 말아! 다음날 짬이 나거든 다시 한번 찾아가 보도록 해라. 그 노파가 거짓말을 했다면 그런 사당이 있을 리 없는 거지만 만일 정말로 있다고 한다면 너나 나나 음덕을 쌓는 게 되지 않겠니? 그때는 내가 너한테 상금을 톡톡히 줄 테야. 알겠어?"

이때 중문을 지키고 있던 소동이 들어와 아뢰었다.

"노마님 방에 있는 누나들이 중문 앞에까지 찾아와 도련님을 기다리고 있어요."

무슨 일 때문인지는 다음 회를 보시라.

제40회

대부인은 대관원에서 두 차례 연회를 베풀고
원앙은 연회에서 세 차례 주령을 내리다

보옥이 그 말을 듣고 황급히 대부인의 거처에 이르러 보니 시녀 호박이 병풍 앞에 서 있다가 귀띔을 했다.

"어서 들어가 보세요. 다들 기다리고 계세요."

방안에는 대부인과 왕부인을 비롯하여 자매들이 모두 모여앉아 상운에게 차려줄 답례 연회에 대해 의논하고 있었다.

보옥은 자리에 앉으면서 자기의 의견을 말했다.

"제 생각엔 말이에요. 그 자리에 다른 손님이 모이는 것도 아니니까 음식은 가짓수를 정하지 말고 각자가 평소에 즐기는 것으로 몇 가지 준비하면 될 것 같아요. 그리고 특별히 큰 식탁에다 차려 놓을 것 없이 한 사람마다 앞에 다리가 긴 소반을 하나씩 놓고 그 위에 자기가 즐기는 안주를 한두 가지, 그밖에 몇 가지 과자가 담긴 함을 놓아두고 술은 스스로 따라 가며 마시는 게 좋을 것 같아요."

대부인은 보옥의 의견에 찬동했다.

"그러는 게 좋겠구나!"

대부인은 곧 사람을 시켜 주방에 그대로 알리도록 했다.

"내일은 사람 수에 따라 우리가 즐기는 음식을 만들어 함에다 각각 담아놓도록 해라. 그리고 조반도 대관원 안에서 할 테니까 상을 그리로 옮겨 차려 놓도록 하고."

의논이 끝나자 어느덧 저녁 등불을 켤 때가 되었으므로 사람들은 각기 흩어졌다.

다음날은 마침 날씨가 좋았다. 이환은 이른 새벽부터 매우 바빴다. 노파와 시녀들을 시켜 낙엽을 쓸게 하고 연회에 쓸 탁자와 의자를 찾아 닦았다. 술그릇과 찻그릇도 빈틈없이 준비시켜 놓았다.

그러고 있는데 희봉의 방에 있는 시녀 풍아가 유노파와 판아를 데리고 들어왔다.

"에그, 큰아씨께서 매우 바쁘시군요."

유노파의 인사를 이환이 웃으며 받았다.

"그것 봐요. 내가 어제 아무래도 못 가실 거라고 하지 않았어요? 그래도 할머니는 기어코 가신다고 하더니."

"노마님께서 한사코 저를 붙드시며 하루만 재미있게 놀다 가라고 그러시지 않겠어요?"

이때 풍아가 열쇠 꾸러미를 꺼냈다.

"우리 댁 아씨께선 밖에 있는 소반만으로는 부족할 거니까 이층에 예비로 넣어 둔 것들을 내려다 쓰시는 게 좋을 거라고 하셨어요. 우리 아씨께서 직접 오실 생각이었지만 지금 마님과 이야기하시는 중이어서 못 오신다고 하시면서 아씨께서 좀 수고를 해 달라고 그러셨어요."

이환은 소운(素雲)이에게 열쇠를 받게 한 다음 할멈 하나를 띄워 중문에 있는 소동 몇을 불러오게 했다.

이환은 대관루 아래에 서서 위에다 대고 일을 지시했다.

"저 위에 올라가 철금각(綴錦閣)의 문을 열고 다리 긴 소반을 하나씩 들어 내리도록 해!"

소동들이며 노파들 그리고 시녀들이 우르르 올라가 스무남은 개쯤 되는 소반을 하나씩 맞들어 내렸다.

"천천히 조심해서들 해. 왜 그렇게 도깨비한테라도 쫓기듯이 덤벼대는 거야? 그러다가 상 모서리라도 못 쓰게 만들면 어떻게 하려고들 그래?"

이환은 유노파를 돌아보며 말했다

"올라가 보고 싶으시면 올라가세요."

그렇지 않아도 보고 싶은 생각이 굴뚝같던 유노파는 이환의 말이 떨어지기 바쁘게 판아의 손목을 끌고 계단을 밟으며 올라갔다.

이층의 누각 안에는 병풍이며 탁자며 의자며 여러 가지 크고 작은 꽃등 같은 것들이 빼곡이 들어차 있는데 뭐가 뭔지 알아볼 수 없을 만큼 눈이 부시었다.

"아유! 하느님 맙소사!"

유노파는 자기도 모르게 염불을 외우면서 도로 내려왔다. 뒤이어 문이 잠기고 다른 사람들도 뒤따라 내려왔다.

"할머님께서 혹시 기분이 좋으신 김에 뱃놀이를 하실지 모르니까 배에 따르는 삿대며 노 그리고 햇빛을 가리는 데 쓸 장막 같은 것도 전부 가지고 내려오도록 해요!"

소동과 시녀들이 다시 올라가 문을 열고 뱃놀이에 필요한 여러 가지 기구들을 가지고 내려오자 이환은 또 소동들을 띄워 여사공들에게 배 두 척을 기슭으로 저어다 놓고 기다리고 있도록 했다.

이환이 이렇게 한창 일을 준비하고 있는데 대부인이 많은 사람들을 거느리고 나타났다.

"할머님, 어떻게 이처럼 일찍 나오셨어요? 전 할머님이 아직 세수도 못 하셨을 줄로만 알고 있었는데요. 그래서 지금 막 국화를 따서 보내 드리려던 참이었어요."

마침 시녀 벽흔이가 그 소리를 듣고 큰 연잎만한 비취 쟁반에다 방금 꺾은 국화를 한아름 받쳐들고 나왔다. 쟁반 안에는 여러 가지 빛깔의 국화가 가득 담겨 있었다.

대부인은 붉은 것을 하나 집어서 머리에 꽂고는 한옆에 멀찍이 서 있는 유노파를 돌아보았다.

"이리 와서 꽃을 꽂아요."

대부인의 말이 떨어지기 바쁘게 희봉이 다가가 유노파를 대부인 앞으로 떠밀었다.

희봉은 유노파의 머리에 흰 것, 붉은 것 가리지 않고 마구 꽃을 꽂아 주었으므로 일동은 큰 소리로 웃었다.

"내 이 머리가 언제 무슨 공덕을 쌓았기에 오늘 이런 복을 다 누리게 되는 걸까?"

유노파가 어설픈 웃음을 웃자 일동은 유노파에게 희봉을 손가락질해 보였다.

"왜 그걸 뽑아서 저 사람의 얼굴에 던져 주지 못해요? 할머니를 늙은 요정으로 만들고 있는데."

"아녜요. 지금은 이렇게 늙어서 쪼그라져 있지만 나도 젊어서는 한때 멋도 부렸고 꽃도 좋아했었답니다. 오늘 이렇게 멋을 좀 부려 보는 것도 기분이 좋은 걸요, 뭐."

이렇게 웃고 떠들며 걷는 동안 일동은 어느덧 심방정에 이르렀다.

시녀들이 큼직한 비단 방석을 가져다 난간 옆의 의자 위에 펴놓자 대부인은 난간 기둥에 기대어 앉으면서 유노파더러 자기 곁에 와 앉으라고 했다.

"그래, 이 정원을 보시니 감상이 어떠시오?"

유노파는 보살님을 연해 부르고 나더니 수다를 늘어놓기 시작했다.

"우리네 시골 사람들은 연말이 되면 다들 성 안에 들어가 연화(年畵) 같은 걸 사다가 집에 붙이곤 합니다. 그리고는 가끔 모여 앉아 이런 말들을 하지요. 어떻게든 저 그림과 같은 데를 한번 놀러 가야겠다고 말이에요. 그렇지만 생각해 보면 그 그림에 있는 경치라는 것도 꾸며낸 것이지 그런 데가 이 세상에 어디 있으랴 싶더군요. 그런데 오늘 이 정원엘 들어와 보니 그 그림에서 보던 경치보다도 열 배나 더 훌륭하단 말이에요. 만일 누가 이 정원을 그대로 그림에 옮길 수만 있다면 얼마나 좋겠어요? 그걸 제가 집으로 가져다가 마을사람들에게 보여 주게 되면 죽어서도 복을 받게 될 거예요."

유노파의 말에 대부인은 석춘을 가리켜 보였다.

"저 손녀가 그림을 썩 잘 그린다우. 다음날 저 애더러 한 장 그려달라 시구려."

유노파는 반색을 하며 석춘에게로 다가가 손을 끌어잡았다.

"참, 용하기도 하시지! 아가씨는 어린 나이에 어쩌면 그런 재주를 다 가지고 계실까? 얼굴만 곱게 생긴 게 아니라 뛰어난 재주까지 있으시다니 하늘에서 내려오신 선녀나 아니신가요?"

조금 앉아서 숨을 돌리고 난 대부인은 유노파에게 여러 곳을 구경시켜 줄 생각으로 먼저 소상관에 들렀다.

대문을 들어서면서부터 양쪽에 푸른 대나무가 빽빽하게 들어서 있는데 드러난 지면에는 푸른 이끼가 덮여 있고 그 한가운데 자갈을 깔아서 낸 돌길이 꼬불꼬불하게 뻗어 있었다.

유노파는 대부인을 비롯한 여러 마님과 아가씨들에게 길을 사양하여 돌길이 아닌 흙길로 내려서 걸었다.

"할머니! 이 위로 올라와 걸으세요! 이끼가 여간 미끄럽지 않아요."

호박이 유노파를 자갈이 깔린 길로 잡아끌자 유노파는 대수롭지 않다는 듯이 대꾸했다.

"내 걱정은 말아요. 이런 길을 걷는데 이골이 난 사람이니까. 아가씨
들이나 조심하세요. 그 고운 비단신들이 더렵혀져서야 되겠어요?"

유노파는 고개를 쳐들고 말을 하며 걷다 보니 아닌게 아니라 발이 미
끄러지며 휘떡 나가넘어져 엉덩방아를 찧고 말았다.

일동은 손뼉을 쳐가며 좋아라 웃어댔다. 대부인도 따라 웃으며 젊은
이들을 나무랐다.

"못된 년들 같으니! 그렇게 웃고만 있지들 말고 어서 좀 일으켜 드리
지 못하느냐!"

누가 부축해 주기도 전에 유노파는 벌떡 일어나더니 웃으며 주절댔다.

"방금 쓸데없이 입을 놀렸더니 그만 이 주둥아리가 천벌을 받는군
요."

"어디 허리를 상하지나 않으셨소?"

대부인은 걱정스러워 시녀들에게 유노파의 허리를 주물러 드리라고
했다.

"웬걸요, 걱정 마세요. 저 같은 인간의 뼈다귀가 그렇게 무르고서야
되나요? 어느 하루인들 두세 번쯤 넘어지지 않는 날이 있을라고요. 그럴
적마다 주무르다간 농사일은 다 하고 말게요?"

자견이 반죽(班竹: 검정 반점이 있는 대나무)으로 엮은 발을 걷자 다들 대
부인을 따라 안으로 들어와 앉았다. 대옥은 손수 차를 내다 먼저 대부인
에게 드렸다.

"우리는 차를 안 마실 테니 들이지 말도록 해라."

왕부인의 말에 대옥은 곧 시녀를 시켜 자기가 늘 앉곤 하는 창턱 밑의
의자를 가져오게 하여 왕부인에게 앉기를 권했다.

유노파는 창 밑의 책상 위에 붓이며 벼루와 같은 문방구들이 수두룩
하게 갖추어져 있고 책장에 여러 가지 책들이 빼곡이 꽂혀 있는 것을 보

더니 누구에게랄 것 없이 물었다.

"이 방은 어느 도련님의 서재인가요?"

"이건 우리 이 외손녀의 방이라오."

대부인이 웃으며 대옥을 가리켜 보이자 유노파는 대옥을 유심히 살펴보며 감탄을 했다.

"이 방을 누가 규수의 방이라고 보겠어요? 한다 하는 학자님의 방이지!"

"그런데 보옥인 왜 안 보이느냐?"

대부인이 불현듯 생각난 모양으로 시녀들에게 물었다.

"연못에서 배를 타고 계세요."

"누가 또 배까지 준비를 했더냐?"

"아까 이층에서 다리 긴 소반들을 꺼내올 적에 행여나 할머님께서 그런 생각을 하실지도 몰라 제가 미리 준비를 시켰던 거예요."

이환의 대답에 대부인이 다시 입을 열려는데 하인의 전갈이 왔다.

"설부인께서 오셨습니다."

대부인들은 얼른 일어나 설부인을 맞아들였다.

"오늘 할머님께선 몹시 즐거우신 모양이죠? 이렇게 일찌감치 거동을 하셨을 적엔."

설부인이 인사의 말을 건네자 대부인은 빙그레 웃으며 엄포를 놓았다.

"그렇지 않아도 방금 말하던 참이었다. 늦게 온 사람한테는 벌을 주기로 말이야. 그런데 보채 어미가 걸려들었군 그래."

"그렇다면 벌을 받지요."

한동안 이렇게 웃으며 이야기를 주고받던 대부인은 사창의 빛깔이 바랜 것을 보고 왕부인에게로 얼굴을 돌렸다.

"이 깁은 갓 발랐을 때는 보기 좋지만 조금 지나면 이내 색이 바래서 좋지 못해. 이 집엔 복숭아나무나 살구나무는 없고 있는 것은 푸른 대나무뿐인데 여기다 또 푸른 깁을 발랐으니 조화될 리가 없잖아? 내 기억엔 집에 아직 네댓 가지나 되는 비단이 있을 것 같은데 저 창문을 다른 빛깔로 바꾸어 주도록 하렴."

희봉이 얼른 뒤를 받았다.

"어제 제가 창고를 열어 보니까 큰 장롱 안에 분홍빛 선익사(蟬翼紗)가 몇 필 잘 되더군요. 여러 가지 꽃무늬가 놓인 것도 있고 구름에다 만(卍)자와 복(福)자를 수놓은 것도 있고 꽃에다 나비를 어울려 놓은 것도 있는데 모두 빛깔이 곱고 가볍고 발이 잘 짜여져 있었어요. 전 그런 건 처음 보는 거지만 한 두어 필 꺼내다가 이불을 만들면 제격일 것 같아요."

대부인이 말을 받았다.

"쳇! 다들 너를 보고 모르는 게 없다고 칭찬을 한다만 넌 그 비단이 어떤 건지도 모르는구나! 그러고도 또 큰소리를 칠 테냐?"

대부인은 희봉을 놀려 주었다.

"저 애가 아무리 아는 것이 많다기로 어떻게 할머님을 따를 수가 있겠어요? 이왕이면 할머님께서 가르쳐 주세요. 저희들도 좀 알아두게요."

설부인을 비롯하여 다들 대부인의 기분을 돋우어 주는데 희봉이 옆에서 재촉을 했다.

"할머님, 어서 말씀해 주세요."

대부인은 마지못해 일동을 돌아보며 입을 열었다.

"그건 너희들 나이보다 더 오래된 물건이야. 방금 이 애가 선익사라고 한 것도 무리는 아니지. 사실은 그것하고 많이 닮았으니까. 모르는 사람은 다 선익사로 볼 수밖에. 그렇지만 진짜 이름은 연연라(軟烟羅)라고 하는 거야."

"그 이름 정말 듣기 좋네요. 전 이만큼 자라오면서 사(紗)니 라(羅)니 하는 걸 수백 가지나 보아 왔지만 그런 이름은 처음 들어요."

대부인은 희봉이가 끼어드는 통에 하던 말을 잠깐 끊었다가 계속했다.

"이년아! 네가 나이를 먹었으면 얼마나 먹었기에 또 입을 놀리는 거냐? 그 '연연라' 라는 건 모두 네 가지 빛깔이 있는 거야. 하나는 비 온 뒤의 하늘과 같은 연푸른색, 하나는 가을날의 향기를 연상케 하는 흙색, 하나는 소나무잎 같은 녹색, 나머지 하나는 연분홍색 이렇게 네 가지 종류지. 그런데 그걸로 휘장을 만들거나 창문에 발라 놓고 먼 데서 보노라면 꼭 안개구름이 낀 것 같다고 하여 '연연라'라고 부르는 거야. 그 연분홍 빛깔의 것은 하채사(霞彩紗)라고도 하지만 어쨌든 궁중에서 쓰는 상등사(上等紗)도 우리 집에 있는 것만큼 부드럽고 가볍고 탄탄하지는 못해."

"그런 비단은 희봉이뿐만 아니라 저희들도 듣느니 처음이에요."

설부인이 이렇게 대꾸하는 동안 희봉은 벌써 사람을 띄워 연연라를 한 필 가져오게 했다.

"바로 이거야. 처음엔 창문에나 바르던 건데 나중에 시험삼아 이불도 만들고 휘장으로도 써 봤더니 아주 좋았지. 내일이라도 몇 필 내어다 분홍빛으로 이 방의 창문을 새로 바르도록 해라."

"네, 알겠어요."

희봉이 대답을 하는데 다른 사람들은 연연라를 들고 구경하면서 감탄을 했다. 유노파는 눈이 흘려 '나무아미타불' 을 연발했다.

"세상에 우리 같은 사람은 이런 걸로 옷을 지어 입으려 해도 없어서 못 해 입는 판인데 이걸 글쎄 문에다 바르다니요!"

대부인은 머리를 내저었다.

"이걸로 옷을 만들기엔 적당치가 않아요."

그러자 희봉이 자기가 입고 있는 붉은 금사(錦紗) 저고리의 옷깃을 펴 보이며 대부인과 설부인에게 물었다.

"이 저고리는 어떠세요?"

"그것도 물론 좋기야 하지. 그건 지금 황실에서 쓰는 것으로 궁중에서 짠 거니까. 그렇지만 이것보다는 못한 것 같아."

"이렇게 얇은 걸 어떻게 궁중에서 쓴다는 거예요? 보통 관리들이 쓰는 것보다도 못한 것 같은데."

"어쨌건 얘야, 한번 더 찾아보거라. 틀림없이 푸른빛 깁이 더 있을 테니까. 있거든 전부 내다가 먼저 이 유씨한테 두어 필 드리고는 내 방에도 휘장을 하나 만들어 걸도록 해라. 그러고도 남게 되면 딴 천으로 안을 대어 조끼라도 해 입게 하녀들에게 나누어주어라. 공연히 구석에 처넣어 두고 곰팡이나 슬게 할 것 있니?"

희봉은 그러마고 대답한 뒤 시녀더러 그것을 다시 가져다 두라고 일렀다.

"이 방은 좁아서 오래 앉아 있을 데가 못 되니 다른 곳으로 가보지 그래."

유노파는 또 염불을 외웠다.

"대갓집에서는 큰 집을 쓰고 산다더니 과연 그렇군요. 어제는 노마님의 정방을 보니까 큰 장롱이며 큰 궤짝, 큰 탁자며 큰 침상들이 모두 위압을 느낄 만큼 으리으리하더군요. 그 큰 궤짝만 해도 우리네 방 한 칸보다도 더 높고 더 크더란 말이에요. 뜨락에 사다리가 놓여 있기로 처음에는 이 댁에서 지붕에 올려다 말릴 물건 같은 건 없을 텐데 사다리를 해서 무엇하나 생각했더니만 나중에 알고 보니 궤짝 위에 올라가 물건을 넣거나 꺼내자면 그게 없이는 안 되겠더란 말이에요. 그런데 오늘 이 작은 방을 보니 방은 작아도 짜임새는 오히려 큰 방보다 더 아담하단 말이에요. 이 방에 꽉 들어찬 기물들이 다 무얼 하는 데 쓰는 건지는 몰라도 보는 눈에 도무지 싫지가 않아서 여길 떠나고 싶은 생각이 안 나는군요.”

“할머니, 여기보다 좋은 데가 얼마든지 있어요. 제가 오늘 전부 구경시켜 드리지요.”

희봉의 말이 끝나자마자 일동이 소상관에서 나오는데 멀리 연못 가운데서 사람들이 배를 젓고 있는 것이 보였다.

“이왕 배를 준비해 놓았다니 우리도 배를 타기로 하지.”

대부인은 일동을 이끌고 자릉주(紫菱洲) 쪽으로 걸어갔다.

그들이 미처 연못가에 이르기도 전에 몇 명의 노파들이 저마다 손에 똑같이 금박을 상감한 찬합을 들고 다가왔다.

희봉이 그것을 보고 얼른 왕부인에게 물었다.

“조반은 어디다 차려 놓을까요?”

“할머님한테 여쭈어서 좋으실 대로 하려무나.”

대부인이 그 소리를 듣고 고개를 돌렸다.

“탐춘의 방이 좋지 않니? 네가 먼저 가서 차려 놓으렴. 우리는 여기서 배를 타고 갈 테니.”

대부인의 분부가 내리기 바쁘게 희봉은 이환, 탐춘, 원앙, 호박 그리고 찬합을 든 노파들을 데리고 돌아섰다. 지름길로 추상재(秋爽齋)에 이른 그들은 효취당(曉翠堂)에다 식탁과 의자들을 늘어놓았다.

문득 원앙이 웃으며 입을 열었다.

“이건 저희들이 늘 하는 이야기지만 대감님들이 술을 드실 때엔 언제나 꼭두각시 같은 인물이 있어서 옆에서 웃겨 드린단 말이에요. 그런데 오늘 우리한테도 그런 사람이 하나 생겼군요.”

이환은 얌전한 사람이라 그 소리를 듣고도 무슨 말인지 몰랐지만 희봉은 그것이 유노파를 두고 하는 말인 것을 알아듣고 따라 웃었다.

“오늘 그럼 그 노파를 웃음거리로 삼아 볼까?”

두 사람은 이러저러하게 하자고 수군덕거렸다. 이환이 그 눈치를 채고는 웃으며 나무랐다.

"하라는 좋은 일은 하지 않고 아이들같이 못된 장난만 일삼는다니까. 그러다간 할머님한테 야단맞아요."

"아무 상관없는 일에 무슨 참견이실까? 책임은 내가 질 테니 걱정마세요."

원앙이 이렇게 말하며 깔깔거리는데 대부인 일행이 들어섰다. 각기 제자리에 가서 앉기를 기다려 시녀들이 차를 내왔다. 차를 마시고 나자 이번엔 희봉이 은박을 박은 오목(烏木) 나무젓가락을 행주에 싸 들고 와서 식탁 위에 사람 수대로 차례차례 늘어놓았다.

"그 들메나무로 만든 작은 탁자 있잖니? 그걸 갖다가 이 유 할머니를 내 옆에 가까이 앉도록 해라."

대부인의 분부대로 사람들이 탁자를 옮겨오는 동안 희봉은 원앙에게 눈짓을 해 보였다. 그러자 원앙은 유노파를 한옆으로 데리고 가서 무어라고 한참 귓속말로 소근거렸다. 그리고는 끝으로 한마디 더 당부하는 것이었다.

"알 만하시지요? 이건 우리 가문의 풍속이니까 잘못 했다간 웃음거리가 되기 쉬운 거예요."

모든 준비가 끝나자 다들 제자리에 돌아와 앉았다.

설부인만은 아침을 먹고 왔기 때문에 그냥 한옆에서 차만 마셨다. 대부인은 보옥, 상운, 대옥, 보채와 같이 한 식탁에 앉고 왕부인은 영춘, 석춘, 탐춘이와 같은 식탁에 앉았으며 유노파는 대부인 옆에 독상을 차지하고 있었다.

평소에 대부인이 식사를 할 때면 보통 견습 시녀들이 옆에서 양칫물 그릇이며 수건 같은 것을 들고 있기 마련이었고 원앙이 같은 지체 높은 시녀는 이런 일에는 손을 대지 않았다. 그러나 오늘만은 예외로 원앙이 대부인의 옆에서 그 소임을 맡고 있었다. 시녀들은 그가 유노파를 놀려 줄 심산인 것을 알아채고 옆으로 물러섰다.

원앙은 시중을 들면서 가만히 유노파에게 귀띔을 했다.

"잊지 마세요."

"참 아가씨도 안심하시라고요."

유노파는 자세를 고쳐 앉으며 젓가락을 집어들었다. 그런데 웬 젓가락이 이렇게 무거운 것일까? 손에 들기조차 힘들 지경이었다. 희봉과 원앙이 짜고서 유노파에게만은 금을 상감하여 모를 낸 상아 젓가락을 놓아주었던 것이다.

"원, 이 집게는 우리 집에 있는 가래만큼이나 무겁네요. 이걸로야 어디 음식을 먹을 수가 있겠나?"

일동은 유노파에게 눈길을 모으며 왁자하게 웃었다.

이때 한 어멈이 찬합을 들고 가운데로 나와 서더니 시녀 하나가 다가가 찬합 뚜껑을 열었다. 찬합 안에는 반찬 두 그릇이 담겨 있었다. 이환이 그 중 하나를 집어서 대부인의 탁자에 놓아 드리자 희봉은 얼른 비둘기 알이 담긴 나머지 그릇을 집어 유노파의 식탁에 놓아주었다.

"어서 들어요."

대부인이 먹기를 권하는데 유노파는 자리에서 벌떡 일어서며 큰소리를 쳤다.

"유노파여, 유노파! 임자는 식성이 소만큼 커서 암퇘지라도 통째로 삼키련만 이건……."

그리고는 고개를 숙이고 두 볼을 풀떡거렸다.

일동은 처음에는 무슨 영문인지 몰라 멍하니 있다가 나중에야 그 소리를 알아듣고 집이 떠나가게들 웃어댔다. 상운의 입에서는 밥알이 튀어나왔고 대옥은 웃다가 숨이 막혀 탁자에 엎드린 채 비명을 올렸다. 보옥은 어느 결에 대부인의 품으로 안겨 들었고 대부인은 보옥을 끌어안은 채 '이건 나까지 죽겠구나' 하고 역시 숨을 제대로 쉬지 못했다. 왕부인은 희봉에게 손가락질을 하면서도 말이 나오지 않아 쩔쩔매고 설부인은 입에 물었던 차를 뿜어 탐춘의 치마를 적셔 놓았다. 탐춘은 들고 있던 밥공기를 몽땅 영춘의 무릎에다 엎어 버렸다. 석춘은 자리를 떠나 유모에게 배를 문질러 달라고 있었다.

아랫사람들도 어느 하나 허리를 꺾지 않는 사람이 없었다. 웃다 못해 밖으로 나가 쭈그리고 앉는 사람이 있는가 하면 나오는 웃음을 억지로 참으며 아가씨들의 젖은 옷을 갈아입히는 사람도 있었다.

유독 희봉과 원앙만은 나오는 웃음을 용케 참아 가며 유노파에게 어서 먹기를 권했다. 유노파는 권유에 못 이겨 젓가락을 들기는 했지만 어떻게 된 영문인지 잘 집어지지가 않았다.

"이 댁의 물건은 닭까지도 미인인 모양이지요? 알을 낳아도 요렇게 깜찍하고 고운 걸 보니. 이건 차라리 먹지 말고 집에 가져다 씨를 받았으면 좋겠네요."

겨우 웃음을 참아 가던 일동은 그 소리에 또다시 웃음보를 터뜨렸다.

대부인은 웃다 웃다 눈가를 훔치고 있었다. 호박이 뒤에서 대부인의 잔등을 토닥여 주었다.

"이건 틀림없이 저 희봉이년의 장난일 거야! 이제부터는 저년의 말을 듣지 말아요."

대부인이 웃으며 희봉에게 핀잔을 주었다.

그러나 희봉은 유노파가 달걀 칭찬을 하며 집에 가져다 씨를 받아야겠다고 하자 짐짓 웃으며 대꾸했다.

"이건 하나에 한 냥씩이나 하는 거예요. 그러니 어서 잡수세요. 식으면 맛이 없어요."

유노파는 젓가락을 뻗쳐 비둘기알을 집으려 했다. 그러나 아무리 애를 써도 알은 그릇 안에서 뱅글거릴 뿐 좀처럼 집어지지 않았다. 그나마 겨우 하나를 집어서 입 안에 넣으려고 목을 늘이는 찰나에 알은 젓가락에서 빠져 탁자 아래로 떨어져 버렸다. 유노파는 냉큼 젓가락을 놓고 손으로 그것을 집으려 했지만 어느새 누가 집어가 버렸는지 보이지 않았다. 유노파는 제풀에 한숨을 내쉬었다.

"아뿔사! 한 냥 돈이 소리 없이 자취를 감추고 말았네!"

사람들은 이미 밥 먹을 생각을 잊고 유노파가 웃기는 데만 정신이 팔려 있었다.

한참만에 대부인이 입을 열었다.

"누가 또 그런 젓가락을 내놓은 거야? 손님을 청해서 큰 잔치를 하는 것도 아닌데. 그것도 희봉이년이 시킨 거지? 어서 바꿔 드리지 못하겠니?"

물론 그 상아 젓가락을 내온 건 희봉과 원앙이었다.

희봉은 대부인의 명령에 곧 그 젓가락을 거두고 다른 사람들과 똑같이 은을 상감한 오목나무 젓가락을 가져다 놓았다.

"금붙이가 가더니 이번엔 은붙이가 왔군요. 좋기는 하지만 아무래도 우리 집에서 쓰는 나무젓가락보다는 손에 익지가 못해요."

"그렇지만 할머니, 음식에 혹시 독이 들어 있더라도 이 은젓가락을 넣으면 당장 알아내게 돼요."

희봉의 설명이었다.

"이런 요리에 독이 들어 있다고 한다면 우리네 집에서 먹는 음식엔 전부 비상이 들어 있는 셈이군요. 독을 만나 죽는 한이 있더라도 이런 음식은 배껏 먹어야겠어요."

유노파가 이렇듯 익살을 부려 가며 맛나게 먹는 것을 보고 대부인은 자기 상에 놓인 요리를 몽땅 유노파의 상에 옮겨 놓아주었다. 그리고 할멈 하나를 불러서 판아한테도 음식을 몇 접시 더 가져다 주라고 일렀다.

이윽고 식사를 끝낸 대부인은 탐춘의 방으로 들어가 한담을 나누며 쉬었다.

한편 효취당에서는 먹고 난 상들을 치우고 나서 따로 한 상을 차리더니 희봉과 이환이 마주 앉아 식사를 했다. 옆에서 그들이 먹는 것을 보고 있던 유노파가 입을 열었다.

"다른 일은 모르겠지만 이 댁의 풍속만은 정말 감복할 만해요. '예도는 큰 집에서 난다' 더니 옛말 그른 데가 없는 것 같아요."

희봉이 손을 내저으며 웃었다.

"하지만 할머니, 오해는 하지 말아 주세요. 아까는 일부러 웃기느라고 그랬던 거예요."

때마침 원앙이 밖에서 들어서며 같은 소리를 했다.

"할머니 정말 화를 내진 마세요. 기분이 언짢으셨다면 제가 용서를 빌겠어요."

"아가씨도 참 별말씀을 다 하시네요. 다 노마님을 즐겁게 해드리느라고 한 노릇이 아니겠어요? 아가씨가 그렇게 귀띔을 하시자 난 이내 알아차렸던 거예요. 내가 정말 화가 났을 것 같으면 아무 말도 안 했을 게 아녜요?"

원앙은 짐짓 옆에 서 있는 시녀들을 몰아세웠다.

"무엇들 하고 있는 거야? 어서 할머니께 차를 따라 드리지 않고."

"방금 그 아가씨가 따라 주어 마시고 난 참인 걸요. 아가씨도 어서 식사나 하세요."

유노파가 한옆으로 비켜서자 희봉이 원앙을 끌어당겼다.

유노파의 익살에 배꼽을 잡고 웃다

"그럴 것 없이 여기서 우리하고 같이 먹자고."

원앙이 자리에 앉자 할멈들이 밥공기와 수저를 가져다 놓았다.

그들 셋이 밥을 다 먹기를 기다려 유노파가 웃으며 한마디했다.

"어쩌면 그렇게들 자시고도 배들이 안 고프실까? 그러니까 바람이 불면 날아갈 것같이 몸들이 가냘프시지."

이때 원앙이 할멈들에게 물었다.

"오늘은 남은 요리가 많았을 텐데 다 어떻게 했어요?"

"아직 모임이 파하지 않은 걸요. 나중에 모임이 파하거든 그때에 다시 내놓고 나누려고 그냥 놔두었어요."

"그래도 다 먹지는 못할 거니까 지금 한두 접시 골라서 희봉 아씨네 집에 가져다가 평아에게 주도록 해요."

"그 앤 이미 먹었으니까 안 보내도 돼."

희봉이 옆에서 말렸으나 원앙은 듣지 않았다.

"평아가 안 먹거든 아씨네 고양일 먹여도 되잖아요?"

할멈들은 그 소리에 급히 음식 두 그릇을 골라 찬합에 담아서 사람을 평아에게 보냈다.

"소운이는 어디 갔을까?"

원앙의 물음에 이환이 돌아보며 되물었다.

"그 애들은 다 이쪽에 모여서 식사를 하고 있는데 갑자기 왜 찾는 거야?"

"그렇다면 됐어요."

"오늘 습인이가 안 왔는데 그 애한테도 두어 가지 음식을 골라 보내도록 하지 그래."

희봉이 옆에서 귀띔을 하자 원앙은 곧 사람을 시켜 음식을 습인에게 보냈다. 원앙은 할멈들을 돌아보며 물었다.

"돌아와 술을 마실 때에 쓸 음식들은 준비해 놓았겠지요?"

"아마 좀더 기다려야 할 거예요."

"가서 좀 독촉을 하라고요."

할멈들이 대답을 하고 물러가자 희봉이네도 탐춘의 방으로 건너갔다. 방안에서는 여인들이 한창 웃고 떠들며 이야기를 나누고 있었다.

탐춘은 워낙 밝고 탁 트인 환경을 좋아하기 때문에 방 세 칸을 사이벽도 없이 통방으로 쓰고 있었다. 방안 한가운데에 화리(花梨) 대리석의 큰 탁상이 하나 놓여 있고 그 위에 명인들의 숱한 법첩(法帖: 서법)이며 수십 개나 되는 벼룻돌이 놓여 있는데 옆에는 여러 가지 모양의 붓통에 붓들이 수풀처럼 가득 꽂혀 있었다.

그 맞은편에는 여주(汝洲)에서 만든 큰 꽃병에 수정 알처럼 흰 국화가 가득 꽂혀 있었다. 서쪽 벽에는 가운데에 양양(襄陽: 북송의 유명한 화가)의 「연우도(烟雨圖)」가 걸려 있고, 그 양쪽에 안로공(顔魯公: 당나라의 명필 안진경)의 필적으로 된 대련이 붙어 있었다.

연기 낀 노을은 그 기품 한가롭고   烟霞閒骨格
돌 틈의 샘물은 한평생 줄기차구나   泉石野生涯

그밖에도 한 탁상 위에 큼직한 세발솥이 놓여 있는데 그 왼쪽의 붉은 단향목 시렁 위에는 큼직한 쟁반이 놓여 있고 그 쟁반 안에는 수십 개나 되는 깜찍하고 깨끗한 불수감(佛手柑)이 담겨 있었다. 또 오른쪽의 칠을 먹인 서양식 시렁에는 가재미형의 옥경(玉磬)이 매달려 있었으며 그 옆에 조그마한 망치가 하나 꽂혀 있었다.

판아도 이젠 제법 담이 커지고 익숙해져 그 망치를 집어들고는 경을 치려고 했다. 시녀들이 그러지 못하게 하자 이번엔 불수감을 먹겠다고 칭얼대는 것이었다.

탐춘은 불수감을 하나 집어서 판아에게 주며 달랬다.

"가지고 놀아라. 그러나 먹어서는 안 되는 거야."

방안 동쪽에는 화려한 침상이 놓였는데 그 위에는 꽃과 벌레의 그림을 수놓은 푸른빛 휘장이 드리워져 있었다. 판아는 그쪽으로 달러가더니 장막에 수놓인 벌레들을 짚어 가며 떠들어댔다.

"이건 여치야! 이건 메뚜기고!"

유노파가 보다 못해 판아의 볼따귀를 찰싹 때려 주었다.

"이 되지 못한 녀석아! 어디라고 이렇게 함부로 놀아나는 거냐! 너를 이런 데 들여놓은 것만도 어디 생각이나 할 뻔한 일인 줄 아니?"

판아는 그만 '으앙—' 하고 울음을 터뜨리고 말았다.

사람들이 달려들어 여러 가지로 얼러서야 아이는 겨우 울음을 그쳤다.

대부인은 사창으로 밖을 한참 내다보더니 혼잣소리를 했다.

"저 뒤쪽에 있는 오동나무도 이젠 보기가 괜찮구나. 조금 가늘기는 하지만."

이때 북소리와 꽹과리 소리가 은은히 바람에 실려 왔다.

"어느 집에서 혼례가 있는 모양이지? 여긴 거리 쪽에서 가까운 곳이니까."

대부인이 누구에게랄 것 없이 하는 소리에 왕부인이 웃으며 아뢰었다.

"거리에서 나는 소리가 어떻게 여기까지 들릴 수 있겠어요? 저건 우리 집에 있는 계집애들이 주악을 연습하고 있는 소리랍니다."

대부인은 그 말을 듣고 제풀에 웃었다.

"그래? 이왕 연습을 하는 거라면 차라리 이곳으로 불러들이는 게 좋지 않아? 저희들도 신이 날게고 우리도 심심풀이로 구경을 할 수 있을 것이고."

희봉은 듣기가 바쁘게 그 아이들을 부르러 사람을 보내고 나서 즉시 긴 탁자를 가져다 놓고 그 위에다 붉은 우단을 깔도록 분부를 내렸다. 그 것을 본 대부인이 의견을 내놓았다.

"여기다 펴지 말고 우향사의 물 위에 있는 정자에다 펴도록 하렴. 물소리까지 함께 들으면 더욱 풍취가 있을 게 아니냐? 우리는 바로 철금각 아래에 자리를 잡고 앉아서 술을 마실 테니까 거기라면 넓기도 하려니와 가까워서 듣기도 좋을 거야."

"정말 거기가 좋겠군요."

다른 사람들도 대부인의 의견에 찬동했다. 그러자 대부인은 곧 설부인을 재촉했다.

"자, 그럼 우리는 일어나 가보지 않으시겠소? 이 아가씨들은 남이 와서 오래 앉아 있으면 싫어한단 말이야. 방이 어지러워질까봐. 우리도 그만한 눈치는 차려야지. 이만큼 앉아 있었으면 이젠 나가서 술이나 나누자고요."

대부인의 재촉에 다들 일어서는데 주인인 탐춘이 웃으며 말했다.

"아이, 할머니도! 무슨 그런 말씀을 다 하세요? 할머님, 이모님, 그리고 큰어머님이 이렇게 제 방에 한번 오시기가 어디 쉬운 일인가요?"

"아니야, 이 탐춘이년만은 좋아. 다만 저 '옥'자를 가진 두 아이가 미워서 그래. 나중에 한잔하고 나서 취하게 되면 일부러 저 애들 방에 가서 분탕을 쳐 놔야지."

대부인의 농담에 일동은 다 같이 웃었다.

탐춘의 방에서 나온 일행은 얼마 가지 않아 행엽저(荇葉渚)에 이르렀다. 고소(姑蘇) 지방에서 데려온 여사공들이 급히 배 두 척을 저어왔다. 대부인을 비롯한 왕부인, 설부인, 유노파 그리고 원앙과 옥천아가 한배에 올라타자 뒤떨어졌던 이환과 희봉도 얼른 대부인의 배에 올라탔다.

희봉인 뱃머리로 다가가더니 배를 저으려 했다. 그것을 본 대부인이 소리쳤다.

"애, 애! 쓸데없는 장난은 그만두어라! 강물은 아니라 해도 물이 여간 깊지를 않아! 어서 이리온!"

"괜찮아요, 할머니! 염려 마세요."

삿대에다 힘을 주어 기슭을 떠미니 배는 튕겨나듯 연못 가운데로 미끄러져 갔다. 그러나 배는 작고 사람은 많아서 배가 심하게 흔들렸으므로 희봉은 곧 현기증을 느껴 손에 쥐었던 삿대를 얼른 여사공에게 맡기고는 배 안쪽으로 들어와 쪼그리고 앉았다.

영춘의 자매들과 보옥이 탄 배가 앞선 배를 뒤따르고 있었다. 그밖의 할멈과 시녀들은 연못 기슭을 따라 걸어들 갔다.

"저 말라빠진 연잎들이 정말 보기가 싫으네. 왜 사람들을 시켜 진작 뽑아버리지 못했더람!"

보옥의 느닷없는 소리에 보채가 핀잔을 주었다.

"그렇지만 요사이 어디 그럴 여가가 있었던가요? 매일 놀이에만 정신이 빠져 그런 일에 머리 쓸 사이는 없었거든요."

옆에서 대옥이 한마디 거들었다.

"난 이의산(李義山: 당나라의 시인 이상은)의 시를 좋아하지만 그 중에서도 '마른 연잎을 남겨 두어 빗소리를 듣노라(留得殘荷聽雨聲)'[1] 하는 구절이 제일 좋아요. 그런데도 오빠는 그걸 없애 버리겠다는 거예요?"

"듣고 보니 정말 좋은 글귀로군. 그럼 뽑아 버리지 말라고 하지."

그러는 동안 배는 어느덧 갈잎이 무성한 기슭에 와 닿았다.

---

1) 당나라 이상은(李商隱)의 『숙락씨정기회최옹최곤(宿駱氏亭寄懷崔雍崔袞)』에 나오는 구절이다. 원문에는 '잔(殘)'이 '고(枯)'로 되어 있다.

공기가 차서 살갗이 선뜩선뜩한데다 양쪽 기슭으로 마른 풀들이 이따금 바람에 흔들리며 가을의 풍정을 더해 주고 있었다.

대부인은 언덕 위의 맑고 상쾌한 경치와 집을 올려다보며 물었다.

"여기는 아마 보채가 있는 집이지?"

"네."

그렇다는 일동의 대답에 대부인은 배를 기슭에 갖다 대라고 했다. 그리고는 대리석으로 된 층계를 밟고 뭍에 올라 형무원으로 들어갔다.

일행이 대문 안으로 들어서니 그윽한 향기가 코를 찔렀다. 뜨락에는 이름 모를 풀과 덩굴이 푸르게 깔려 있는데 덩굴에는 산호 같은 열매들이 주렁주렁 탐스럽게 달려 있었다.

일행은 곧장 방 안으로 들어섰다. 눈처럼 흰 방에는 골동품 하나 놓여 있는 것이 없었다. 다만 책상 위에 놓인 정주(定州) 제품의 꽃병에 국화가 네댓 가지 꽂혀 있고 그 옆에 책 두 권과 찻종이 하나 놓여있을 뿐이었다. 침상에는 청사(靑紗) 휘장이 드리워져 있고 이부자리도 극히 검소한 것이었다.

그것을 본 대부인이 웃으며 입을 열었다.

"이 애는 정말 욕심이 없구나. 어쩌면 방 치장을 이토록 안 해 놓았어? 이모한테 말해서 가져다 쓸 노릇이지. 난 이런 줄을 모르고 미처 생각을 못 했구나. 물론 집에 있는 물건을 안 가지고 와서 그럴 테지만."

대부인은 원앙에게 골동품을 좀 가져다 이 방에 놓도록 이르고 나서 희봉을 돌아보며 나무랐다.

"너도 퍽 깍쟁인가 보구나. 이 애에게 왜 진작 무얼 좀 보내 주지 못했니?"

"몇 번 보내 주었지만 본인이 싫다며 돌려보내는 걸 어떡해요, 할머니?"

왕부인과 희봉이 웃으며 변명하자 설부인이 나서며 참견했다.

"이 앤 집에서도 그런 물건에는 별로 흥미를 갖지 않는 성격이었어요."

대부인은 고개를 내저었다.

"아니야, 그래선 못써. 제 딴에는 아끼느라고 그럴 테지만 친척이나 누가 와서 보게 되면 체면이 깎이지 않겠니? 그리고 나이 젊은 아가씨의 방이 이렇게까지 검소해서야 어디 쓰겠느냐? 이런 꽃다운 아가씨가 이런 방에 있어야 한다면 나같이 늙어빠진 것은 진작 외양간에나 가서 살아야겠구나? 너희들도 보았겠지만 연극이나 야담 같은 데 나오는 아가씨들 방이 얼마나 훌륭하던가 말이야. 이 애들이 그런 공주님 같은 아가씨들과 비할 것은 못 된다 하더라도 너무 격에서 벗어나서야 되겠느냐? 갖다 놓을 만한 물건이 전혀 없다면 또 모르겠지만 물건을 두고도 왜 안 쓴단 말이냐? 물론 검소한 것을 즐기는 성격이라면 좀 적게 쓸 수야 있겠지. 난 워낙 방 치장에는 취미도 있거니와 자신도 있어. 하지만 지금은 늙고 보니 그럴 생각도 안 나는구나. 너희네 젊은것들도 방 치장하는 법을 배워 두는 게 좋을 거야. 같은 물건을 가지고도 잘못하면 오히려 속되어 보이는 수가 있으니까. 이제라도 내가 한번 손을 대 볼까? 우아하면서도 잘 조화되도록 해 놓을 수 있어. 내게 아직 두세 가지 아껴 온 물건이 있는데 보옥이한테도 안 보였던 게 있거든. 보옥이의 눈에 띄었다면 당장 빼앗기고 말았을 거야."

대부인은 이렇게 말하고 나서 원앙을 가까이 불렀다.

"왜 그 옥돌 화분하고 비단 병풍하고 검은 구리솥이 있잖니? 그 세 가지만이라도 책상 위에 놓아주면 그럴 듯하게 어울릴 거야. 그리고 수묵으로 그림과 글자를 한데 그려 놓은 흰 비단 휘장을 가져다가 저 휘장과 바꾸어 달도록 해라."

원앙이 대부인의 말에 대답을 했다.

"그 물건들은 다 동쪽 누각 위에 넣어 두었지만 어느 상자에 들어있는지 잘 생각이 안 나요. 그러니까 내일 천천히 찾아봐야 할 것 같아요."

대부인이 다시 분부를 내렸다.

"내일이라도 좋고 모레라도 좋으니 잊지만 않으면 돼."

일동은 형무원에서 한참을 머물다가 철금각 아래로 나왔다.

문관을 비롯한 배우 아이들이 앞으로 다가와 인사를 하고 나서 대부인에게 여쭈었다.

"무슨 곡으로 연습을 할까요?"

"너희들이 제일 서툴다고 생각되는 것을 연습하렴."

대부인의 대답에 문관들은 곧 우향사로 물러갔다.

한편 시녀들을 데리고 먼저 와 있던 희봉은 어느새 모든 준비를 다 갖추어 놓고 있었다.

윗자리의 좌우에 긴 의자가 두 개 놓여 있는데 의자마다 두터운 비단 보료가 깔려 있고 의자 앞에는 또 옻칠을 한 반상이 두 개씩 놓여있었다. 그 반상들은 해당화 모양으로 된 것, 매화꽃 모양으로 된 것, 연꽃 모양을 한 것, 해바라기 모양을 한 것, 그리고 둥근 것, 네모진 것, 실로 각양각색이었다. 그리고 두 개의 반상 가운데 하나에는 노병(爐甁)[2]과 찬합을 놓아두었고, 다른 하나에는 각자가 성격대로 음식을 갖다 놓기 위해 잠시 비어 있었다.

위쪽의 긴 의자 두 개와 반상 네 개는 대부인과 설부인의 자리였고, 아래쪽의 의자 하나와 반상 두 개는 왕부인의 자리였다. 그밖에는 모두 의자 하나에 반상 하나씩인데 동편에는 유노파가 앉고 유노파 다음은 왕

---

2) 노병(爐甁)이란 향로, 향합, 작은 병 일습을 말한다.

부인의 자리였다. 서편에는 먼저 사상운이 앉고 두 번째가 보채, 세 번째가 대옥, 네 번째가 영춘, 탐춘, 석춘의 순서였고, 보옥의 자리는 맨 말석에 있었다. 이환과 희봉의 자리는 삼층의 안쪽이자 이층의 바깥쪽이 되는 곳에 있었다.

찬합의 모양은 그것이 놓인 반상의 모양과 꼭 같았고 각자 앞에는 검은 빛깔의 서양식 은술주전자와 법랑(琺瑯)잔이 하나씩 놓여 있었다.

모두 자리를 잡고 나자 대부인이 먼저 웃으며 말을 꺼냈다.

"우리 먼저 두어 잔씩 마시고 보자고. 그런데 오늘도 주령을 해야 재미가 나지 않을까?"

설부인이 웃으며 그 말을 받았다.

"할머님께서야 좋은 주령이 많으신 터이니까 별문제겠지만 우리 같은 거야 어디 할 줄을 알아야 어쩌지요. 기어코 저희들을 취하게 만드실 생각이시면 차라리 처음부터 우리가 술을 많이 마시면 되잖겠어요?"

"아니, 보채 어미가 오늘은 왜 이렇게 겸손을 부리는 걸까? 내가 늙었다고 상대를 하기가 싫은가보지?"

"그런 게 아니에요. 주령을 잘못했다가 웃음거리가 될까봐 그래요."

왕부인이 한마디 끼어들었다.

"못하면 못하는 것만큼 벌주를 더 마시고 취하면 가서 자면 되지 않겠어? 또 우리끼리 노는 판에 누가 웃고 말고 할 게 있겠어?"

그러자 설부인도 머리를 끄덕이며 웃었다.

"그럼 할머님의 주령에 따르기로 하지요. 그렇지만 할머님께서 먼저 영주(令酒)로 한 잔 드셔야 해요."

"그거야 물론이지."

대부인은 먼저 술을 한 잔 따라서 꿀꺽 마셔 보였다.

이때 희봉이 자리에서 일어나 좌중으로 다가왔다.

"주령을 시작하시려거든 역시 원앙이를 불러다 시키는 게 좋지 않겠어요?"

대부인이 주령을 할 때면 언제나 원앙이가 옆에서 귀띔해 주는 것을 잘 알고 있는 일동은 다들 희봉의 말에 찬동했다.

"정말 그러는 게 좋겠어요."

희봉은 곧 원앙을 가운데로 잡아끌었다. 그러자 왕부인이 옆에서 말했다.

"주령을 하는 이상 그냥 서 있을 수야 없지."

왕부인은 시녀들에게 의자 하나를 가져오게 해서는 이환과 희봉의 곁에 놓도록 했다. 원앙은 주저주저하던 끝에 고맙다는 인사를 하고 자리에 앉더니 먼저 술 한 잔을 들이켜고 나서 웃으며 입을 열었다.

"미리 말씀드리지만 주령도 군령과 같은 것이어서 주령 앞에서는 지체가 높고 낮은 구별이 없어요. 지금은 제가 주인이니 만큼 제 말을 위반하는 분은 가차없이 벌을 받으셔야 합니다."

"그래, 그래. 시키는 대로 할 테니까 어서 시작해 보라고!"

왕부인의 맞장구에 원앙이 다시 입을 열려는데 유노파가 자리에서 일어나 손을 내저었다.

"이렇게 사람을 희롱할 거면 난 집으로 가겠어요."

"그건 안 될 말씀이에요."

일동이 웃으며 말리는데 원앙이 시녀들에게 호령했다.

"어서 저 할머니를 제자리에 붙들어 앉혀요!"

시녀들이 웃으며 유노파를 제자리에 다시 앉도록 했다. 그러나 유노파는 계속해서 중언부언 사정을 했다.

"그렇지만 나 하나만은 제발 그 놀음에서 빼주세요."

"지금부터 더 말씀을 하시면 벌주로 한 주전자를 마시게 할 거예요!"

원앙의 호령에 유노파는 더 말을 못 하고 말았다. 뒤이어 원앙이 주령을 설명하기 시작했다.

"그럼 지금부터 골패에 대해 말씀드리겠습니다. 먼저 할머님으로부터 시작해서 차례로 순서에 따라 내려가다가 유 할머니한테 가서 끝이 나는데 그 방법은 이렇습니다. 예를 들어 제가 골패 한 벌을 뽑아서 그 이름을 읽어 드리는데, 그 석 장의 골패를 따로따로 갈라 가지고 맨 먼저 한 장을 말씀드리고 다음에 둘째 장을 말씀드리고 끝으로 셋째 장을 말씀드리겠습니다. 그것이 끝나면 이번엔 한 벌의 이름을 합쳐서 시나 가사가 되어도 좋고 성구나 속담이 되어도 좋으니 거기에 알맞는 글귀를 만들되 운만은 꼭 맞춰야 합니다. 그래서 맞지 않을 경우엔 물론 벌주를 마셔야지요."

"그거 주령이 괜찮은데. 어서 불러 보라고요."

일동의 찬성을 받게 되자 원앙은 주령을 부르기 시작했다.

"자, 이렇게 한 벌이 되었습니다. 왼쪽 골패는 천(天)이올시다."

대부인은 제꺽 한마디 받아넘겼다.

"두상유청천(頭上有靑天), 머리 위엔 푸른 하늘 있도다."

"가운데 골패는 오(五)와 육(六)입니다."

"육교매화향철골(六橋梅花香徹骨), 육교의 매화 향기 뼛속까지 스며드네."

"나머지 오른쪽 골패는 육(六)과 요(幺)가 나왔습니다."

"일륜홍일출운소(一輪紅日出雲霄), 일륜의 붉은 해 구름 위에 솟는다."

"한데 합치면 봉두귀(蓬頭鬼: 더벅머리 귀신)입니다."

"저귀포주종규퇴(這鬼抱住鍾馗腿), 이 귀신은 종규(역귀를 쫓는 신)의 발을 끌어안네."

일동이 활짝 웃으며 갈채를 보내자 대부인은 흔연히 술을 한 잔 들이

컸다. 원앙은 장내가 조용해지기를 기다려 다시 주령을 계속했다.

"자, 또 한 벌이 되었습니다. 왼쪽은 대장오(大長五)입니다."

이번은 설부인의 차례였다.

"매화타타풍전무(梅花朶朶風前舞), 매화는 송이송이 바람에 너울너울."

"오른쪽은 대오장(大五長)!"

"시월매화영상향(十月梅花嶺上香), 시월의 매화는 봉우리 위에서 향기롭네."

"가운데 골패는 이오(二五)의 잡칠(雜七)!"

"직녀우랑회칠석(織女牛郎會七夕), 직녀와 견우가 칠월 칠석에 만나네."

"합치면 이랑유오악(二郎遊五岳: 이랑신이 오악을 순례하다)입니다."

"세인불급신선락(世人不及神仙樂), 세인들은 신선의 즐거움 따르지 못하네."

일동이 갈채를 보내며 축하해 주자 설부인도 술잔을 들어 쭉 들이마셨다. 다음은 상운의 차례였다. 원앙은 주령을 계속했다.

"자, 골패가 새로 또 한 벌이 되었어요. 왼쪽 것은 두 점박이 장요(長幺)!"

"쌍현일월조건곤(雙懸日月照乾坤), 해와 달 하늘 높이 천지를 비추도다."

상운은 지체없이 받아넘겼다.

"오른쪽도 역시 두 점박이 장요(長幺)입니다."

"한화락지청무성(閑花落地聽無聲), 고요히 떨어지는 꽃잎은 들어도 소리 없네."

"가운데 것은 일(一)과 사(四)가 나왔습니다."

"일변홍행의운재(日邊紅杏倚雲栽), 양지쪽 살구꽃을 구름 옆에 심도다."

"하나로 합치면 앵도구숙(櫻桃九熟: 앵두가 아홉 번 익다)입니다."

"어원각피조함출(御園却被鳥啣出), 어원의 앵두도 새들이 날아와 물고 가네."

상운도 무사히 통과되어 술잔을 들었다. 원앙은 계속했다.

"자, 또 한 벌! 왼쪽의 것은 장삼(長三)입니다."

이번에는 보채가 받았다.

"쌍쌍연자어양간(雙雙燕子語梁間), 들보의 제비들 쌍을 지어 지저귀네."

"오른쪽도 역시 장삼(長三)이네요."

"수행견풍취대장(水荇牽風翠帶長), 마름풀이 바람을 끄니 푸른 띠가 길도다."

"가운데 것은 삼륙(三六)의 구점(九點)!"

"삼산반락청천외(三山半落青天外), 삼산은 반쯤이 하늘 밖에 솟아 있네."

"합치면 철쇄련고주(鐵鎖練孤舟: 쇠줄이 조각배를 묶었도다)입니다."

"처처풍파처처수(處處風波處處愁), 곳곳에 풍파요 간 곳마다 근심일세."

보채도 갈채를 받고 잔을 들었다.

"자, 그러면 대옥 아가씨 차례군요. 왼쪽 골패는 천(天)입니다."

"양진미경내하천(良辰美景奈何天), 이 좋은 시절 좋은 경치에 어쩌면 좋으리까?"

보채는 그 소리를 듣더니 눈을 둥그렇게 뜨고 대옥을 돌아보았다.[3] 그

---

3) 이것은 명나라 탕현조가 지은 『환혼기(還魂記)』의 구절인데, 이런 책들은 양가집 규수가 읽을 만한 것이 못 되므로 설보채가 놀란 것이다.

러나 벌주를 먹게 될까봐 조심하고 있는 대옥은 그런 눈치를 차리지 못하고 있었다. 원앙은 계속했다.

"가운데 것은 '금병안색초(錦屛顔色俏: 비단 병풍에 얼굴도 곱네)'입니다."

"사창야몰유홍랑보(紗窓也沒有紅娘報), 궁금한 사창에 홍랑의 알리는 기척 가뭇없네."

"나머지는 이륙(二六)의 팔(八)!"

"쌍첨옥좌인조의(雙瞻玉座引朝儀), 옥좌에 하례하고 조의에 잔을 받네."

"그것을 합치면 '남자호탐화(籃子好採花: 바구니에 꽃을 담기가 좋아라)'입니다."

"선장향도작약화(仙杖香桃芍藥花), 선장도 향기롭다 건드려 보는 작약꽃."

대옥은 말을 마치기가 바쁘게 잔을 입으로 가져갔다.

다음은 영춘의 차례였다.

"왼쪽의 것은 사오(四五)의 화구(花九)!"

"도화대우농(桃花帶雨濃), 복사꽃 비에 젖어 더욱 붉어라."

"틀렸어! 운이 틀렸단 말이야! 벌주야, 벌주!"

일동이 떠들어대는 바람에 영춘은 웃으며 벌주를 마셨다.

원래 희봉과 원앙은 유노파의 입에서 웃음거리가 나오도록 하기 위해 일부러 영춘에게 틀린 대답을 하게 해 놓고 벌주를 주었던 것이다.

다음으로 왕부인의 차례에 가서는 원앙이 대신해 드렸다. 그리하여 그 다음은 유노파의 차례가 되었다.

그런데 유노파는 처음과는 딴판으로 대담했다. 그는 주령을 시작하기에 앞서 먼저 너스레를 떨었다.

"우리네 농사꾼들도 어쩌다가 한가한 때를 만나게 되면 몇 사람씩 모여 앉아 이런 놀음을 합니다만 지금처럼 이렇게 듣기 좋은 건 못되지요. 어쨌거나 지켜야 할 법이라니까 저도 한번 시험삼아 해 볼까요?"

"괜찮아요. 그렇게 어려운 건 아녜요. 뭐든지 묻는 대로 대답을 맞추면 되는 거니까요."

일동이 웃으며 부추겨 주는데 원앙이 입을 열었다.

"자, 그럼 시작합니다. 왼쪽의 것은 장사(長四)의 인(人)입니다."

유노파는 눈을 멀거니 뜨고 한참 생각하는 듯하더니 고개를 쳐들었다.

"시개장가인(是個莊家人), 나는 농사짓는 사람입니다!"

좌석에서는 폭소가 일어났다. 대부인도 함께 웃다가 유노파에게 용기를 북돋아 주었다.

"아주 훌륭해요. 그렇게 맞춰 가면 되는 거예요."

유노파는 제풀에 '허허' 웃었다.

"우리같이 농삿일밖에 모르는 사람의 입에서 무슨 고상한 말이 나오겠습니까? 그렇더라도 여러분께서 너무 웃진 마세요."

"자, 그럼 계속하겠습니다. 가운데 것은 삼사(三四)로 푸를 '록(綠)'과 붉을 '홍(紅)'입니다."

"대화소료모모충(大火燒了毛毛蟲), 큰불에 털벌레가 타죽었지요."

"그럴 수도 있는 일이에요. 그런 식으로 계속해 보세요."

일동은 또 웃으며 유노파를 부추겼다.

"오른쪽 것은 '요사진호간(幺四眞好看: 일과 사가 곱기도 하여라)'입니다."

"일개라복일두산(一個蘿蔔一頭蒜), 무 한 개에 마늘 한 대가리!"

사람들은 또 소리내어 웃었다.

"그것을 합치면 '일지화(一枝花: 한 가지 꽃)'입니다."

유노파는 짐짓 손시늉을 해 가면서 입을 벌렸다. 이번에는 과연 뭐라고 대답했을까? 다음 회를 보시라.

가부 및 대관원 평면도

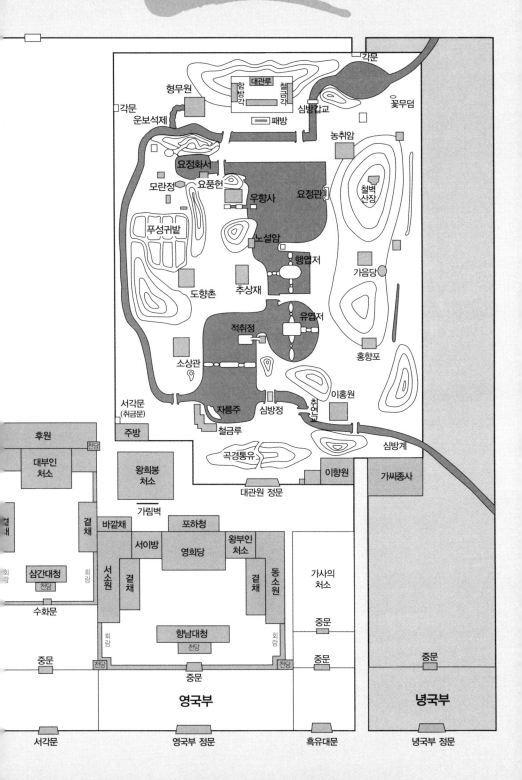

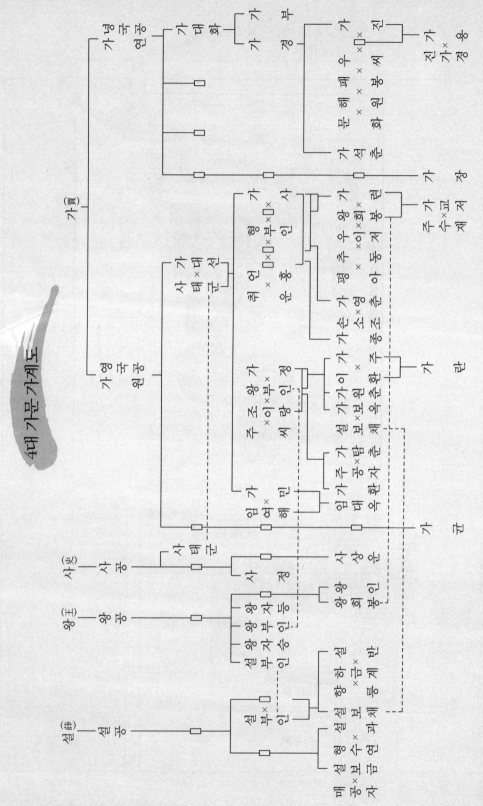

4대 가문 가계도

※ 출처: 『홍루몽(신상사)』 자, 한샤베이가 편(중국)』 2005년